美国文学史纲要

THE COMPENDIUM OF THE HISTORY OF
AMERICAN LITERATURE

贾志浩 著

图书在版编目(CIP)数据

美国文学史纲要 / 贾志浩著. —北京：中央编译出版社，2020.6
ISBN 978-7-5117-3740-3

Ⅰ. ①美… Ⅱ. ①贾… Ⅲ. ①文学史–美国
Ⅳ. ①I712.09

中国版本图书馆 CIP 数据核字(2020)第 088386 号

美国文学史纲要

出 版 人：	葛海彦
出版统筹：	贾宇琰
责任编辑：	苗永姝
责任印制：	刘 慧
出版发行：	中央编译出版社
地 址：	北京西城区车公庄大街乙 5 号鸿儒大厦 B 座(100044)
电 话：	(010) 52612345(总编室) (010) 52612335(编辑室) (010) 52612316(发行部) (010) 52612346(馆配部)
传 真：	(010) 66515838
经 销：	全国新华书店
印 刷：	北京中兴印刷有限公司
开 本：	710 毫米×1000 毫米 1/16
字 数：	230 千字
印 张：	18.5
版 次：	2020 年 6 月第 1 版
印 次：	2020 年 6 月第 1 次印刷
定 价：	75.00 元

网 址：	www.cctphome.com　邮 箱：cctp@ cctphome.com
新浪微博：	@ 中央编译出版社　微 信：中央编译出版社(ID：cctphome)
淘宝店铺：	中央编译出版社直销店(http://shop108367160.taobao.com)
	(010)55626985

本社常年法律顾问：北京市吴栾赵阎律师事务所律师　闫军　梁勤
凡有印装质量问题，本社负责调换。电话：(010)55626985

序

　　文学史乃文学之流变，囊括文学理论、文学批评，探求文学嬗变规律，阐述文学内容、文学形式、文学流派，揭示文学与政治、经济、社会之关系，评价作家作品等。

　　文学乃文化史之要目，亦政治史之一项，能改造社会，亦能再造社会。自拓荒时代，美国欲实现上帝"普罗维登斯"，政治、经济、文化等迥别于世，也打造独一无二美国文学史："黑人文学""女性文学""印第安文学""犹太文学""亚裔美国文学""拉美裔美国文学""流散文学"等五彩纷呈。随着美国社会进步发展，美国文学史潜行脉络，渐成参天藤萝。

　　《美国文学史纲要》分为殖民地时期文学（1620—1763）、美国革命时期文学（1763—1815）、美国浪漫主义文学（1815—1865）、美国现实主义文学（1865—1914）、美国现代主义文学（1914—1945）和1945年至21世纪多元化文学。

　　真正美国文学史滥觞于1620年，"五月花"号抵达北美，始创于殖民时代。殖民地时期文学主要为清教文学，罗杰·威廉斯和乔纳森·爱德华兹影响较大。前者倡导之"宗教自由"和"政教分离"被写进《美国宪法》第一修正案，后者集宗教大觉醒和启蒙思想于一身，乃开拓性哲学家、伟大思想家。

美国革命期间文学主要为政论文学。18世纪启蒙运动传到美国，美国知识分子接受启蒙思想，发表小册子等，宣传革命，提出政治主张：杰斐逊之洛克思想，亚历山大·汉密尔顿之霍布斯思想，潘恩之天赋人权论、政府论，为美国革命提供有力武器，本杰明·富兰克林思想成为美国个人主义重要部分。

19世纪上半叶美国内战结束，"西进运动"加速，铁路横亘东西，浩瀚无垠的国土增强了美国人国家意识，催生民族文化独立感，浪漫主义文学应运而生。浪漫主义文学乃美国文学第一高潮，欧文和库柏以浪漫笔调，勾画出童年美国的形象，揭开浪漫主义文学序幕。欧文在欧洲文坛竞相争荣、才俊并出的鼎盛时期第一个荣登世界文坛；库柏堪称第一位真正美国小说家，拓展了美国小说种类。后期浪漫主义文学出现超验主义运动。超验主义运动乃"美国文艺复兴"，"圣人"爱默生之超验哲学引发美国哲学、宗教、社会等领域"革命"。其卓绝伟岸思想至今熠熠生辉，照亮人类进步。大诗人惠特曼、狄金森承爱默生超验哲学之风，将浪漫主义文学推向高潮。

19世纪下半叶，工业化、城市化发展，"镀金时代"到来，美国现实主义小说出现，浪漫主义文学走向衰落。威廉·豪威尔斯乃最重要现实主义文学家，亨利·詹姆斯是现实主义小说大师，其"限制性全知叙事"对现代作家影响深远，他还是心理分析小说开创者。自然主义文学乃现实主义之拓展：哈姆林·加兰首倡自然主义理论，弗兰克·诺里斯小说更加暴力，杰克·伦敦小说强调环境决定论，西奥多·德莱塞为最重要的自然主义作家，其白描手法真实揭示了"美国梦"的破灭。

序

第一次世界大战创伤和 30 年代经济大萧条导致社会价值体系崩溃，道德江河日下，美国现代主义文学出现。现代主义意味"创新"，美国现代主义文学发展空前：群星璀璨、流派林立、诺奖频出，乃美国文学第二高潮，美国文学成为世界文学生力军。

诗歌领域，庞德开创"意象派"，成就了 T.S.艾略特、詹姆斯·乔伊斯、霍桑等大家，对现代主义文学作出重大贡献。弗罗斯特田园诗享誉世界，威廉斯开创"客体派"，艾略特乃 20 世纪最伟大诗人，其诗歌成为现代诗歌楷模，其文艺评论影响深远广泛；史蒂文斯与艾略特诗歌观迥异，乃 20 世纪又一伟大诗人。

美国小说发展迅猛，20 年代斯坦因开启美国现代文学先河，将立体派用于创作。海明威乃"迷茫的一代"代表作家，作品风格简约；司各特·菲茨杰拉德乃"爵士时代"代表作家，揭示了美国梦之迷惑性与空虚性；辛克莱·刘易斯之"新现实主义"独树一帜，多斯·帕索斯和约翰·斯坦贝克乃"左翼文学"代表作家。前者展现"现代美国"景象，后者抨击美国经济制度。

30 年代，以福克纳为代表之"南方文学"兴起，"约克纳帕塔法世系"小说乃意识流作品典范，揭示南方种植园衰败史。黑人文学亦迅猛发展，出现"哈莱姆文艺复兴"。休斯成就最大，赖特发起抗议文学运动。

1945 年至 21 世纪乃当代美国文学，呈多元化态势，包括种族文学、后殖民主义文学和广泛意义之"后现代文学"。

20 世纪，美国戏剧蓬勃发展，诞生了三位伟大戏剧家：尤金·奥尼尔、田纳西·威廉斯和阿瑟·米勒。尤金·奥尼尔表现主义手法推动了美国戏剧发展，把戏剧推向世界。

1945 年至 60 年代，美国后现代主义小说出现。哈莱姆文艺复兴延续，拉尔夫·艾里森是最重要的黑人作家，詹姆斯·鲍德温作品是黑人文学典范。弗兰纳里·奥康纳和尤多拉·韦尔蒂乃"南方文艺复兴"代表。

1945年后美国第二代诗人出现，代表是伊丽莎白·毕肖普和艾伦·金斯伯格。

50年代"黑色幽默"文学出现，代表作家是J.D.塞林格和约瑟夫·海勒。

60年代，美国犹太文学出类拔萃：索尔·贝娄乃"知识分子型"作家，其作品蜚声世界。伯纳德·马拉默德亦"二战"后重要犹太作家。

60年代后"后现代主义"小说出现。后现代主义是对现代主义的延续与反叛，对现代化剥夺人主体性和西方传统哲学进行批判。代表作家是巴思和品钦。尤其后者，作品融合多学科、多艺术，乃后现代主义重要作家。期间也出现"新现实主义"，奥茨乃当代著名女作家，以大胆揭露美国社会暴力和罪恶闻名；卡佛是成就最高的小说家、诗人，作品以"极简主义"和"肮脏现实主义"著称；约翰·厄普代克乃当代美国最优秀小说家之一。

60年代起，种族文学出现。托妮·莫里森是著名当代非裔美国小说家，其小说政治性强，极具挑战性。当代亚裔美国文学数量大，成就高：汤亭亭开启亚裔美国文学先河；谭恩美之《喜福会》在商业上获得极大成功；李昌瑞是韩裔美籍小说家，荣登《纽约人》"21世纪20位作家"排行榜。路易斯·厄德里克是当代印第安小说家，桑德拉·希斯内罗丝是著名当代拉美裔小说家、诗人。

进入21世纪，流散文学出现。俄裔美籍小说家弗拉基米尔·纳博科夫聚焦"来世"主题；波兰裔美籍犹太作家艾萨克·辛格描写波兰犹太贫民窟生活，淋漓尽致地刻画了魍魉世界；裘帕·

拉希莉是印裔美籍小说家,最年轻的普利策获奖者;切斯瓦夫·米沃什被公认为 20 世纪最伟大波兰诗人、散文家、小说家。

撰写此书,窃不自揣,穷究己力,望祈批评指正。

贾志浩

2020 年 5 月 20 日

目　录

第一部分　殖民地时期文学(1620—1763)

第一章　七年战争 _003
第二章　清教文学 _003
　　第一节　威廉·布拉福德 _004
　　第二节　约翰·温斯罗普 _005
　　第三节　安妮·布拉兹特里特 _005
　　第四节　玛丽·怀特·罗兰德森 _006
　　第五节　爱德华·泰勒 _007
　　第六节　科顿·马瑟 _009
　　第七节　罗杰·威廉斯 _009
　　第八节　乔纳森·爱德华兹 _010

第二部分　美国革命时期文学(1763—1815)

第一章　启蒙运动 _016
第二章　政论文学 _016
　　第一节　本杰明·富兰克林 _017
　　第二节　托马斯·潘恩 _018
　　第三节　托马斯·杰斐逊 _020
　　第四节　亚历山大·汉密尔顿 _021

第五节　菲利普·弗瑞诺　_022

第六节　罗伊尔·泰勒　_023

第七节　威廉·希尔·布朗　_023

第八节　查尔斯·布罗克登·布朗　_024

第九节　休·亨利·布拉肯里奇　_025

第三部分　美国浪漫主义文学（1815—1865）

第一章　早期浪漫主义文学　_030

第一节　华盛顿·欧文　_030

第二节　詹姆斯·费尼莫尔·库柏　_038

第三节　威廉·卡伦·布莱恩特　_042

第二章　超验主义文学　_045

第一节　拉尔夫·沃尔多·爱默生　_046

第二节　玛格丽特·富勒　_057

第三节　亨利·戴维·梭罗　_058

第三章　霍桑、麦尔维尔和坡　_062

第一节　纳撒尼尔·霍桑　_063

第二节　赫尔曼·麦尔维尔　_065

第三节　埃德加·爱伦·坡　_070

第四章　惠特曼和狄金森　_073

第一节　沃尔特·惠特曼　_074

第二节　艾米莉·伊丽莎白·狄金森　_080

第五章　反奴隶制作家　_086

第一节　哈里特·比彻·斯托　_086

第二节　弗雷德里克·道格拉斯　_087

第三节　哈丽特·安·雅各布斯　_089

第四部分　美国现实主义文学(1865—1914)

第一章　地方文学 _094
第一节　马克·吐温 _094
第二节　其他地方作家 _099

第二章　亨利·詹姆斯和威廉·迪安·豪威尔斯 _100
第一节　亨利·詹姆斯 _101
第二节　威廉·迪安·豪威尔斯 _106

第三章　自然主义文学 _108
第一节　哈姆林·加兰 _109
第二节　斯蒂芬·克莱恩 _109
第三节　弗兰克·诺里斯 _111
第四节　杰克·伦敦 _112
第五节　西奥多·德莱塞 _113

第四章　19世纪女性文学 _115
第一节　凯特·肖邦 _115
第二节　夏洛特·帕金斯·吉尔曼 _117
第三节　伊迪丝·沃顿 _119

第五部分　美国现代主义文学(1914—1945)

第一章　现代主义之过渡 _128
第一节　埃德温·阿林顿·罗宾逊 _129
第二节　罗伯特·弗罗斯特 _130
第三节　薇拉·凯瑟 _132
第四节　舍伍德·安德森 _135

第二章　美国现代主义在欧洲 _138
第一节　格特鲁德·斯坦因 _139

第二节　埃兹拉·庞德 _142

第三节　艾米·洛威尔 _147

第四节　H.D. _148

第三章　美国现代小说 _150

第一节　威廉·福克纳 _150

第二节　欧内斯特·海明威 _159

第三节　斯科特·菲茨杰拉德 _163

第四节　约翰·多斯·帕索斯 _165

第五节　约翰·斯坦贝克 _166

第六节　辛克莱·刘易斯 _168

第七节　厄普顿·辛克莱 _171

第四章　美国现代诗歌 _172

第一节　T.S.艾略特 _172

第二节　华莱士·史蒂文斯 _176

第三节　威廉·卡洛斯·威廉斯 _179

第四节　E.E.卡明斯 _183

第五章　非裔美国现代文学 _184

第一节　吉恩·图默 _184

第二节　兰斯顿·休斯 _186

第三节　佐拉·尼尔·赫斯顿 _188

第四节　理查德·赖特 _189

第六部分　1945年至21世纪多元化文学

第一章　美国戏剧：三大戏剧家 _195

第一节　尤金·奥尼尔 _195

第二节　田纳西·威廉斯 _198

第三节　阿瑟·米勒 _200

目录

第二章　1945 年至 60 年代主要小说家 _203
　　第一节　拉尔夫·艾里森 _204
　　第二节　詹姆斯·鲍德温 _208
　　第三节　弗兰纳里·奥康纳 _210
　　第四节　尤多拉·韦尔蒂 _211
　　第五节　索尔·贝娄 _213
　　第六节　伯纳德·马拉默德 _217
　　第七节　J.D.塞林格 _218
　　第八节　约瑟夫·海勒 _219

第三章　1945 年后美国诗歌 _221
　　第一节　西奥多·罗特克 _221
　　第二节　伊丽莎白·毕肖普 _222
　　第三节　罗伯特·洛威尔 _223
　　第四节　西尔维娅·普拉斯 _224
　　第五节　艾德里安娜·里奇 _226
　　第六节　艾伦·金斯伯格 _228
　　第七节　加里·斯奈德 _229
　　第八节　理查德·威尔伯 _230

第四章　20 世纪 60 年代后小说 _232
　　第一节　约翰·巴思 _233
　　第二节　托马斯·品钦 _234
　　第三节　乔伊斯·卡罗尔·奥茨 _238
　　第四节　雷蒙德·卡佛 _239
　　第五节　约翰·厄普代克 _241

第五章　当代多种族文学 _242
　　第一节　托妮·莫里森 _243
　　第二节　艾丽斯·沃克 _245

第三节　马可辛·洪·金斯顿 _246

　　第四节　谭恩美 _247

　　第五节　李昌瑞 _249

　　第六节　纳瓦雷·斯科特·莫马迪 _250

　　第七节　莱斯利·马蒙·西尔科 _251

　　第八节　路易斯·厄德里克 _252

　　第九节　理查德·罗德里格兹 _253

　　第十节　安娜·卡斯蒂洛 _254

　　第十一节　桑德拉·希斯内罗丝 _255

第六章　流散文学 _257

　　第一节　弗拉基米尔·纳博科夫 _259

　　第二节　艾萨克·巴什维斯·辛格 _265

　　第三节　裘帕·拉希莉 _267

　　第四节　切斯瓦夫·米沃什 _270

参考文献 _275

第一部分

殖民地时期文学 (1620—1763)

第一部分 殖民地时期文学（1620—1763）

殖民地时期包括整个 17 世纪、18 世纪大部分。1620 年，布拉福德一行乘"五月花"（"Mayflower"）号抵达马萨诸塞湾普利茅斯（Plymouth），开启殖民时代，美国文学史正式开始。殖民地时期美国文学主要是清教文学。"清教徒"指新教改革者，他们拒绝伊丽莎白女王 1560 年颁布的英国国教。他们抵达新英格兰特别是马萨诸塞湾殖民地后，建立宗教—政治—文化一体化之加尔文教。

第一章 七年战争

1763 年，英国为一方，法国和西班牙为一方，在巴黎签订了《巴黎和约》（*Peace of Paris*），结束七年战争。在美洲，法国将加拿大、密西西比河以东的全部土地（新奥尔良除外）、新法兰西割给英国，西班牙将佛罗里达让给英国。英国成为海外殖民地霸主，迈向日不落帝国道路。但英国将巨大战争经费转嫁到北美殖民地身上，给殖民地征税激起强烈不满，"七年战争"结束 13 年后，美国爆发了独立战争。1776 年美国革命宣告殖民时代结束。

第二章 清教文学

1543 年，亨利八世统治时期，"清教徒"拒绝接受腐败英国国教，欲建立纯洁宗教。到亨利国王（1566—1625）和查理一世

（1625—1649）时，清教徒生活艰难，对宗教改革绝望。1620 年，布拉福德一行乘"五月花"号离开英国，探寻上帝"沙漠荒凉"之路，远行北美。

加尔文教，北美清教别称，具体而严厉，遵从法国宗教改革家约翰·加尔文教义，被认为是新世界中最纯洁宗教。清教徒认为自己是亚伯拉罕后代，被基督·耶稣赎过罪之"卓越"之士，受《新约》天启，践行上帝意旨，开辟新大陆。

第一节　威廉·布拉福德

威廉·布拉福德（William Bradford，1590—1657），殖民地作家，出生于英国约克郡。父亲去世后，母亲再婚，布拉福德由叔叔和祖父母抚养，他们教他农业知识。开始他要成为农民，十几岁时改变想法，加入思科卢比朝圣会（Scrooby Pilgrims）。朝圣会认为英国宗教腐败，要求宗教改革，但摆脱国教是犯罪。

1608 年，布拉福德跟随思科卢比朝圣会前往荷兰，寻求"所有人自由宗教"。荷兰十年生活期间，他靠纺织为生，学习荷兰语、法语、拉丁语和希腊语。思科卢比朝圣会成员害怕被荷兰生活同化，1620 年，他们乘"五月花"号，抵达马萨诸塞湾科德角。1621 至 1656 年，他 30 次当选总督。其《普利茅斯开拓史》（*Of Plymouth Plantation*，1856）记叙"五月花"号离开欧洲到 1647 年期间发生的重大事件。布拉福德关注精神追求，喻普利茅斯人为《旧约》中莫西带领下之以色列人，希冀开启"上帝精神及恩典"基督千年，勿忘最初宗教使命。布拉福德散文以《日内瓦圣经》为基础，幽默、讽刺，多头韵。

第二节　约翰·温斯罗普

约翰·温斯罗普（John Winthrop，1588—1649）出生于英格兰萨福克郡，祖辈荣耀。温斯罗普家族均为清教徒，18岁时，约翰·温斯罗普结婚，成为父亲在格罗顿庄园管家和治安法官。他进入剑桥大学三一学院学习法律，时值英国政治、宗教形势恶化，他考虑移民新英格兰。身为清教徒的他失去律师资格。1630年，他乘"阿贝拉"（"Arbella"）号抵达美国。船上他祈祷：基督大发慈悲，殖民地能自治。其经典道文《基督教慈善模式》（"A Model of Christian Charity"）提出"山城"（"City upon a Hill"）构想，包含俗世和宗教诉求。

他在马萨诸塞湾担任总督、代总督近20年，坚持"基督教慈善模式"。

第三节　安妮·布拉兹特里特

安妮·布拉兹特里特（Anne Bradstreet，1612—1672）出生于英国北安普顿，父亲托马斯·达德利掌管林肯伯爵家财务，负责女儿教育。她6至7岁开始读《圣经》。

安妮16岁去马萨诸塞时已结婚两年。结婚时，她天花病刚痊愈，后孩子患风湿病，常高烧，她后半生生命岌岌可危，难怪其诗歌主题多疾病、死亡。她丈夫时常负责家务，但殖民地事务繁忙，经常外出（他担任马洲湾公司秘书、副州长，1645年任州长）。她被迫拖着病体，承担8个孩子的生活起居和家务。但这些都没能阻碍她创作诗歌。

安妮主要写"家"的主题诗和"冥想诗"：倾注真爱，体现清教观。《献给我亲爱的丈夫》("To My Dear and Loving Husband")和《致我丈夫的一封信》("A Letter to My Husband")表达她对丈夫的挚爱;还有母亲诗:《八只鸟孵化在一个巢内》("Eight Birds Hatcht in One Nest");《悼爱孙,伊丽莎白·布拉兹特里特(殁于1665年8月,一岁半)》("In Memory of My Dear Grandchild Elizabeth Bradstreet, Who Deceased August, 1665, Being a Year and Half Old")表达诗人深切哀痛,唯靠宗教慰藉,尤其第二节:

> 按自然规律树木长成后会腐烂,
> 李子苹果熟透了便跌落于地,
> 庄家和田里的草一到季节便要收,
> 时间会让一度强健挺拔者衰颓。
> 然而鲜嫩的植物终究会终止,
> 新长的嫩苗只能短暂地维持,
> 自然与命运皆由造化之手操持。①

冥想诗《肉与灵》("The Flesh and the Spirit")、《冥想》("Contemplations")表达对上帝感激。《沉思》("Meditations")探索上帝自然启示,上帝对清教徒之慰藉。

第四节 玛丽·怀特·罗兰德森

玛丽·怀特·罗兰德森(Mary White Rowlandson,1637—1711)嫁给兰卡斯特牧师。菲利普国王战争(King Philip's War,1675—

---

① [美]安娜·布莱德斯翠特:《安娜·布莱德斯翠特诗选》,张跃军译,上海:东华大学出版社2010年版,第178页。

1678)期间,她被安根基亚印第安人(Angonkian Indian)俘虏三个月。其《玛丽·罗兰德被俘和被释纪实》(*Narrative of the Captivity and Restoration of Mrs. Mary Rowlandson*,1682)乃美国文学畅销书,印刷了30次。《玛丽·罗兰德被俘和被释纪实》叙述其被俘过程、被俘期间艰难生活和回家经历。该书验证了清教徒观点:上帝考验人,又拯救人,也负面描写印第安人:野蛮异教徒,一群地狱猎犬,咆哮、歌唱、辱骂。

第五节 爱德华·泰勒

爱德华·泰勒(Edward Taylor,1642—1729)被称为"狂野巴洛克"诗人,是殖民地文学重要诗人之一,他死后成名。88岁去世时,他嘱咐后人勿出版其诗。其400页诗稿尘封两个世纪后,1937年,在耶鲁大学图书馆被发现。

泰勒出生于英国思科奇利,拒绝信奉英国国教。大学(大概剑桥大学)毕业后成为教师。1660年英国恢复君主制,《统一行为法》规定:国民每年要接受一次英国国教恳谈。泰勒拒绝,遂辞去工作。1668年,他来到美国,就读于哈佛大学神学院,1671年以优异成绩毕业,在西马萨诸塞湾任牧师。此职业使他成为诗人:冥想人与上帝关系,想象《圣经》之《雅歌》,从编织、烤面包中汲取力量,提取智慧;孩提时期熟悉农场、西马萨诸塞湾"乡村景色"令其诗歌狂野、迷人,造就"狂野巴洛克"诗人。

"冥思"在泰勒诗中出现200多次。诗人冥想,希冀与上帝结合,超越现实,但泰勒诗歌体现寻求上帝之痛苦感,体现个人精神与撒旦强烈斗争。路易·马尔茨(Louis Martz)说,"[泰勒诗歌]

之冥想构成内在戏剧,想象自己站于精神舞台,渐渐领悟神光降临己身。"① 《内省录》(*Preparatory Meditations*)祈祷、赞美上帝荣光,坦白罪恶,领受圣礼。《冥想之八》("Meditation 8")最具代表性:

> 借助神圣的天文学我正看见
> 　　人间明亮的城墙,置身其间我细看,
> 看出铅笔无法勾划的金光道出现,
> 　　它从那明亮的宝座延伸至我的门槛。
> 而当我对此疑惑不解把思绪寻找,
> 　　我看见我的门槛上有生命的面包。②

诗人通过天文学,发现天堂("that bright Throne")和人("my threshhold")之间的联系:他能"窥见"("spy")"金色道路",但不能用"笔"("pencil")勾画;《生命的面包》("the Bread of Life")喻指上帝与人之联系:上帝指示真理,又提供食粮。

《家务》("Huswifery")诗句流畅,想象制作光荣长袍场景。既是日常活动,又感情丰富。

冥想诗结构整齐,每节六行,五步抑扬格,ababcc 格式。写诗即泰勒的宗教仪式:殚思竭虑,煞费苦心,力争合适的声音和语言与上帝沟通。

---

① Louis.L.Martz, *The Meditative Poem: An Anthology of Seventeenth-century Verse*, New York: New York Up, 1963, xxxi.p.465.
② [美] 爱德华·泰勒:《爱德华·泰勒诗选》,高黎平译,福州:福建教育出版社 2014 年版,第 18 页。

第一部分　殖民地时期文学（1620—1763）

第六节　科顿·马瑟

科顿·马瑟（Cotton Mather，1663—1728），著名牧师因克里斯·马瑟之子，颇有影响之清教牧师、高产作家，著作450多部。他对科学极感兴趣，乃第一个进入英国皇家学会之美国人，但卷入萨勒姆巫术案（the Salem witch trials）令人遗憾。小册子《看不见世界的奇迹》（*Wonders of the Invisible World*，1693）介绍巫术审判案背景：清教徒视巫术为撒旦行为，为心灵纯洁和正义而战。

最重要著作乃《基督在北美的辉煌》（*Magnalia Christi Americana*，1702），其中"萨勒姆巫术审判案"介绍事件内情：巫师魔鬼上身，被抓捕起来，严刑拷打，残酷折磨。许多巫术案笼罩"看不见的迷雾"，引发教众歇斯底里，恐惧至极，"魔鬼深入人心"。最后"许多判断力强，虔诚和经验丰富之人"对巫术审判案不满，终结审判。现今看来，结束17世纪巫术审判案并未实现清教乌托邦，倒象征着神权政治的衰败。

第七节　罗杰·威廉斯

罗杰·威廉斯（Roger Williams，1603—1683）出生于伦敦，1630年来到美国。他乃宗教极端分子，认为自己才是最纯洁的清教徒，以至于纯洁教堂都找不到。他批判马萨诸塞清教徒未能彻底谴责英国国教，批判地方政府缺乏良心司法审判。威廉·布拉德福德州长发现他"观点"古怪：国王无权把美洲土地给殖民者，殖民者从印第安人手中抢夺土地乃"篡夺他人财物，有罪"。其极端主义被指控为异端邪说，1635年他被驱逐出马萨诸塞殖民地。他逃到印第安人集聚区，从那拉甘塞特族（Narragansetts）买得土地，建立普罗维登斯（Providence）（后发展为罗德岛殖民地）。该地被视为地球天堂、殖民地流亡者和宗教异端者之所。为保障普罗维登斯政治稳定，他两次去英国，注册普罗维登斯，拿到特许证。他担任普罗维登斯大会主席等职务，晚年，他为个人自由、宗教原则和印第安人权利而战。菲利普国王战争时期，他充当那拉甘塞特族谈判代表，但未能阻止战争，部落被消灭，普罗维登斯被烧毁。

今天，威廉斯并非作为宗教极端者而是作为美国最早的宗教自由与民主表达者载入史册；他鼓吹纯粹宗教即主张政教分离，宗教与国家分开。美国国父们把威廉斯之"宗教自由"和"政教分离"写进《美国宪法》第一修正案，即"权利法案"第一条。他倡导的个人信仰自由、容忍种族与宗教差异在名著《迫害良心的血腥教旨》(*The Bloody Tenet of Persecution, for the Cause of Conscience*，1644) 中体现充分：此为上帝旨意和命令，允许所有国家人民保持异教、犹太教、土耳其教或反基督教的理念和信仰。他剑指约翰·科顿，后者以秩序为名迫害个人信仰，他对约翰·科顿进行点对点反驳，要求信仰自由成为一项基本人权。

威廉斯之《美洲语言入门》(*A Key into the Language of America*，1643) 是第一本印第安语词典，当时英国人正急需，一出版就成为"畅销书"，为威廉斯赢得巨大声誉。

第八节　乔纳森·爱德华兹

乔纳森·爱德华兹（Jonathan Edwards，1703—1758），著名神学家，融大觉醒激情和启蒙思想于一身，相互矛盾。他思想神秘浪漫，福音激情强大。他是殖民地时期开拓性的哲学家，最伟大的思想家。

爱德华兹是家中唯一男孩，父亲是蒂莫西牧师，母亲是著名清教牧师所罗门·斯托达德的女儿。在天才父母教育下，爱德华兹

1716年（13岁）进入耶鲁大学，四年后以优异成绩毕业。1927年，爱德华兹成为马萨诸塞北安普顿公理教会牧师。7月，他娶美丽智慧的撒拉·彼伊勒本（Sarah Pierrepont），纽黑文著名牧师的女儿。他们婚姻幸福，生育了11个孩子。他在北安普顿掀起"大觉醒"（"Great Awakening"）运动，使他成为18世纪40年代最具乔治王朝风范的人物。1750年他辞职。1751至1757年，爱德华兹到斯托克布里奇传教，那里生活贫困，家人靠卖项链、刺绣、油漆扇子活命。在斯托克布里奇，爱德华兹撰写《自由意志论》（*Freedom of the Will*，1754）、《伟哉原罪论辩》（*The Great Christian Doctrine of Original Sin Defended*，1758）和《真正美德的本质》（*The Nature of True Virtue*，1765）。这些著作使他成为伟大哲学家，1757年，他被任命为新泽西拿骚楼学院（今普林斯顿大学）校长，1758年突然死于天花接种。

爱德华兹还是知识分子，其著作、布道逻辑性强，论点清晰。不像乔治·怀特菲尔德——大觉醒运动又一位重要人物——用痛苦唤醒教众。爱德华兹从神学家角度提醒人们上帝至上权，上帝荣耀和无边之爱。爱德华兹思想知识性在后期哲学著作中体现最明显，尤其代表作《自由意志论》，它融合加尔文教与启蒙思想。

第二部分

美国革命时期文学 (1763—1815)

第二部分　美国革命时期文学（1763—1815）

1763年至1815年期间，美国从殖民地走向独立。1763年后，英国政府加税冲撞了殖民地自由精神，美国人转向洛克、哈灵顿（Harrington）等哲学家，寻求精神武器。美国人认为上帝与自然均为理性，英王及政府不能违背，不能加税。自然权利和英帝国利益发生冲突，爆发波士顿倾茶事件，莱克星顿打响独立战争第一枪。

莱克星顿战斗爆发前，美国小册子、报纸就聚焦英国暴政，为《独立宣言》奠定了舆论基础，也支撑美国人的革命愿望。但三分之一美国民众效忠英王，害怕民主革命。殖民地出现两大阵营：亲英保守之联邦党，代表商业和金融资本利益；亲法自由之共和党，代表南方种植园主。双方聚焦谁掌权，建立什么样的新兴民主国家。

最后，温和改革派提案暂时稳定了新生国家，但争端持续到美国内战。最后达成妥协：州教堂政教分离，宗教原则被肯定，长子继承权被废黜，北部州奴隶制被废除。虽然州宪法规定人民拥有权利，但许多州"人民"指拥有选举权之公职人员——拥有财产之白性男人。

西部代表资格被取消，但革命后，"西进运动"开始，殖民者从东向西推进，大肆屠杀印第安人，出现令人讽刺的边疆浪漫主义情怀。但开拓边疆意义复杂，引发许多争议。

第一章　启蒙运动

18世纪是理性世纪和启蒙时代，启蒙运动造就科学家、哲学家，诞生自然神论。牛顿科学理性主义、托马斯·霍布斯和约翰·洛克政治哲学奠定了美国建国思想理论基础。

牛顿理性主义使人相信科学进步，牛顿之假设创造新上帝：靠自然法则，而非清教干涉；上帝体现于自然，而非《圣经》；人与自然和谐，由此诞生自然神论；人本质无私，邪恶非人堕落，乃腐败体制所致；教育可完善人，人生而平等。这种观点均体现于《独立宣言》。

霍布斯主张君主专制，强调政府权力；洛克主张宪政民主，提倡"自然权利"，捍卫生命权、自由权和财产权，首倡三权分立。本杰明·富兰克林和托马斯·杰斐逊是洛克主义者，亚历山大·汉密尔顿是霍布斯主义者。他们将其政治主张贯彻于建国过程中。

第二章　政论文学

美国革命前后文学主要是政论文：小册子、传单、演说，宣传革命，提出政治主张，尤其潘恩作品为美利坚合众国独立作出重要贡献。政论文称不上纯粹文学，但美国国父们丰碑性作品对新生国家诞生，也对美国文学产生重要影响。

弗瑞诺是最佳诗人，其诗浪漫，伴随讥讽与幽默，开启美国浪漫主义文学先河。

美国戏剧遭清教反对，直到18世纪晚期才合法化。革命期间产生战争题材戏剧，泰勒之《对比》（1787）标志喜剧出现。

期间小说肤浅，多说教。查尔斯·布罗克顿·布朗（Charles Brockden Brown）和休·亨利·布雷肯里奇（Hugh Henry Brackenridge）较为突出。前者体现哥特式小说传统，后者模仿塞万提斯和斯威夫特小说。

第一节　本杰明·富兰克林

本杰明·富兰克林（Benjamin Franklin，1706—1790），美国政治家、发明家、外交家、作家。美国革命期间，他在法国劝说法国人支持美国革命，与美国代表约翰·亚当斯、约翰·杰伊一起，同英国代表奥尔瓦德谈判，签署《巴黎条约》（*Treaty of Paris*，1783），结束美国革命。富兰克林是美国精英，1790年去世，法国降国旗三天。

富兰克林思想活跃、乐观向上、勇于创新，完美诠释了启蒙时代精神。他坚信人类成就与进步，坚信个人勤俭节约，坚信自我完善。他历史性地从天命观转向个人主义，从来世转向今世。

他是自然神论者，认为上帝体现于自然，人们行善，会得到上帝恩赐。《信仰文章和宗教行为》（*Articles of Belief and Acts of Religion*，1728）阐明其宗教观。

1727年他同商人建立"政治集团"，1729年买下《宾夕法尼亚报》社，1731年建立美国第一个图书馆，1751年进入宾夕法尼亚州议会。他推进社会改革，修马路、装电灯、建医院、建费城学院（宾夕法尼亚大学），1757年起，他担任殖民地代表，1776年6月协助起草《独立宣言》，后出任法国大使，1785年任宾夕法尼亚州州长，1787年成为反奴隶制会社主席。

富兰克林乃美国人自我成功典范，其成功经历成为美国文化的一部分。其文简洁适用、观点明晰、建议可取。

《穷理查年鉴》（*Poor Richard's Almanac*，1733—1758）像其他年鉴一样，预测日出日落、潮起潮落、用数学和自然方法计算月运变化。《穷理查年鉴》塑造了穷理查形象，页边附有智慧格言。穷理查是最早的美国小说人物：20多年生活于乡村，卖年鉴，与印刷商分利润、与妻子布里奇特争吵，给人算命，等等。

页边格言与穷理查人物无关，乃富兰克林收藏培根、屈雷顿、斯威夫特、蒲伯等人名言警句，语言凝练、韵律性强、充满智慧。例如："三个臭皮匠赛过诸葛亮。""早睡早起，人更健康、更富有、更聪明。""罪恶不是因为禁止才有害，而是因为它有害才被禁止。同样，责任不是因为被要求才有益，而是因为有益才被要求。"（1739，《穷理查年鉴》）"三人死二人，秘密能保存。"（1735，《穷理查年鉴》）"戴手套的猫抓不住老鼠。"（1754，《穷理查年鉴》）等。

《富兰克林自传》（*The Autobiography*，1771，1783，1788，1788—1790）修改四次，直到富兰克林去世尚未完成。《富兰克林自传》分三部分，第一部分描写富兰克林年轻时在波士顿和费城的生活。他犯错很多，但吃苦耐劳，愿意汲取教训；第二部分是"美德艺术"，富兰克林再提年轻时想法，取得"道德完善"；第三部分体现成年的富兰克林把行为准则付诸实践，成为科学家、慈善家和政治家。

《富兰克林自传》最著名的就是13条美德，成为富兰克林核心道德观。

第二节　托马斯·潘恩

托马斯·潘恩（Thomas Paine，1737—1809），出生于英国塞特福德，贵格会裁缝儿子，做过裁缝、水手、教师、收税员、烟草商、杂货商,这些均令其失望。1774 年,37 岁的潘恩拿着富兰克林的介绍信,来到美国。他研究 1760 年后反对英国殖民地政策的小册子,很快成为革命记者,喊出了"哪里有自由,哪里就是我国家"的口号。

潘恩作品简约有力、讽刺尖刻、激情洋溢。其信仰来自自然理性,来自所有人团结起来,争取自由的愿望。

《常识》(*Common Sense*,1776)在美国独立战争爆发后出版。当时多人对美国是否需要独立狐疑不定,《常识》把许多人推向革命。出版三个月,销售 100000 册。潘恩讥讽、谩骂英国政府,宣传其思想:自由美国人不再是英国臣民,不再受英国政府控制;没有什么比《独立宣言》更迅速公开、更坚定不移地解决美国事情;他谴责君主制,提倡共和制;美国要建立新国家,自由会胜利。

莱克星顿打响独立战争第一枪后,潘恩亲赴前线。总司令乔治·华盛顿率领革命军节节败退,撤出特拉华州,失败转瞬即至。潘恩勇对险情,12 月 19 日发表了《美国危机》(*The American Crisis*,1776),开篇激情四射号召美国人:

> 这是考验人们灵魂的时刻,那些岁寒不经霜的士兵和只能见阳光不能见阴霾的爱国者们,在这个危机中将会动摇退缩而不敢再为国效劳了,但是那些坚持下来的人们,现在理应得到人们的爱戴和感激。暴政就像地狱一样不易被战胜,然而我们慰藉自己:斗争愈是艰难,胜利就愈加荣光。①

---

① [美] 托马斯·潘恩:《美国危机》,柯岚编译,上海:上海三联书店 2007 年版,第 1 页。

该书极大提高士兵士气,华盛顿命令每个军团必读。参军人数激增,美军在敌众我寡形势下,取得了胜利。

《人权论》(The Rights of Man,1791—1792)是潘恩最重要的著作,潘恩认为革命权利不可剥夺,民主来自自然和《圣经》。他主张天赋权利和代议制民主共和。他认为"任何一个政府,如果不按共和国的原则办事,都不是好政府"。共和政府把为公众谋福利作为其目标,把民主制作为基础保留下来,摈弃腐败的君主制和贵族制。代议制可以弥补简单民主制的缺陷,代议制政府不是任何人或任何一群人为了谋利,而完全是一种信托,人民也可以随时收回。他还指出:美国独立如果不伴随一场对政府原则和实践的革命,而单从它脱离英国这一点来考虑,那就微不足道。

潘恩的人权论被纳入宪法,成为美国建国重要指导思想。

第三节 托马斯·杰斐逊

托马斯·杰斐逊(Thomas Jefferson,1743—1826),出生于弗吉尼亚边界,1762年毕业于威廉玛丽学院。他涉猎广泛:古典精品、英国法律、哈灵顿、弥尔顿、霍布斯、洛克和伏尔泰作品。1775年进入大陆会议。弗吉尼亚立法机构任职期间,他攻击长子继承制,攻击英国国教,攻击奴隶制。先后任法国大使(1784—1789)、华盛顿政府国务卿(1789—1793)、美国总统(1801—1809)。

杰斐逊信奉自然神论,相信自然权利、政治平等、利他精神,崇尚科学和农业试验。他还是建筑家、学者和教育家。他创建了弗吉尼亚大学。

其作品高雅灵活,抒发自然情怀,精通抽象推理。杰斐逊起草了《独立宣言》(The Declaration of Independence,1776)。《独立宣言》词句流畅、气势宏伟、结构严谨、语言精练、煽动性强,是不可多得的精品散文，表达了美国人的信念和思想，体现了洛克政治哲学，是一座美国自由丰碑。

《独立宣言》分五部分："前言"（introduction）、"序文"（preamble）、"控诉英王乔治三世"（indictment of King George III）、"谴责英国民众"（the denunciation of the English people）和"结论"（conclusion）。

第四节　亚历山大·汉密尔顿

亚历山大·汉密尔顿（Alexander Hamilton，1757—1804）出生于西印度群岛，1772年到纽约，次年，进入国王学院（哥伦比亚大学）。1775年参军，效力于乔治·华盛顿麾下。

汉密尔顿是杰斐逊政敌，其与詹姆斯·麦迪逊（James Madison）和约翰·杰伊合著之《联邦党人文集》（*The Federalist Papers*，1787—1788）与《独立宣言》主张相左。《联邦党人文集》把自然权利最小化，主张建立共和政府，而非民主政府。相互制衡原则防止政府镇压少数派。《联邦党人文集》为美国联邦制和经济制度奠定了基础。《独立宣言》发动了美国革命，《联邦党人文集》则稳定了美国政治经济制度。汉密尔顿观点有效防止专制腐败，对建立"三权分立"制度具有重要意义。

汉密尔顿是保守派，先是洛克主义者，后转向霍布斯主义。他任财政部长期间，目睹新政府经济运行，撰写政府信誉、国家银行和工业制造报告。其经济见解超过杰斐逊，《联邦党人文集》成为美国政治理论重要组成部分。

汉密尔顿作品平静，追求理性；语言高雅简洁、连贯有序。汉密尔顿阅读广泛，从休谟、霍布斯、卢梭、孟德斯鸠、亚当·斯密到希腊经典。1804年他死于决斗。

第五节　菲利普·弗瑞诺

菲利普·弗瑞诺（Philip Freneau，1752—1832），美国政治诗人，在美国文学史上占有重要地位。他热情洋溢歌颂美国，创作杰出诗作。惠特曼之前，无人像弗瑞诺激情饱满地赞扬美国，但于力度与革新上远不及前者；弗瑞诺诗歌采用讽刺手法攻击英国，虽政治讽刺与"浪漫想象"相悖，但皆出自自然神论。弗瑞诺相信上帝仁慈、人人平等、人性善良、制度邪恶、自然和谐进步。其激烈措辞似滔滔江河，高贵自然，他也成为美国浪漫文学先驱。

弗瑞诺与休·亨利·布拉肯里奇毕业于新泽西学院（普林斯顿大学），二人合著散文小说《鲍姆勃神父的麦加朝圣》（*Father Bombo's Pilgrimage to Mecca*，1770），在毕业典礼上共同创作诗歌《美洲光辉的兴起》（"The Rising Glory of America"，1772）。他前往西印度群岛，创作了精美诗歌《美丽的圣克鲁斯》（"The Beauties of Santa Crus"，1776）、《印第安人墓地》（"The Indian Burying Ground"，1788）和《夜之屋》（"The House of Night"，1781）。他讽刺英国，遭英军逮捕入狱，直到1784年释放。

在杰斐逊鼓舞下，他创建反联邦制报纸《国民报》（*National Gazette*，1791—1793）。1800年前，他支持法国革命，后改变主张。晚年，他酗酒，失去大部分财产，风雪交加之夜死去。

其诗歌出现浪漫主义倾向，《美丽的圣克鲁斯》是一首出色的抒情诗，自然形象具体，乃新诗歌先驱。《野忍冬花》（"The Wild Honey Suckle"，1786）哀悼季节变幻无常，但人类能够认识自然真理。诗句简朴，情调忧伤。

有些诗凸显政治主题：《纪念美国勇士》（"To the Memory of the Brave Americans"，1781）是哀悼美国革命英雄的挽歌。《论潘恩先生的人权》("On Mr. Paine's Rights of Man", 1795) 鼓舞人心，可与《常识》共读。

《自然上帝之普遍性和其他属性》("On the Universality and Other Attributes of the God of Nature") 阐释理性时代富兰克林、潘恩、杰斐逊等自然神论的科学性。

第六节 罗伊尔·泰勒

罗伊尔·泰勒（Royall Tyler，1757—1826），美国戏剧家，喜剧《对比》(*The Contrast*, 1787) 是美国戏剧史上里程碑之作。泰勒成功塑造了乔纳森（Jonathan），一个典型扬基人形象：爱吹牛、衣着不整、言语不雅、行为笨拙、性格独立，为国家、为自己自豪。《对比》以美国百姓口味、朴素地方色彩、讥讽方式吸引观众。泰勒讽刺对比了美国人与欧洲人、乡下人与城里人、为爱结婚与图方便结婚等，该剧成为大众文化典范。

《阿尔及尔俘虏》(*Algerine Captive*, 1797，两卷) 通过主人公在美国、英国、阿尔及尔的经历，颂扬美国自由民主，抨击欧洲、美国贩奴行径，讽刺阿尔及尔的教育，批判医学骗子、奴隶制度。《阿尔及尔俘虏》第一卷成为美国"流浪汉小说"经典。

第七节 威廉·希尔·布朗

威廉·希尔·布朗（William Hill Brown，1765—1793），美国小说家。直到1790年，美国产生了创作本土小说的创作冲动，但主要仿效英国，有三种类型：伤感型、讽刺型和哥特式。

布朗小说《同情的力量》(*The Power of Sympathy*, 1784) 属伤感型，主题是诱骗。主要情节讲述年轻人得知自己爱人是同父异母姐妹时，开枪自杀；次要情节讲述一个色狼，骗取了妻子妹妹的贞操，受害者服毒自杀。有人认为这是第一部美国小说，次要情节乃波士顿真实故事。

第八节　查尔斯·布罗克登·布朗

查尔斯·布罗克登·布朗（Charles Brockden Brown，1771—1810）置身政治之外，不信奉任何宗教。小说叙述或情节似乎非理性，但他呈现混乱世界与人性，与建国之父和其他启蒙作家的乐观精神相反。其风格受哥特传奇影响，强调恐怖；也受理查德森式感伤影响，小说强调内省。小说情节奇异，涉及梦游、口技和自燃；他也对科学和伪科学问题异常感兴趣。

《阿尔克温》（Alcuin，1798）受英国自由思想家玛丽·沃斯通克拉夫特（Mary Wollstonecraft）影响，或许是第一部女性小说，反对牢不可破的婚姻。《威兰》（Wieland，1798）是爱情小说，情节滑稽可笑：西奥多·威兰听到上帝声音，命令他杀死家人，但实际上声音来自口技者卡文（Carwin）。使他悲伤的与其说是口技者的欺骗，倒不如说是自己的迷信。

《奥蒙德》（Ormond，1799）描写富人奥蒙德失去理性，追求年轻又贫穷的康斯坦莎·杜德利（Constantia Dudley）。最后奥蒙德攻击杜德利时，被后者杀死。

小说情节使人想起威廉·戈德温（Williams Godwin）之爱情小说《凯莱布·威廉斯》（Caleb Williams）。

《埃德加·亨特利》（Edgar Huntly：or Memoirs of a Sleep-Walker，1799）讲述了梦游者的奇特经历：森林遇险、梦游犯罪、印第安人掠夺等。

第九节 休·亨利·布拉肯里奇

休·亨利·布拉肯里奇（Hugh Henry Brackenridge，1748—1816），美国小说家，出生于苏格兰，1753年到美国，1772年毕业于普林斯顿大学。他用无韵诗创作戏剧《奔牛山之战》（*The Battle of Bunkers Hill*，1776）、《蒙哥马利将军之死》（*The Death of General Montgomery*，1777），但其声望主要是小说《现代骑士》（四卷）（*Modern Chivalry*，1792—1815）。小说讽刺前线政治和社会状况，采用流浪汉小说形式，素材多来自18世纪英国小说。小说讲述主仆历险记，主人是50岁的乡绅法拉戈（Farrago），一个"逍遥派哲学家"，在费城旅游；仆人奥里根（O'Regan），一个白痴，多次犯错，多次被主人解救。主仆之行及其喜剧性遭遇颇像塞万提斯之《堂吉诃德》情节。

第三部分

美国浪漫主义文学 (1815—1865)

第三部分　美国浪漫主义文学（1815—1865）

　　美国纯粹文学出现在 19 世纪，1815 年（美国革命结束）至 1865 年（美国内战结束）是美国浪漫主义文学时期。它分两个阶段：1815—1850 年为早期浪漫主义文学时期，以美国为背景、以美国人为主人公的作品问世。欧文是第一位取得国际威望的美国作家，其《见闻札记》标志着美国浪漫主义文学开端；库柏开创了美国小说，描写美国本土自然风光：原始森林、广袤平原、无际草原、苍茫大海，呈现"西部开拓"景象，讴歌新生美国。1850—1865 年是后期浪漫主义文学时期。美国掀起了"超验主义运动"，该运动极大影响了浪漫主义文学。美国文学创新力突然爆发，文学巨擘横空出世，创作出伟力卓越作品：爱默生《论自然》《论自立》《论美国学者》，霍桑《红字》，麦尔维尔《白鲸》，梭罗《瓦尔登湖》，惠特曼《草叶集》，狄金森诗歌等，把浪漫主义推向高峰。

　　1815 年，美国革命结束，外部危险解除，美国生活更加独立，与欧洲交流限于外交层面。美国西扩迅猛，他们"文明化"印第安人，夺其领地，摧毁其文明。浩瀚无垠大西部即将成为美国"国土"，这种内部扩张带来美国国家主义。国家主义带来浪漫主义，美国浪漫主义的特点是：第一，美国民主制度可行，西部大开发改善了生活工作条件。第二，赞美自然，要与"新"大陆建立新关系。第三，注重情感和直觉而非理性，质疑启蒙作家对宇宙和人性理性的阐释。浪漫主义者抵制理性主义基石乃康德之《纯粹理性批判》（*Critique of Pure Reason*，1781）。浪漫主义作家自由表达情感，想象丰富，注重精神，有时也害怕黑暗和未知。第四，启蒙运动取消了中世纪,浪漫主义则怀旧中世纪。同时,"繁荣"的"东方"过去成为想象源泉。第五,浪漫主义重视个人价值,认为个人超过社会,反对传统习俗,但怀旧仍是浪漫主义一个方面。第六,自然是善之源泉,浪漫主义作家对自然体现极大热情。第七,文化民族性,浪漫主义者为自己的文化天才和文化遗产而自豪。

美国浪漫主义受欧洲浪漫主义,特别是德国、英国和法国影响,但没有政治色彩。美国此时乃农业国,田园诗浓烈,乡村生活幽默。直到美国内战,浪漫文学不仅主导美国文学艺术,还影响国家政治哲学。

第一章　早期浪漫主义文学

代表作家是欧文、库柏和布莱恩特。他们以本土历史传说、风土人情、自然风光为题材,用浪漫笔调,描绘童年时期的美国,成为美国民族文学先驱。

第一节　华盛顿·欧文

华盛顿·欧文(Washington Irving,1783—1859)是第一个享有世界声誉的美国作家。欧文文风明丽晓畅,委婉绵密、舒适亲切,富谐趣、盛彩藻;游记高华清俊,触处成趣。其作品被翻译成12种语言,出版50多次,得到柯勒律治、布莱恩特、斯科特和狄更斯赞誉。

代表作《见闻札记》(*The Sketch Book of Geoffrey Crayon, Gent*,1819—1820)包括名篇《瑞普·凡·温克尔》("Rip Van Winkle")和《睡谷的传说》("The Legend of Sleepy Hollow")。

欧文还是历史传记作家,《纽约外史》(*A History of New York, from the Beginning of the World to the End of the Dutch Dynasty*, 1809) 和《哥伦布传》(*A History of the Life and Voyages of Christopher Columbus*, 1828) 等想象丰富、生动幽默、诙谐讽刺。

欧文作品的浪漫感来自德国哥特文学和沃尔特·斯科特(Walter Scott)作品,早期他也对艾迪生(Addison)和斯蒂尔(Steele)之《旁观者》(*Spectator*)感兴趣,模仿其风格。欧文成为欧洲文学使者,架起了美国和欧洲文学桥梁。

华盛顿·欧文出生于纽约下曼哈顿,父亲乃富有的五金商人。欧文乐意接触上层人,赞成联邦制,其贵族感使他远离清教。孩童时身体虚弱,在纽约神学院接受教育。成年期,欧文游历首都纽约,行走于市政厅达官显贵之间;带枪领狗,探索哈德逊河旷野。他喜欢离奇古怪故事,闲逛纽约荷兰人区,倾听早期荷兰人故事。

他在《见闻札记》"作者自叙"中写道:

> 我平生最喜游览新境,考察种种异地人物及其风习。早在童稚时期,我的旅行即已开始,观察区域之光,遍及我出生城镇的各个偏僻之所与罕至之地;……及长,我观察的范围更续有扩大。无数假日下午尽行消磨在郊坰的漫游之中。那里一切在历史上或传说上有名的地方,我无不十分熟悉。我知道那里的每一处杀人越货之所喻鬼神出现之地。我继而访问了许多邻村,观察其他的风俗习惯,并与当地的圣贤和伟人接谈,因而极大增加了我的原有见闻。一次,在一个漫长的夏日下午,我竟漫游到了一座远山之巅,登临眺望,望见了数不尽的无名光土,因而惊悟所居天地之宽。……我游历了自己国土的各个地方;而如果我的爱好仅限于妍丽景色的追逐,则快心悦目,尽可以无须远求,因为纯以大自然的妩媚而论,此邦确可谓得天

独厚,世罕其俦。试想那银波荡漾、与海相若的浩渺湖面;那晴光耀眼、顶作天青的巍峨群山;那粗犷而富饶盈衍的峡岸溪谷;那雷鸣喧阗于阒寂之中的巨大飞流急湍;那绿色葱茏、好风阵阵的无际平原;那庄严静谧、滚滚入海的深广江流;那万木争荣、无径可循的茂密森林;那夏云丽日、谲诡幻变的灿烂天空;——不,在自然景物的壮丽方面,美国人从不需要舍本土而远求。①

　　欧文学习法律,1803 年,他停下法律工作,去上纽约州边界和加拿大东部旅游。1804 年,他去罗马,见到美国画家华盛顿·阿尔斯顿(Washington Allston),开始对绘画产生兴趣,他回到美国,对美国地方性极其敏感。1806 年,他成为职业律师,但他致力于文学。后来,他加入文学圈子。期间,他出版了第一部著作《萨尔马贡迪》(*Salmagundi*,1807—1808)。《萨尔马贡迪》是欧文与其哥哥威廉和詹姆斯·柯克·保定(James Kirke Paulding)合著,乃散文、诗歌大杂烩,很快成为纽约文学圈子谈论主题。之后,他出版了《纽约外史》,收入颇丰,赢得世界赞誉。它既有事实,也有虚构成分,是部杰出喜剧。迪德里希(Diedrich)是荷兰后裔,单身汉,性格古怪滑稽。欧文善意戏谑,赢得赞美,亦遭致荷兰后裔批判。其讥诮对象还有第四章:基夫特(Kieft)州长影射托马斯·杰斐逊。

　　1815 年,欧文重返欧洲,滞留 17 年。他欲用美国背景,再造欧洲文化,《见闻札记》使欧文在欧美声望鹊起。1826 年,欧文出任美国驻马德里公使随员,1842 年至 1845 年任西班牙公使。但他被公认为作家,终生单身。

---

① [美] 华盛顿·欧文:《见闻札记》,高健译,上海:上海译文出版社 2011 年版,第 3—4 页。

其作品分散文、札记、短篇小说、传记,但短篇小说更出名。

《见闻札记》中有些散文怀旧英国传统生活:《圣诞晚餐》("The Chiristmas Dinner")、《埃文河畔斯特拉特福》("Stratford-on-Avon")、《威斯特敏斯特大教堂》("Westermingster Abbey")等;有些涉及美国:《瑞普·凡·温克尔》和《睡谷的传说》。

《瑞普·凡·温克尔》讲述瑞普的奇特经历。哈德逊河以西不远,地形高亢,巍然高耸云端,威凌四周村庄。瑞普所住村庄坐落于此山脚下,村落中缕缕轻烟袅袅升起,硕石屋顶熠熠于丛树间。这一古旧小村为早年荷兰殖民者所建。

"瑞普生性上的最大缺点即是他对一切能够产生利益的劳动有着一种难以抑制的厌烦心理。"这也"并非是因为缺乏勤奋或毅力所致"。① 他声称,他在自己的地里干活无用,那是远近周围最糟糕的一片土地,那里件件事儿都出问题,你再努力也出问题。"他的栏栅就是屡建屡塌,他的牛不是走失就是进了菜地,他地里的莠草比谁家地里的都长得更快;就连雨的下法都来得特别,什么时候他正有活要在户外来干,偏偏那工夫雨也就正好来了。因此之故,尽管祖传的偌大家业在他的手下已经变得越来越少,少到如今只剩下一小片地来种点玉米土豆,就连这片巴掌大的地块也是周围地里经营得最不善的。"②

然而瑞普却是个天生快乐的家伙,有一副愚而随和的好性情:对什么都不认真,吃什么都不在意,只要得来不太费心思和精力就行。"他的老婆却会在他的耳边整天数落个没完,骂他懒惰,骂他粗

---

① [美] 华盛顿·欧文:《见闻札记》,高健译,上海:上海译文出版社 2011 年版,第 21 页。
② [美] 华盛顿·欧文:《见闻札记》,高健译,上海:上海译文出版社 2011 年版,第 21 页。

心,骂他家混成这样,全是他造成的。"① 自朝至暮,她的舌头一刻不停地骂,他的言行都遭致滔滔不绝的训斥。瑞普被逼至绝境,逃避地里劳动和与妻子吵闹的唯一办法就是把枪一荷,溜入山林中。在树下一坐,将背包里的东西与伍尔夫狗一起分享。

某个美好的秋日,长时间漫游后,他不知不觉登上了喀斯基山的一处绝高地带,追逐松鼠跑上去。此时天光不早,他气喘吁吁地往一绿色小丘一卧。他刚要下山,忽然听到远方有人呼唤他,他走近看时,发现此人长相奇特。来人肩头背负圆桶一只,内盛酒浆之类,示意瑞普近前帮他。他们来到一个凹陷空地,仿佛一小型露天剧场,奇形怪状之人在玩九柱戏,穿着也奇异。瑞普走近,这些异人将木桶内容倒入大肚酒壶中,示意他过来陪侍。异人不动声色地畅饮起来,瑞普恐惧心渐渐消除,趁人不注意,也斗胆偷尝了一口那酒,深感奇妙。他本贪杯之人,一杯一杯地喝起来,终于神志昏昏,陷入酣睡之中。

一觉醒来,他发现他不在原来的地方,他人也踪迹全无。身旁就剩下一杆旧火枪,伍尔夫也不见了,关节也僵硬了。他勉强下山,来到村郊,许多村人中他没有一个人认识。村子来了许多陌生面孔,自家房子败坏不堪,一只癞皮狗狺狺叫了两声。室内空无一人,他高呼老妻和子女,声音回荡一阵,旋即归于阒静。

村中客店变成了旅舍,旁边的那棵大树不见了,代之以一根光净的高杆。大街上有很多人在谈论着选举大事,谈论着革命战争,谈论着摆脱英国羁绊,谈论着成为合众国自由公民等。

瑞普之梦乃"美国梦一部分",与牛奶和蜂蜜之"应允之地"("Promised Land")(《旧约·创世记》)形成对比。但瑞普没有

---

① [美]华盛顿·欧文:《见闻札记》,高健译,上海:上海译文出版社2011年版,第22页。

耽于盲目乐观,20 年一觉醒来备感困惑:怎么一夜之间世界大变?瑞普困惑代表了部分美国人:怎么一夜之间竟成合众国公民了?新生的美国会怎么样?他们或许有瑞普同样的感觉:"天知道我是谁……我已经不再是我自己——已经成了别人——不远的那个才是我自己——不——是哪个别的人钻进了我的身体——昨天夜晚我还是我自己,可我在山里睡着了,有人就把我的枪给换了,把一切都给换了,连我自己也给换了,所以我也说不清我叫什么名字,或者我是谁!"①

怀疑的瑞普最后心甘情愿地接受新兴美国,过去成了记忆和故事;有了新公民身份和意识,瑞普迎接新生代。

《睡谷的传说》讲述乡村教师伊卡博德·克莱恩(Ichabod Crane)偶遇"无头骑士"的故事。克莱恩来到美妙睡谷:"这里崇山环抱,静极幽绝,世所罕有。小溪一湾,流经此地,其声潺湲,适足催人入梦。"② 此乃一位名唤伊卡博德·克莱恩的有趣可敬先生来睡谷寄居、教授此地孩子之崇高目的。"先生颀硕而奇瘦,窄肩,臂股皆长,手离袖口真不知有几里远,一双巨脚亦足供铲土之用,身体各部也只是被松散地连到一起。先生之头小而顶平,耳大,眼亦大,色碧而乏神,生着一副水鹭般的长鼻,故观看起来活像横插于其细颈上的一具风标,足以向人报知风向。"③ 先生在当地女流中享有地位,情趣才艺,亦均可观,与田舍郎大不同,学识上仅次于牧师。

---

① [美] 华盛顿·欧文:《见闻札记》,高健译,上海:上海译文出版社 2011 年版,第 33 页,第 219 页。
② [美] 华盛顿·欧文:《见闻札记》,高健译,上海:上海译文出版社 2011 年版,第 33 页,第 219 页。
③ [美] 华盛顿·欧文:《见闻札记》,高健译,上海:上海译文出版社 2011 年版,第 222 页。

他按当地乡俗轮流吃住于所授农户子弟家中，每过一周，再换一家。在每周某个夜晚聚到一起接受他唱诗训练的弟子中有一名叫卡特琳娜·凡·塔塞尔的，乃一殷实庄主独生女："年方十八娇艳如花的美貌女郎，丰腴、成熟、娇媚、鲜嫩，双颊红得赛过她父亲栽的蜜桃。"① 在当地遐迩闻名，不仅因其美，而且要价亦高。"更何况天生一个风流坯子，俏姐派头，这点仅从那穿戴上便不难看出，其特点为总是能集各类新旧式样于一身，因而最能衬出她的姿媚。"② 克莱恩对于异性本来就有一颗温柔而痴迷的心，所以也毫不足奇，像这样一个醉人的尤物很快就使他大生好感，特别是正式拜访过她家后。但他必须应战成帮成群、真正有血有肉的求爱者。群雄中，最难对付的当属布鲁姆·凡·布兰特，他素以膂力和结实闻名遐迩。他也相中卡特琳娜，将她视为公开追求对象。克莱恩应该无功而返，但他悄悄混入，徐图进展，凭借唱诗教师身份，不断出入其家。克莱恩成了布鲁姆及其同伙野蛮骑手疯狂迫害的对象。在凡·塔塞尔邀请的游乐会后，按照当地规矩，情人可以与继承人进行密谈，但克莱恩神情颓唐沮丧，踏上归村的途程。他骑马走到桥边，窥见一巨怪，正准备纵身一跃，扑向旅人。

他哼哼起赞美诗，鬼影扑向路中央，乃身材魁梧之骑手，所乘黑马亦庞硕。克莱恩策马疾驰，骑手亦并驾齐驱，骑手与他始终若近若离。这时，怪物突然从马镫上直立起来，将其头砸向克莱恩，克莱恩躲闪不及，那骷髅正中其头，将他打一个筋斗，打落马下。他所骑马、鬼马及其鬼骑手都不见了。

---

① ［美］华盛顿·欧文：《见闻札记》，高健译，上海：上海译文出版社2011年版，第228页。
② ［美］华盛顿·欧文：《见闻札记》，高健译，上海：上海译文出版社2011年版，第228页。

第三部分　美国浪漫主义文学（1815—1865）

几年之后，人们发现克莱恩还活着，他已另择他居，并于办学之余，兼习法律，当律师、做政客、搞竞选、为报社撰稿等。

《睡谷的传说》反映了美国革命前后殖民地人民的生活变化，恬静安详的睡谷环境被打破。欧文设想了一个乌托邦的睡谷理想地：''如果何时我也忽生退隐之想，以使我能悄悄遁出这个尘世及其烦忧，而将这劫后余生只在睡梦之中安稳度过，我会再想不起还有比这幽谷更理想的地方了。''①

欧文还出版了其他小说：《布雷斯布里奇田庄》（*Bracebridge Hall*，1822），《旅人述异》（*Tales of a Traveller*，1824）（包括哥特故事《德国学生历险记》和《魔鬼和汤姆·沃克》），《阿尔罕伯拉》（*The Alhambra*，1832）（讲述摩尔人埋藏珍宝传奇）。《哥伦布传》以西班牙水手、历史学家纳瓦雷特（Navarrete）作品为蓝本。起初欧文欲翻译成英文，后写成哥伦布自由梦想。欧文踟蹰于历史与传奇之间，但作品大部分乃传奇。主人公哥伦布描写颇具戏剧性，传记亦有奸诈西班牙人、高贵野蛮人、美人鱼、牛奶之海、哥特雷暴，但亦有真实记载。

《攻克格兰纳达》（*A Chronicle of the Conquest of Granada*，1829）更不确定欧文是写史还是浪漫传奇。《阿斯托里亚》（*Astoria*，1836）是第一部美国商人大亨J. J. 阿斯托传记，撰写时正值美国疯狂西部扩张时期。

尽管欧文作品出色卓越，但也遭致普遍批评：作品缺乏知识深度，美墨战争、滑铁卢事件等描写缺乏智慧，亦未深刻洞悉英美关系、美国帝国主义扩张，道德方面他又缄默。虽然如此，但欧文作品寓意深刻，亦非说教，颇具建设性；其讽刺幽默总是出于善意与

---

① ［美］华盛顿·欧文：《见闻札记》，高健译，上海：上海译文出版社2011年版，第220页。

理解，显示其宽宏大度；更重要的是：喜剧琐碎情节背后燃烧着生活激情，忧伤传奇体现亘古不变定律。

第二节　詹姆斯·费尼莫尔·库柏

詹姆斯·费尼莫尔·库柏（James Fenimore Cooper，1789—1851）亦同华盛顿·欧文，明显表现浪漫色彩，非常关注美国，但二者迥异：欧文塑造传奇，库柏再现边疆森林海洋现实生活；欧文文学成就在短篇小说、散文、传奇和传记，库柏主要成就在小说。库柏是美国文学史上第一位成功的小说家。

相对于欧文，库柏创作更随便。他在《给国民的一封信》（*A Letter to His Countrymen*，1834）中写道，"意外使我成为作家，同样是意外让我动笔。羞于模仿，我努力修补错误观点，创作地道美国人作品，主题是爱国。" 31岁时，他"意外"读到一本英国小说，备感厌烦，称自己能写得更好。妻子质疑，他接受挑战。1820年发表小说《戒备》（*Precaution*），作品平淡无奇，但商业上获得极大成功。受此鼓舞，他又出版了《间谍》（*The Spy*，1821）。

库柏对美国文学贡献多维：经久不衰的美国神话《皮袜子故事集》（*The Leather-Stocking Series*）主题广泛：美国革命、海洋和旷野，他让美国人喜欢美国；他还是重要的社会批评家。库柏作品体现美国早期自我价值、美国根、美国发展、美国愿景、阶级划分、阶级意识、帝国主义扩张、前线生活及乐观精神。在对新国家的展望中，库柏平衡民主思想和精英倾向，抵制庸俗，拒绝总统杰克逊之冒进民主，主张美国回归少数精英领导。

文学界对库柏作品评价不一：英国作家威廉·梅克比斯·萨克雷（William Makepeace Thackeray）称库柏塑造英雄堪比沃尔特·斯科特小说人物，"对设计这个国家的艺术家（库柏）理应尊重"。但马克·吐温在《费尼莫尔·库柏先生的文学犯罪》("Fenimore Cooper's Literary Offenses",1895)中,嘲笑库柏句法、对话、情节、叙事、人物塑造。"库柏眼光极不准确,看问题常出错,看一切都戴上眼镜,漆黑一片。当然,一个连最普通的日常小事都看不准之人组织'情节'就处于劣势。'猎鹿者'中出现一条溪流,流出湖泊时 50 英尺宽,溪流蜿蜒前行,库柏无故把它窄成 20 英尺,出现类似情形需要细节说明。14 页后,小溪湖泊出口突然缩小 30 英尺,成为溪流中'最狭窄部分',这种收窄没有解释。"[1] 詹姆斯·拉塞尔·洛威尔(James Russell Lowell)在《写给批评家的寓言》("A Fable for Critics")中说:"女人他取自一个类型,毫无变化,/全部枫叶般碧翠,草原般平坦。"[2] 库柏遭到严厉批评,以至于其《皮袜子故事集》在 20 世纪早期降至小学课本水平。这些缺陷或许与库柏对文学态度随意有关,但毕竟在那个年代,写作只是表达想法的手段而已。

库柏 1789 年出生于新泽西州伯灵顿,父亲威廉·库柏法官是两届国会议员。库柏 13 岁进耶鲁大学,阅读莎士比亚和 18 世纪主要大诗人作品,两年后因恶作剧被学校开除。后被送到商船上做水手,到海军见习。1811 年,他娶保皇党家庭成员苏珊·德兰西为妻。1814 年至 1817 年,家产分割,他和妻子住在库柏镇,成为乡绅。分家"事件"使他发表了《戒备》。第二年出版了《间谍》。他在欧洲一夜成名。

库柏的第三部著作是《拓荒者》(The Pioneers,1823),以革命战争后十年奥特赛戈湖(Otsego Lake)为背景,开启"皮袜子"系

---

[1] [美] 马克·吐温:《费尼莫尔·库柏先生的文学犯罪》,见童明:《美国文学史》,北京:外语教学与研究出版社 2008 年版,第 82 页。
[2] [美] 詹姆斯·拉塞尔·洛威尔:《写给批评家的寓言》,见童明:《美国文学史》,北京:外语教学与研究出版社 2008 年版,第 82—83 页。

列。1824 年，库柏出版了《舵手》（The Pilot），11 本海洋小说中第一部，塑造长汤姆棺材（Long Tom Coffin）和其他人物。小说把技术细节和故事融合起来，创造了爱国者形象，为赫尔曼·麦尔维尔和约瑟夫·康拉德奠定了基础。

1826 年，库柏移居欧洲，次年见到斯科特和拉斐特（Lafayette）。到 1833 年，他走访法国、瑞典、意大利、德国和英国，介绍美国。1834 年，他回到美国，买下库柏镇奥特赛戈大厅。1837 年开始争夺三英里点（库柏和库柏镇居民开发）使用权。官司降低了库柏在公众眼中形象，但他为原则坚持斗争。后来，其《海军史》（History of the Navy）对伊利湖战斗的描述遭致批评：库柏试图真实再现独立战争时期美军实力，将伊利湖战争描写成游击小冲突，令想象此次战斗宏大之人失望。库柏起诉批评者诽谤，多数案件获胜。这些冲突促使库柏写出社会批评作品。临终前，他创作了小说《利特佩奇的手稿》（Satastoe, Or, The Littlepage Manuscripts: A Tale of the Colony）和唯一一部话剧《倒置，或衬裙哲学》（Upside Down, or Philosophy in Petticoats）。该话剧于 1850 年在纽约上演。库柏加入英国圣公会教，1851 年去世。

《皮袜子故事集》包括五部小说：《开拓者》《最后的莫希干人》（The Last of the Mohicans, 1826）、《大草原》（The Prairie, 1827）、《探路者》（The Pathfinder, 1840）和《杀鹿者》（The Deerslayer, 1841）。故事顺序是：《杀鹿者》《最后的莫希干人》《探路者》《开拓者》和《大草原》。"皮袜子"是纳蒂·班波（Natty Bumppo）的绰号，他也有猎鹿者、鹰眼、长枪、探路者和陷阱者绰号，他习惯穿长长的鹿皮护腿。作为神话英雄，纳蒂·班波体现丹尼尔·布恩（民间英雄）传说、卢梭的原始主义自然人思想、美国人理想形象和库柏的年轻记忆。

纳蒂·班波展现美国尴尬：他忠诚文明，但又极欲逃脱文明禁

第三部分 美国浪漫主义文学（1815—1865）

锢。美国后期作家也遇到同样的尴尬，如威廉·福克纳《去吧，摩西》（*Go Down, Moses*）之艾克·麦卡斯林（Ike McCaslin）。纳蒂·班波离群寡居，秉持自己的规律，直率勇敢，崇拜自然神，发现了"神的印记"，避开女人，过着无性生活。他希望文明不要贪婪，也不要腐败，而是进步。

纳蒂·班波是印第安人的朋友，也是敌人。看似尊重他们，但与其生活时，他保持基督徒的高贵感。他为新欧洲移民寻找出路，压缩印第安人空间。在《皮袜子故事集》序言中库柏写道，纳蒂·班波"太自豪于出身，但落身于野蛮印第安人境地；太陶醉于森林，以至于脱离了朋友和伴侣"①。D.H.劳伦斯在《美国文学经典研究》（*Studies in Classic American Literature*）中，提到库柏笔下之印第安人野蛮高贵，恰是白人之"实现愿望"。"当然，若库柏在荒蛮之地与印第安人度过一生，他会吼叫，他会抓狂：他必须娶妻，以作为强烈社会支撑，抓住不放。"②

库柏社会批判主题见于以下作品：《美国人的想法》（*Notions of the Americans*，1828）中，库柏认为，欧洲人对其热爱之美国误解诸多。他以其贵族理想定义美国惹恼了许多英国人和美国人，但库柏也在《刺客》（*The Bravo*，1831）、《黑衣教士》（*The Heidenmauer*，1832）和《刽子手》（*The Headsman*，1833）中批判了贵族遗传和封建社会问题。在《给国民的一封信》（*A Letter to His Countrymen*，1834）中，他概括了《宪法》理念、制衡体系、大众自由、领袖价值，这些都被写入《联邦党人文集》中。在《美国民主党人》（*The American Democrat*，1838）中，库柏提倡权利平等社会，但并非必要

---

① [美]詹姆斯·费尼莫尔·库柏：《皮袜子故事集》，见童明：《美国文学史》，北京：外语教学与研究出版社2008年版，第85页。
② [美]D.H.劳伦斯：《美国文学经典研究》，见童明：《美国文学史》，北京：外语教学与研究出版社2008年版，第85页。

条件。20世纪重要批评家H.L.门肯（H.J.Mencken）指出，虽然该书"没有完全否认民主"，但"它用辛辣事实，指出了民主缺陷和危险"。库柏也写大量游记，反复强调：美国不应该模仿欧洲。

库柏写了11部海洋小说，《舵手》（*The Pilot*，1824）是第一部。《红海盗》（*The Red Rover*，1827）讲述船长海德格尔（Heidegger）放弃海盗生涯，援助美国人；《两个舰队司令》（*The Two Admirals*，1842）描写整个舰队作战；《飞呀，飞》（*Wing-and-Wing*，1842）讲述新罕布什尔州水手博尔特及其地中海航海经历。这些航海故事侧重航海技术，而非海洋神秘。《舵手》最佳，记录美国革命时期海上生活，也讲述两起爱情和一个恶棍克里斯托弗·狄龙（Christopher Dillon）的阴谋及其死亡。小说中心是纵船在暴风雨中穿过海峡时，护卫舰和英国军舰展开战斗。

第三节　威廉·卡伦·布莱恩特

威廉·卡伦·布莱恩特（William Cullen Bryant，1794—1878），美国浪漫诗人，但形式上他是新古典主义，与其赞美之美国原野、浪漫精神相悖。惠特曼出版《草叶集》与布莱恩特发表《罗伯特·林肯》（"Robert of Lincoln"）、《诗人》（"The Poet"）和《似水流年》（"The Flood of Years"）诗歌几乎同时，但与惠特曼诗歌创新相比，布莱恩特显得苍白无力。惠特曼说：布莱恩特属于古典派，喜欢古老庄严模式；其贡献非新颖，倒是自然歌曲、哲学，相当正式。布莱恩特体现斯多葛式道德，狂欢性不够，但他触及了"最高宇宙真理，热情和责任——道德严肃而永恒，但没有埃斯库罗斯之暴风骤雨和重大性"。

布莱恩特出生于马萨诸塞州卡明顿农民之家，成长于两种文化和哲学家庭。一面是母亲萨拉和外祖父乡绅埃比尼泽·斯奈尔。外祖父是联邦党人,极端加尔文主义者。作为家长和公理会执事,他执行严厉正义,主张节俭勤奋。他教孙子种土豆,铲玉米,小布莱恩特干活慢就会挨揍。另一面,父亲皮特·布莱恩特是医生,学识渊博。除行医、公共服务外,父亲还用亚历山大·蒲伯方式写诗。小布莱恩特存在于两个世界:母亲和外祖父世界世事艰难、风雪交加;父亲世界浪漫美丽,救死扶伤。家庭二元性部分解释了为什么布莱恩特成长为联邦党人和加尔文教徒,后来又成为民主党人、上帝一位论者和浪漫主义者。其诗歌神性来自于上帝一位论,但他一生又保持清教色彩,其诗歌体现坚忍道德。

《死亡随想》("Thanatopsis", 1817)和《致水鸟》("To a Waterfowl", 1815)是其代表作。

《死亡随想》是布莱恩特走向父亲之自然神论/上帝一位论和华兹华斯式自然过渡诗。他拒绝加尔文教,但斯多葛式地坚信:人死后带着信念进入坟墓。诗中,诗人从人类转向自然。斯奈尔和多数新英格兰人认为:自然神论/上帝一位论非基督教,属异教。布莱恩特背着母亲,按照父亲自然神论修改诗歌,1821年,诗中"好天才"转向"自然"。

《致水鸟》诗歌精美,再次阐明布莱恩特的信仰。1815年12月,一天下午,夕阳西下,他边走向自己的律师事务所,边怀疑父亲的上帝信仰。突然他看见天际一只水鸟,映入晚霞。布莱恩特对自然神论深信不疑:万能上帝自然显现,水鸟仿佛听从神的昭示。诗人注目水鸟,自然神激励他写下美好诗句:

> 神意为你指路,
> 在无路的岸边——
> 在大漠、在无际的高天——
> 只身漫游不迷途。

> 你终日展翅振羽
> 在空寥清寒的光宇，
> 纵使黑夜来临，大地在望，
> 你也不飞降疲乏的身躯。①

不知疲倦之水鸟，将自然力传给诗人。诗后两节结尾聚焦"我"和人类精神：

> 你去了，
> 云天重重不见你的身影；
> 而你给我的启迪铭刻我心，
> 久久不会消隐。
>
> 天路漫漫，云程渺渺，
> 指引你顺利飞翔的人，
> 将引导我在孤身飞行的长途上
> 步步走正道。②

布莱恩特大学期间要学习诗歌，但迫于家庭压力，他学习法律，后在普兰菲尔德和大八灵顿（Plainfield and Great Barrington）做律师。后去纽约，做《纽约评论》和《美国评论》助理编辑，后成为《纽约晚邮报》编辑。后半生，他写诗，六次去欧洲，做诗歌讲座。布莱恩特乃美国最早文学批评家，他主张诗歌强调道

---

① 辜正坤主编：《外国名诗三百首》，北京：北京出版社2000年版，第373页。
② 辜正坤主编：《外国名诗三百首》，北京：北京出版社2000年版，第373—374页。

德美，自然体现思想；遣词具有暗示性和高尚性；韵律灵活，侧重感受和想象。

第二章 超验主义文学

超验主义成就了许多伟大作家，即便霍桑、麦尔维尔不太赞成，但也深受影响。

1836年，马萨诸塞州康科德城出现一个非正式团体，讨论神学、哲学和文学。起初名为"海奇俱乐部讨论会"，由亨利·海奇（Henry Hedge）发起。他们话语高尚，被人称为超验主义者。其他成员陆续加入：牧师西奥多·帕克（Theodore Parker）、乔治·里普利（George Ripley）、詹姆斯·弗里曼·克拉克（James Freeman Clarke）、知识女性伊丽莎白·皮博迪（Elizabeth Peabody）、索菲亚·皮博迪（Sophia Peabody）、玛格丽特·富勒（Magaret Fuller）和作家拉尔夫·沃尔多·爱默生、亨利·梭罗、布朗森·阿尔卡特（Bronson Alcott）、纳撒尼尔·霍桑。爱默生是最重要代表人物，但威廉·埃勒里·钱宁（William Ellery Channing）之前种下了超验主义种子。

钱宁是上帝一位论牧师，倡导人性善，甚至神圣。1819年，他在巴尔的摩布道中阐述其思想：人类天赋一旦接受知识并得以释放，会成为强大道德力量和创造力。换言之，人类定义上帝。这种原旨善思想极大挑战了清教和贵格会教之原旨恶，钱宁是爱默生灵感的直接源泉。

超验俱乐部开展两项活动：第一，《日晷》杂志在1840年至1844年期间出版16期，玛格丽特·富勒是第一任编辑，后爱默生接过，梭罗当助手。第二，1841年，他们建立布鲁克农场（Brook

Farm），一个乌托邦社区，意欲参与者认识自我，1847年实验失败。

作为浪漫主义的一种强烈表达形式，超验主义具有浪漫主义共性：强调直觉重要性、个人地位高于社会、大自然新鲜感和兴奋感，痴迷于哥特式和"东方文化"，创建美国文学文化。作为新英格兰独特的浪漫主义形式，超验主义有独特的道德、哲学内涵，爱默生概括为：作为认识论，超验主义主张人可通过直觉，而非传统认知，本能地获得更高真理，超越理性极限。具体而言，通过想象之可见世界能提供未知世界无穷线索，人类通过感官能洞悉物质世界背后永恒真理。

文学上，这种信仰强调象征。道德上，超验主义体现清教之"神圣超自然之光"或贵格会教之"内心之光"。如爱默生所言，它召唤人们行动起来，鼓励年轻人摆脱传统束缚，追随内心上帝，像清教先辈们一样努力。但超验主义强调自然道德美好，上帝无处不在，人性善良又与加尔文教背道而驰。

哲学上，超验主义来源广泛：新柏拉图主义，认为精神战胜物质，精神价值高过绝对上帝；通过柯勒律治（Coleridge）和卡莱尔（Carlyle）作品转换之德国浪漫主义，强调直觉直达万物本质；收集、解释亚洲古代经典，包括《论语》等。

第一节　拉尔夫·沃尔多·爱默生

拉尔夫·沃尔多·爱默生（Ralph Waldo Emerson，1803—1882）是19世纪美国最重要、影响最深远的超验主义思想家，他创造性地定义了美国个人主义，对美国文化和文学作出决定性贡献。欧文·豪（Irving Howe）[①] 称爱默生为时代精神支柱，"美国创新"倡导

---

① 欧文·豪（1920—1993），美国犹太文学社会批评家，美国民主社会主义主要人物。

者。马修·阿诺德（Matthew Arnold）指出，爱默生是"神谕者"，挑战了"巨大、死亡、无利可图世界"之"苦涩知识"。F.O.马蒂森（F.O.Matthiessen）在著名文学评论《美国文艺复兴》（*American Renaissance*）中指出，爱默生"是梭罗观点建立基础、是惠特曼诗歌源动力、是霍桑和麦尔维尔作品催化剂"。

作为超验主义主要发言人，爱默生称其哲学"有点超越"（"a little beyond"）：超越纯理性限制、超越传统、超越自我低估。他坚信："理想比实际更真实"，个人潜能无限。他也主张需要"超越点"（"a little beyond"）欧洲文化标准。1837年，他在哈佛大学所作《论美国学者》（"The American Scholar"）演讲传达了上述思想，它被誉为美国"知识独立宣言"。

爱默生是强烈的个人主义捍卫者，其个人主义与泛神论有关。在《论超灵》（"Over-Soul"）中，他认为个体灵魂能与伟大宇宙灵魂沟通，无处不在的精神自然与个体神圣直觉相呼应，这种沟通交流反过来也定义了爱默生的有机艺术思想。具体而言，艺术有机有两层含义：适当形式能表达诗人直觉，这种直觉源于宇宙大脑，即"超灵"。宇宙大脑乃终极创造者，乃个体创作主要源泉。

爱默生哲学是概念领域革命，这种革命综合几种文化来源：主要通过柯勒律治，许多德国理想主义词汇和概念，如灵感、理想化、知识化、有机、自我意识等，最重要的是心理学和心理方面被引入爱默生作品中；从婆罗门教（Brahmanism）和印度教（Hinduism），特别是从《薄伽梵歌》（*Bhagavad-Gita*）中爱默生引入"自然""宇宙大脑"和"超灵"概念元素。

爱默生借鉴孔子，在《杂志》（*Journals*）中引用孔子箴言，在《日晷》上出版翻译《论语》语录。但他对孔子是出于对古代圣人的尊重，而非志趣相投。爱默生哲学是儒教抗药剂，爱默生是地道的个人主义者。

爱默生力量不仅源于伟大思想，还源于表达思想之雄辩口才。他是被引用最多的作家，兹举几例经典名句：

- 一个真正的人，必须做到不墨守成规……最后，只有你自己的完整思想才是神圣的……在这个世界上随波逐流很容易；在孤独中过自己的生活很简单；但是，伟大的人却可以在人群中实现完美甜蜜的独处。①
- 大人物难免遭误解。②
- 在图书馆长大的温良青年，确信接受西塞罗、洛克、培根的观点是自身责任，却忘记了西塞罗、洛克、培根当年写书时，也只不过是图书馆里的青年。③

更准确地说，爱默生的伟力在于演讲。其演讲即诗歌性散文，气势恢宏，狂放恣肆，颇具煽动性。慷慨激昂的演讲验证了他的有机艺术概念，演讲力量源于心灵深处，与宇宙大脑神秘相连。滔滔不绝的演讲令他物我两忘，忘记了听众，以至于一些演讲仿佛空中楼阁，设计师忘记设计天梯。爱默生既是诗人也是演讲家：诗人苦心积虑，方能写出好诗；而演讲家演讲要赢得观众。爱默生常忘记听众，他更是个诗人。爱默生有机演讲乃其广阔视野造就，与诗人远见、洞察力和丰富想象紧密联系，有血有肉，鲜活生动。

---

① ［美］拉尔夫·瓦尔多·爱默生：《论自然》，吴瑞楠译，北京：中译出版社2010年版，第67—69页。
② ［美］拉尔夫·瓦尔多·爱默生：《论自然》，吴瑞楠译，北京：中译出版社2010年版，第71页。
③ ［美］拉尔夫·瓦尔多·爱默生：《论自然》，吴瑞楠译，北京：中译出版社2010年版，第8页。

爱默生出生于波士顿,祖先是传教士。8 岁,父亲威廉·爱默生牧师去世,家庭窘困,但爱默生像三个兄弟一样,读完波士顿拉丁学校,继续去哈佛大学学习。在校期间广泛阅读柏拉图、普洛提诺(Plotinus)、莎士比亚、玄学派诗人、蒙田(一生钟爱)和亚洲经典。1821 年哈佛毕业后,他成为上帝一位论者,只为摆脱"冷漠与沉闷"教派。30 岁,他去英国旅行,结识柯勒律治、华兹华斯、卡莱尔。回国后定居在马萨诸塞州康科德镇,他成为散文家、诗人、演讲家。其布道传播乐观精神、自信心和个人无限潜力。

爱默生的巨大影响源于波士顿一次演讲,听众感到他发现了人类规律,就像牛顿发现力学定律一样,而学者们还在苦苦探寻。

爱默生超验主义见诸几部作品:第一部《论自然》(*Nature*,1836)奠定了超验哲学理论基础和方法论基础,提出其形而上学观,强调主体与客体完美对应,定义自然、自我、理性、知性等关键概念,将抽象理性与具体经验结合起来。《论自然》即其思考过程,亦其思考结果。《论文集》(*Essays*)(《第一集》*First Series*,1841;《第二集》*Second Series*,1844)是爱默生最重要的著作,包括名篇:《论历史》("History")、《论自立》("Self-Reliance")、《论超灵》和《论诗人》("Poet"),两篇著名演讲:《论美国学者》和《神学院演讲》("The Divinity School Address",1838)。它们在欧洲赢得广泛赞誉。爱默生还出版两部诗集。

爱默生在《论自然》中说:"我变成了一个透明的眼球。我什么都不是,我看到了一切。全能的上帝之流在我体内流淌,我是上帝的一个颗粒,是上帝的一部分。"① 个人灵魂成为自然神力媒介是《论自然》的核心。在"导言"中,爱默生宣称,超验主义自然基

---

① [美]拉尔夫·瓦尔多·爱默生:《论自然》,吴瑞楠译,北京:中译出版社 2010 年版,第 4 页。

本前提是：自然非简单非我（NOT ME），乃宇宙大脑，人用肉眼、心灵和大脑能洞悉其征兆（象征）。爱默生道：

> 每个人的状态，就是在象形意义上对他的疑问的解答。人类先有生活，而后才知晓道理。同样，自然已经在以它的形式和偏好，描绘自身的存在。让我们来研读自然那伟大的灵魂吧，它在我们周围散发着宁静的光芒。①

《论自然》除"导言"外，还有八节，阐述爱默生自然观。第二节"物质"即"所有自然给予我们的馈赠"② ——感官上感觉到，物质上受益——天穹、海洋、大地、阳光、云朵、气候、四季。第三节"美"指出：爱自然是美感基础，美感即是快感，也是精神、智慧能力。第四节"语言"指出：自然是符号和有机艺术基础：

> 词语是自然存在的符号表达。
> 特定的自然存在是精神存在的象征。
> 自然是精神的象征。③

第五节"知识"中，自然是赋予人类理性和理解的导师。本节源自柯勒律治之《朋友》（*The Friend*）。借此，爱默生与德国理想主义联系起来。第六节"理念"指出："理念哲学最初产生就是源于

---

① ［美］拉尔夫·瓦尔多·爱默生：《论自然》，吴瑞楠译，北京：中译出版社2010年版，第2页。
② ［美］拉尔夫·瓦尔多·爱默生：《论自然》，吴瑞楠译，北京：中译出版社2010年版，第5页。
③ ［美］拉尔夫·瓦尔多·爱默生：《论自然》，吴瑞楠译，北京：中译出版社2010年版，第12页。

自然的暗示","诗人以更高的方式传达同样的愉悦。只要寥寥数笔，也就描绘出了太阳、山峦、帐篷、城市、英雄、少女，这些与我们所知的并无不同，只是脱离了地面，浮动在我们眼前，就像在空气一样。……诗人用思想让自然灵动起来"。① 第七节"精神"指出："精神是造物主，在自然背后，精神贯穿自然全部；精神非从外在的时空，而是经我们自身向我们施加影响。"所以，"一旦人类呼吸到精神的空气，获许直视正义和真理绝对存在，人类就可进入上帝所有思想领域，他本身就是上帝在有限世界中的存在"。② 第八节"未来"指出："人类的根本不在物质，而是精神。精神的元素是永恒的。所以，对于精神来说，最漫长的事件、最古老的编年史都是年轻短暂的。人类的个体繁衍生息，在这个普通的人类循环中，世纪只是一个个点，所有的历史只是一次堕落的时代。"③ "精神是流动的，不是固定的。精神改变、塑造、创造自然。自然之所以一成不变，或低俗暴力，是因为精神的缺位。在纯粹的精神看来，自然是流动、多变、温顺的。精神给自己建造居所，居所之外是世界，世界之外是天堂。"④

《论美国学者》中定义"学者"："学者"并非传统意义之"研究者"，乃"人类思考者"；面对自然、过去书本、行动生活，学者应该怎样做，才成为真正学者。爱默生特别警告：书籍能给人启迪，

---

① [美] 拉尔夫·瓦尔多·爱默生：《论自然》，吴瑞楠译，北京：中译出版社2010年版，第26—29页。
② [美] 拉尔夫·瓦尔多·爱默生：《论自然》，吴瑞楠译，北京：中译出版社2010年版，第34页。
③ [美] 拉尔夫·瓦尔多·爱默生：《论自然》，吴瑞楠译，北京：中译出版社2010年版，第38页。
④ [美] 拉尔夫·瓦尔多·爱默生：《论自然》，吴瑞楠译，北京：中译出版社2010年版，第41页。

但不能被其奴役，偏离思想轨迹，失去自我思想；学者应该"消除所有陈规陋习，突破所有局限，摒弃所有腐朽思想"。① 学者应该行动，着手创造；书籍、大学、艺术流派和机构都止于往昔天才之名言警句，思想受禁锢，不向前看，但天才是向前看，人脑长在前额上，而非后脑勺上。"普通人心怀梦想，天才却着手创造。"② "学者宁愿背负十字架走自己的路，……让他浑身充满自信，而不人云亦云。"③ "学者应当自由——自由而且勇敢……我们要用自己的脚走路，我们要用自己的手来工作，我们要说出自己的想法。"④

《神学院演讲》应哈佛神学院毕业生邀请所作，引发学界"波士顿倾茶风暴"。爱默生声称，所有人均具神性，基督也是人。他既不引用，也不讨论《圣经》；既不祈祷，也不否认宗教奇迹。他强调个人灵魂庄严神圣。"人内心充满正义，那他就是上帝。上帝之平安、上帝之不朽、上帝之威严伴随正义进入人身体。人作假，欺骗自己，终将迷失自我。看到绝对善，人满怀谦卑，全心仰慕。每次放低身段意味着抬高自己。放弃自我身份会回归真实自我。这种内在力量迅速发挥作用，纠正错误，消除误解，让事实与思想统一。……人成为自己的上帝，行善者积德，行恶者积恶，本性终会公开。"⑤ 爱默生强调行善："人追求善业，会得自然之助，变得强

---

① [美]查尔斯·艾略特主编：《哈佛百年经典》之《爱默生文集》，孔令翠、蒋橒译，北京：北京理工大学出版社2014年版，第7—8页。
② [美]查尔斯·艾略特主编：《哈佛百年经典》之《爱默生文集》，孔令翠、蒋橒译，北京：北京理工大学出版社2014年版，第9页。
③ [美]查尔斯·艾略特主编：《哈佛百年经典》之《爱默生文集》，孔令翠、蒋橒译，北京：北京理工大学出版社2014年版，第14页。
④ [美]查尔斯·艾略特主编：《哈佛百年经典》之《爱默生文集》，孔令翠、蒋橒译，北京：北京理工大学出版社2014年版，第15—20页。
⑤ [美]查尔斯·艾略特主编：《哈佛百年经典》之《爱默生文集》，孔令翠、蒋橒译，北京：北京理工大学出版社2014年版，第23页。

壮。若行善途中背道而驰，他将剥夺自己的力量和外援，其生命之路会越来越狭窄，他会越来越渺小，像一颗尘埃，如一个小点，直至绝对恶将他带向绝对死亡。"① 爱默生强调独自探索，拒绝榜样，即便是人心目中想象的神圣榜样。他鼓励创造，反对模仿。"模仿无法超越榜样，模仿者开始就注定平庸无望。"② 演讲还强调灵感的重要性，反驳宗教权威。

《论文集》阐述了爱默生超验主义思想，也展现了爱默生写作风格：用丰富例证申明观点、金玉良言、难以忘记、充满悖论。

《论超灵》展现了爱默生的神秘一面，构成超验主义基础。"超灵"指深奥、无所不能之神性（spiritual nature），是人神圣内心源泉。物质世界乃纯粹思想或本质之粗糙表现，人类遵循内心神圣之光，会发现真正生命航程，找到内在源泉——"超灵"——永不枯竭力量。

爱默生进一步解释"超灵"：

> 同时人有着完整的灵魂、智慧的沉默、普遍的美丽，每个部分、每个分子都平等相关联；构成那永恒的"一"（eternal ONE）。③

"超灵"归结为"永恒的'一'"，个体与其他个体融为一体，即人类共同之心，人均能与"超灵"沟通："所有真诚的对话都是

---

① ［美］查尔斯·艾略特主编：《哈佛百年经典》之《爱默生文集》，孔令翠、蒋椟译，北京：北京理工大学出版社2014年版，第23—24页。
② ［美］查尔斯·艾略特主编：《哈佛百年经典》之《爱默生文集》，孔令翠、蒋椟译，北京：北京理工大学出版社2014年版，第34页。
③ ［美］查尔斯·艾略特主编：《哈佛百年经典》之《爱默生文集》，孔令翠、蒋椟译，北京：北京理工大学出版社2014年版，第119页。

对它顶礼膜拜，所有正确的行为都是对它的服从。就是那压倒一切的现实，驳倒我们所有诡计，迫使每个人回归自我，用真性情讲话，而非巧言令色。"①

人受敬仰非自身之表现，乃其灵魂。行为展现灵魂："灵魂拂过他的智慧，那就是天才；灵魂拂过他的意志，那就是美德；灵魂淌过他的情感，那就是爱心。"② 智慧要自我表现，智慧就盲目了；人要自我表现，意志就软弱了。此刻需要伟大灵魂穿过我们，心灵的"一束光"指引我们。

爱默生之超验主义批判了加尔文教，提倡个人主义，实现了人性解放。

《论补偿》要与《论超灵》共读。超灵万能、美好，邪恶存在吗？爱默生的答案是邪恶不存在。换言之，邪——善之反面，无力影响任何事情。恶行发生，造成暂时失衡，但每次"恶行"会被"善行"抵消，显见之"得"对应之"失"。爱默生哲学颇像古代亚洲哲学，"超灵"对应婆罗门教，"补偿"对应噶玛噶举派。

恶行会暂时存在，但美德和大自然结成联盟，反对邪恶，美好法则和物质打击鞭挞叛徒。万物为真理和利益存在，世界之大，无恶徒藏身之地。伟人甘心渺小，遭到排挤、折磨、失败，他会抓住机会学习，增添智谋，增长勇气，知道事实，意识到无知，治愈狂妄，懂得克制，掌握真理。伤口愈合，击败敌人，获得胜利。只要不屈服，邪恶都会让我们受益，获得战胜敌人之力量和勇气。

---

① ［美］查尔斯·艾略特主编：《哈佛百年经典》之《爱默生文集》，孔令翠、蒋橹译，北京：北京理工大学出版社2014年版，第118页。

② ［美］查尔斯·艾略特主编：《哈佛百年经典》之《爱默生文集》，孔令翠、蒋橹译，北京：北京理工大学出版社2014年版，第120页。

《论自立》概括了爱默生实践哲学,被引用最多。"不顺从"和"相信自我"是"论自立"的精髓。"相信自我,绝不模仿。"① "嫉妒是无知,模仿是自杀;无论好坏,他必须拿到他自己的一份。"② "一个真正之人,绝非顺从者。"③ "我做关乎我自己之事,不在乎他人怎么想。"④ "我反对遵从死亡习俗,它会消耗你精力,耗费你时间,模糊你个性。假如你相信死亡宗教,给僵死的圣经会捐款,跟随党派投票,支持反对政府,像卑下的管家摆放餐桌,这些遮蔽下,很难看清你真面目。如此'合宜'生活消耗你太多精力。做好自己之事,你会强化自己。人必须认清,随波逐流就跟捉迷藏一样。"⑤ "人类必须舍弃所有外部帮助,自我独立,方能强大成功。加入一个团体,你的力量就削弱一分。不要乞求他人,无止境变化中,你是唯一坚定主体,必将很快成为周围一切事物支柱。力量与生俱来,人类软弱无力,是其于自身之外寻找善之存在。当人类认识此点时,他会毫不犹豫,专注自己思想,纠正自己,笔直站立,控制自己四肢,创造出奇迹。直立总比倒立强大。所以,把握一切所谓命运。……用意志去工作和获取,给命运之轮套上枷锁,安心就座,

---

① [美] 拉尔夫·瓦尔多·爱默生:《论自然》,吴瑞楠译,北京:中译出版社2010年版,第207页。

② [美] 拉尔夫·瓦尔多·爱默生:《论自然》,吴瑞楠译,北京:中译出版社2010年版,第65页。

③ [美] 拉尔夫·瓦尔多·爱默生:《论自然》,吴瑞楠译,北京:中译出版社2010年版,第183页。

④ [美] 拉尔夫·瓦尔多·爱默生:《论自然》,吴瑞楠译,北京:中译出版社2010年版,第185页。

⑤ [美] 拉尔夫·瓦尔多·爱默生:《论自然》,吴瑞楠译,北京:中译出版社2010年版,第186页。

不惧怕它转动。……只有你自己，才能给你安宁。"①

《论诗人》中，诗人是"言者，命名者，美的代言人"。② 诗人灵魂臻于成熟，大自然就会让他孕育诗篇或歌曲。这些诗歌就是诗人后裔，它们进入人心中，永驻其间。诗人是语言制造者，新生国家是诗歌创作"无可比拟"的源泉。

《论诗人》强调诗人洞察力、智慧性和信息性，诗歌创作技巧居其后，因为"成就一首诗的不是格律，而是自成格律之内容"。③ 诗人是语言制造者，新生国家有着无穷无尽的诗歌素材。

在《代表人物》（*Representative Men*，1850）中，爱默生讨论伟人品质。显见，《代表人物》与卡莱尔之《论历史上的英雄、英雄崇拜和英雄业绩》（*On Heroes, Hero Worship, and the Heroic in History*）结构上、概念细节上很相近。爱默生列举了六位伟人：柏拉图、斯威登堡、蒙田、莎士比亚、拿破仑和歌德。六人当中，卡莱尔讨论了莎士比亚和拿破仑。爱默生和卡莱尔都认同：英雄具有洞察力，自立和真诚。但卡莱尔认为伟人靠拼搏，爱默生认为伟人靠大众力量。

爱默生主张，诗歌要用具体形象创造象征，他是惠特曼、艾米莉·狄金森、现代派中意象派代表埃兹拉·庞德的先驱。

爱默生诗歌阐述其哲学。《乌列》（"Uriel"）说：善与恶、白昼和黑夜之间没有一条直线，因果之间也没有清晰联系；《个体与整体》（"Each and All"）表明美好事物相互依赖，象征着宇宙一致与

---

① ［美］拉尔夫·瓦尔多·爱默生：《论自然》，吴瑞楠译，北京：中译出版社2010年版，第211—212页。
② ［美］查尔斯·艾略特主编：《哈佛百年经典》之《爱默生文集》，孔令翠、蒋橹译，北京：北京理工大学出版社2014年版，第147页。
③ ［美］查尔斯·艾略特主编：《哈佛百年经典》之《爱默生文集》，孔令翠、蒋橹译，北京：北京理工大学出版社2014年版，第149页。

和谐。《梅林》("Merlin")呈现了诗人的社会英雄形象，平淡处理现实和理想之关系。

第二节　玛格丽特·富勒

玛格丽特·富勒（1810—1850）是超验主义俱乐部关键人物，《日晷》第一任编辑，精通德语；她与爱默生长期交好，影响后者思想；她与霍桑交往，激怒了霍桑，后者塑造了芝诺比娅（Znobia）（《福谷传奇》）人物，与之小说人物对抗。

富勒之《十九世纪的女性》（Women in the Nineteenth Century, 1845）是倡导女性权利得力之作。与爱默生观点相左，富勒主张女性也天生神圣，女人也应同男人一样，享有内外自我发展权利和机会。她说，人类社会已经成熟，女人内外自由应同男人，应承认女人权利，而非妥协。富勒指出，既然超验主义者是强烈的废奴主义者，反奴隶制就应该取消男人对女人束缚。然而，她并不乐观，该时代男人不赞成其女性主义，女人必须依赖自己改善社会条件。富勒塑造了米兰达（Miranda）理想女人形象：自立，乐意助人，自我决断。

富勒也从事新闻业，在19世纪女人中乃凤毛麟角。1844至1846年，她是《纽约论坛报》文学批评家。其批评大胆，原则性强。她炮轰公众偶像朗费罗赢得了爱伦·坡赞扬，但也招致浪潮般的谴责。1846年，她动身去英国、法国和意大利。在意大利，她嫁给了奥索里侯爵乔万尼·安吉洛，育有一子。回美国途中，船只失事，全家遇难。

富勒高度智慧，热衷于人类思想和精神事业，其成就部分归功于父亲的严格教育。其父乃律师，四届国会会员。

第三节 亨利·戴维·梭罗

亨利·戴维·梭罗（Henry David Thoreau，1817—1862）是美国超验主义运动另一代表人物，爱默生门徒、朋友和康科德邻居。梭罗外表粗野，爱默生说他"罪恶般丑陋、大鼻子、奇特嘴"。爱默生之直言不讳并非他们关系疏远，乃亲近体现。恰是他们彼此欣赏，梭罗才践行爱默生倡导之自我反省、自我依赖之超验主义。爱默生也发现梭罗户外活力和鲜明个人主义颇具魅力。

虽为爱默生门徒，但梭罗并非低于爱默生。梭罗追求心灵上的内容、精神上的收获。内心平衡，眼中世界才能平衡。世人急功近利、商业欺诈、政府无能、宗教引导盲目、政治交易肮脏等等，都是他抨击和批评的对象。他相信天人合一，尊崇自然、崇尚良心、真理和道德，导致他许多事情不切实际，行为与社会格格不入。对政府和政治的分析与抨击很超前、很先验、很有道理，但一般人看来难免偏激。在精神追求方面，他永远是人类思考的一面镜子。

《瓦尔登湖》（*Walden*，1854）和《论公民的不服从》（*Civil Disobedience*，1849）流芳千古，体现梭罗两种极端行为：生活于瓦尔登湖畔棚屋；拒绝交税，抗议墨西哥战争，被判入狱。《论公民的不服从》主张"为政最少的政府，是最好的政府"。"无政而治的政府，才是最好的政府。"[①] 20世纪甘地之消极不抵抗主张主要源自"公民不服从"，"公民不服从"也影响了小马丁·罗德·金。在商业文化吞噬整个世界时代，梭罗之独居森林绝非个人心血来潮，倒会引发人们思考：人类简单生活是否更有意义？

---

① [美]亨利·戴维·梭罗：《梭罗散文》，苏福忠译，北京：人民文学出版社2011年版，第57页。

梭罗行为颇具模仿性：梭罗朋友查尔斯·斯蒂尔斯·惠勒（Charles Stears Wheeler）在弗林特池塘建起棚屋，威廉·埃勒里·钱宁更浪漫：选择在伊利诺伊州草原生活；梭罗之《论公民的不服从》发表前四年，超验俱乐部成员布朗森·阿尔卡特（Bronson Alcott）也拒绝交税，抗议国家无道义。梭罗行为也远非我们想象得那么极端：朋友们大伸援手，森林棚屋建在爱默生借给的土地上；入狱后，朋友们快速交税，他一夜后即出狱。梭罗价值体现在其社会批判和政治立场，也践行了爱默生及其超验主义主张，这些价值观仍为后人欣赏。

梭罗在《瓦尔登湖》中抗议时代物质主义，反对工业化带来工作划分、工人划分，人成为功能而非完整人。此点上或许梭罗站在农业经济立场，基于田园生活和价值观。其湖边实验要证明：人类能多大程度上摆脱商业社会伪善性与非必要性。1845 年 7 月 4 日，他住进瓦尔登湖棚屋，开始简朴生活，专注观察和反思。

《瓦尔登湖》描写四季，始于夏天，结束于春天，讲述他如何打造基本食物，建起棚屋。但他并非与世隔绝，他常去一个镇子，邀请朋友到家中做客。他或许要提醒世人：毋忘贴近自然生活之快乐，亲近自然即接近自然神；他也警告物质主义者，他们会失去生活中最受益部分。

《瓦尔登湖》不仅体现其所见所思，更融合其政治、哲学观，也诠释其邪恶观：邪恶乃外部局限、传统或手段，阻碍个人自我实现。但消除这些障碍也不够，个人必须用"最高、最严厉纪律"，刻苦训练，即梭罗之"清教徒之坚忍"。因此梭罗热衷于新英格兰殖民开拓者威廉·布兰福德和约翰·史密斯，钦佩他们亲近"原始时代"：荒野镌刻时代印记，荒野神话不仅铸就语言和思想，也造就野蛮人和文明人，不仅"新世界"，也包括古代亚洲人，不仅好人，也包括恶人。这种多层次融合在"冬日瓦尔

登"最后一段体现最充分。该段叙述爱尔兰人来瓦尔登湖采冰,运到外地做生意。梭罗感到瓦尔登湖与外界相连,自己也与外界相通:

> 看来,查尔斯顿、新奥尔良、马德拉斯、孟买和加尔各答那些挥汗如雨的居民,会痛饮我井中之甘泉。黎明时分,我灵感涌现,沉浸在《福者之歌》那令人赞叹的宇宙哲学中。自从这一典籍问世,圣贤们的时代早已过去,相比之下,我们的近代世界和文学是多么的微不足道啊;我还怀疑,这种哲学是否仅仅适用于以往的生存状态,它难以企及的高度,离我们所秉持的观点是那么遥远!我放下书本,到我的井边饮水。天哪!我居然在那里遇到了婆罗门的仆从,梵天、毗瑟奴和因陀罗的僧侣,他在恒河边的神庙中打坐,诵读着《吠陀经》,或带着一些面包屑和水钵,在一棵树下静坐。我遇到他的仆人来为他汲水,我们的水桶仿佛在同一口井中碰撞。瓦尔登湖纯粹的水已经和恒河的圣水混溶为一体了。借着柔和的风力,这股水波流过了阿特兰蒂斯和海斯贝里底斯这些传说中的岛屿,流过汉诺威探险时经过的地方,飘过特尔纳特岛、蒂达尔岛和波斯湾的入口,在印度洋的热带风中会合,最后到达连亚历山大也只是耳闻过的一些港口。①

梭罗出生于马萨诸塞州康科德镇。在父亲的铅笔厂干活,就读于康科德专科学校,学会测量,后考入哈佛大学,1837年成为教师。爱默生搬家到康科德,梭罗17岁,他们接触,梭罗加入超验主义俱

---

① [美]亨利·戴维·梭罗:《瓦尔登湖》,高格译,北京:北京联合出版公司2017年版,第276页。

乐部，成为爱默生的终身朋友。梭罗也与阿尔卡特、埃勒里·钱宁和霍桑关系紧密。1856年11月去纽约期间，他见到惠特曼和比彻（Beecher），该经历被写进《康科德和梅里麦克河上的一周》（*A Week on the Concord and Merrimack Rivers*，1849）中；1850年，他与埃勒里·钱宁去加拿大，创作了散文《远足》（"Excursions"）等。《论公民的不服从》《马萨诸塞州的奴隶制度》（"Slavery in Massachusetts"，1854）和《为约翰·布朗上校请愿》（"A Plea for Captain John Brown"，1859）三篇散文讨论奴隶制问题。其政府观总体是不参政。梭罗有扬基人性格：节俭、爱发明和挑战。他直言：物质进步代价高昂，简单是治疗现代文明疾病的良方。

梭罗不论是批判、赞扬还是争论，都激情万丈，情绪高昂；热情伴随智慧、幽默和讽刺。他和邻居钓鱼，"我们之间话语不多，他晚年耳朵聋了，但他偶尔哼出赞美诗，倒与我的哲学很吻合"。梭罗声称两点："诗人写自身历史"，"诗歌讲述人类神秘"，前者言：诗人要重视感官反映，后者表达其超验主义基本观：物质世界是精神世界的象征体系。梭罗之自然想象和道德/哲学原则自由天然融合，远足荒野变成形而上学的精神之旅。在《瓦尔登湖》中，梭罗写道："时间乃我钓鱼之溪流。"在《没有原则的生活》（*Life Without Principle*）中，他写道："简而言之，如同风的间歇会形成雪堆一样，你可以说，在真理的间歇的当儿，一种制度会窜出来。但是，只要真理在它上方吹拂，终究会把它吹掉的。"①

《瓦尔登湖》文字凝练、淳朴自然、恬淡睿智、哲思隽永、激情如炽，生活气息浓厚，对海明威等作家产生影响。

---

① ［美］亨利·戴维·梭罗：《梭罗散文》，苏福忠译，北京：人民文学出版社2011年版，第134—135页。

第三章　霍桑、麦尔维尔和坡

霍桑、麦尔维尔和爱伦·坡小说标志着19世纪美国小说更加成熟。坡与超验主义无关，在美国籍籍无名，但在欧洲影响很大，查尔斯·波德莱尔（Charles Baudelaire）吸收其美学，造就现代诗学。霍桑和麦尔维尔与超验主义有瓜葛，但常与超验主义运动保持距离。坡主要写短篇小说，是美国第一代文学批评家；霍桑长短篇小说都写，其短篇小说蕴含智慧和浪漫传奇。三人之中，麦尔维尔最出名，《白鲸》堪称史诗之作。他也写短篇小说，其中一些堪称精品。

三人风格与角度不同，但共性是负能量大师。"负能量"首次由英国浪漫诗人约翰·济慈（John Keats）使用。它指不确定性、负面情感，但不失理性。负能量使人怀疑，但能提高判断力。

三人均为怀疑主义者，其疑惑、讽刺和超然令他们质疑时代天真性。换言之，他们质疑超验主义之乐观精神：其乐观建立在纯粹幻想之上。霍桑乃超验主义俱乐部会员，但站在超验哲学边缘，怀疑超验主义者之阳光乐观，亦不赞成布鲁克农庄实验。他来到农庄，推粪便车，但没产生灵感。该经历对他而言纯属讽刺，他创作了《福谷传奇》，加以回应。麦尔维尔更加怀疑超验主义，他在《白鲸》中说："他与其说高兴倒不如说痛苦……不可能真实，亦不真实，还没发展到那个地步。"坡特立独行，关注人类复杂心理，成为20世纪心理分析先驱。"心理学"一词从德国浪漫主义引入超验主义，但恰恰是坡、霍桑和麦尔维尔使其生根发芽，茁壮成长。滋养大树的不仅是阳光，更重要的是负能量。

第三部分 美国浪漫主义文学（1815—1865）

第一节 纳撒尼尔·霍桑

纳撒尼尔·霍桑（Nathaniel Hawthorne，1804—1864）在康科德与爱默生、梭罗生活几年，互为邻里。霍桑出生于马萨诸塞州萨勒姆镇女巫城，萨勒姆女巫案闻名于世。1846年，他离开康科德，返回萨勒姆镇，后在同窗帮助下，作波士顿海关司磅员，工作两年，感觉不快。霍桑发现新英格兰清教遗产乃其创作材料，萨勒姆乃其创作想象地。其祖先威廉·霍桑1630年从切西尔（Cheshire）来马萨诸塞，成为最早定居者。霍桑说，他具有"所有清教特质，善恶兼具"。威廉儿子乃萨勒姆巫术审判案法官，霍桑认为他染上了清教罪恶污点，玷污了家族。霍桑小说鲜明主题即揭露人性罪恶。

霍桑创作100多部小说、散文和随笔，尤其四部长篇小说《红字》（The Scarlet Letter，1850）、《七角阁楼》（The House of the Seven Gables，1851）、《福谷传奇》（The Blithedale Romance，1852）和《玉石雕像》（The Marble Faun，1860）闻名世界。

《红字》乃美国第一部伟大小说，故事背景乃两百年前的波士顿。小说表面聚焦清教牧师阿瑟·丁梅斯代尔和已婚女子海丝特·白兰的所谓"通奸"，但所谓"通奸"并非主题，小说亦非爱情故事。焦点乃道德谴责和爱情煎熬，突出所谓"通奸"背后复杂的道德内涵。

《红字》揭露清教徒内心罪恶及其虚伪性，肯定清教原罪观。海丝特·白兰遭受惩罚，戴上标志"通奸"的红色"A"字，后获得同情，体现了霍桑道德宗旨："若真理得以彰显，多人胸中就会放出红字光芒。"对比于白兰甘心承认罪恶而获得宽恕，丁梅斯代尔深藏罪恶，最后自我毁灭——被罗杰·奇灵渥斯戳穿。但丁梅斯代尔之软弱具有治愈力，如《牧师的黑面纱》（"The Minister's Black

Veil"）之胡珀牧师（Reverend Hooper），内心隐藏罪恶，还去治疗像他之"罪恶病人"。海丝特·白兰和阿瑟·丁梅斯代尔道德脆弱，确有缺点，然罗杰·奇灵渥斯为一己之私，侵入他人灵魂，操控他人意志，十恶不赦。

霍桑对清教遗产持两可态度：清教社会之铁律对白兰和珠儿何其残酷，于自然世界之"自然猜想"形成鲜明反差，而后者正是海斯特和珠儿施展空间。除绞刑台，霍桑还植入监狱——"那朵文明社会黑暗之花"和野玫瑰——"甜蜜道德花朵"。海斯特走出监牢，胸挂"A"字，手牵珠儿，成为一道风景线。她凭钢铁般意志和诚实劳动，转换了"A"字含义，她变成众人眼中非通奸者（Adultery），乃天使（Angel）或自食其力者（Able）。珠儿摆脱尘世"道德"律法，天真活泼，跳跃于森林，她体现了爱默生超验主义理想。

丁梅斯代尔内心描写和悲剧结局令读者唏嘘感叹：他隐藏罪恶，高举牧师幌子，然内心罪恶体现于外，时而身上出现红斑，时而夜晚仰望天空；他越压制坦白的冲动，内心越受煎熬，只有站在绞刑台（海斯特站过）上，其内心方始平静；最后他把选举布道变成坦白，结束了自己的生命。

霍桑也感兴趣于人物的内心矛盾：理智与直觉使人各走一方。霍桑不同于爱默生，爱默生主张"相信自己"，听从内心声音；霍桑怀疑，我应该听从内心哪种声音？霍桑也捍卫人类心灵诚实表达的权利，关注意识背后的心理暗流。丁梅斯代尔夜晚行走，犹似梦境，乃其典型体现。

霍桑小说措辞考究、修辞严谨、优雅精致。霍桑通过心理、寓言和象征而非宗教，传达真理。但霍桑小说独特之处乃其模棱两可性，乃霍桑有意为之。霍桑很多小说光亮与黑暗、善与恶并列；人物并非完美正义，他亦不清晰解读，但偶尔能听到霍桑的讥讽与惊人的评论。

《七角阁楼》更像哥特传奇,描写萨勒姆一个被诅咒家庭。品钦法官(Judge Pyncheon)、赫普兹达(Hepzidah)和克利福德(Clifford)近亲结婚遗传罪恶明显,与菲比(Pheobe)和霍尔格瑞弗(Holgrave)正常家庭形成鲜明对照。《福谷传奇》讽刺布鲁克农庄。齐诺比娅(Zenobia)代表玛格丽特·富勒,霍林华斯(Hollingsworth)代表西奥多·帕克,卡佛台尔(Coverdale)代表霍桑本人。讥讽霍林华斯体现霍桑不相信博爱。《玉石雕像》是最后、最长的一部小说,在英国出版,背景转换到意大利战役和罗马狂欢节,但霍桑之谜未变。凯尼恩(Kenyon)、希尔达(Hilda)、米莲(Miriam)和多纳泰罗(Dantillo)以亲身经历,讨论过去残酷的影响、给无辜者造成的摧残、罪恶普遍性和罪恶再生力。道德问题与霍桑在新英格兰和清教祖先身上所发现问题并无二致。

第二节 赫尔曼·麦尔维尔

赫尔曼·麦尔维尔(Herman Melville,1819—1891)是将伤痛直接转换成小说的作家,使人了解其痛楚。但其痛苦经过艺术加工,超出个人层面,以慰藉众生。体验麦尔维尔作品的痛苦后,人类会获得力量和久违快感,也经历了世界混乱、黑暗秘密,也成了伊斯梅尔(Ishemeal)、船长亚哈(Captain Ahab)和魁魁格(Queequeg)。

麦尔维尔出生于纽约市,家庭殷实,祖上系波士顿加尔文教徒。外祖父皮特·甘斯佛尔特参加美国革命。赫尔曼·麦尔维尔11岁,父亲经商损失惨重,忧虑成疾,不久去世。父亲去世对麦尔维尔打击甚大,父亲乃其偶像。后全家搬到奥尔巴尼,麦尔维尔一度就读于奥尔巴尼古典学校。他与妈妈关系紧张导致其辍学,但他贪婪地阅读父亲图书馆的书籍。

麦尔维尔成长于陌生又严厉的世界，思想错位。他漂泊于各行业：做过店员、银行信差、乡村教师。1839 年，他签约英国商船"圣·劳伦斯"号，该经历被写进《雷德伯恩》（*Redburn*，1849）。1841 年，他又签约捕鲸船"阿库什尼特"（"Acushnet"）号，做水手，去南太平洋。捕鲸船绕过好望角，历经 19 个月艰苦航行后，1842 年麦尔维尔在马克萨斯岛的努库西瓦（Nukuhiva）弃船，他成为食人部落俘虏，后逃上澳大利亚捕鲸船"露西·安妮"（Lucy Ann）号。他把此经历写进《泰比》和《玛迪》中。1843 年，他在美军战舰上做水手，创作《白外套》，1844 年被解雇。1847 年他娶伊丽莎白·肖为妻。1850 至 1863 年，夫妻住在箭头（Arrowhead），靠近马萨诸塞州皮茨菲尔德，在那里他成为霍桑的朋友。虽然麦尔维尔在《泰比》发表后有些成功，但其有生之年多被忽视。后来，麦尔维尔任海关检查员（1866—1885），1891 年去世。直到 20 世纪 20 年代他及其《白鲸》才享誉世界。

其作品体现其多舛人生：中心人物均为男人，皆经典游荡者，与逆境抗争，开启艰难旅程。但男人既有阳刚之气，亦有女人温柔品质，船长亚哈即如此。

麦尔维尔学业上不同于其他作家：捕鲸船和海上生活即耶鲁和哈佛，其小说体现波涛汹涌之大海，横行肆虐之邪恶。船员要丢掉天真，方能适应船上生活，但兄弟情依然存存。

麦尔维尔长篇小说有：《泰比》（*Typee*：*A Peep at Polynesian Life*，1846）、《奥姆》（*Omoo*：*A Narrative of Adventures in the South Seas*，1847）、《玛迪》（*Mardi*：*and A Voyage Thither*，1849）、《雷德伯恩》（*Redburn*：*His First Voyage*，1849）、《白外套》（*White Jacket*：*or*，*The World in a Man-of-War*，1850）、《白鲸》（*Moby Dick*：*or*，*The Whale*，1851）、《皮埃尔》（*Pierre*：*or*，*The Ambiguities*，1852）、

《伊斯雷尔·波特》(Israel Potter: His Fifty Years of Exile, 1855)、《骗子》(The Confidence-Man: His Masquerade, 1857)。麦尔维尔也创作短篇小说,其中《水手比利·巴德》(Billy Budd, Sailor, 1924)、《书记员巴特尔比》("Bartleby the Scrivener: A Story of Wall Street", 1853)和《贝尼托·塞莱诺》("Benito Cereno", 1855)在复兴麦尔维尔伟大作家中发挥着巨大作用。

《泰比》乃自传体小说,描述麦尔维尔弃"阿库什尼特"号后,在原始部落的生活经历:被俘、"食人族"仁慈、寻欢作乐,有此经历文明人回不了天堂。

代表作《白鲸》堪称19世纪美国史诗作品,该书特别致献:

> 谨将此书
> 献　　给
> 纳撒尼尔·霍桑
> 以志我对其才华钦佩之忱

致谢坦承两位作家关系:对麦尔维尔言,霍桑作品值得阅读,堪比时代之莎士比亚;霍桑小说之"黑色欺骗"吸引麦尔维尔,使其一路走过;霍桑如"但丁般深邃"("deep as Dante")的思想,有"伟大而深刻智慧,似流星划过"。此亦麦尔维尔自我写照,两位好友惺惺相惜,但霍桑永远分享不了麦尔维尔的巨痛。

小说讲述魔鬼般倔强的船长亚哈,不畏生死,在狂涛巨浪中寻找捕杀恐怖怪兽白鲸的经历。场面惊心动魄,令人胆寒。小说充分展现人与自然搏斗的大无畏精神和坚韧毅力。

亚哈的疯狂行为招致毁灭:亚哈和船员葬身大海,只有水手伊斯梅尔幸存,躲进"野人"魁魁格的棺材内,伊斯梅尔讲述整个事件。小说体现多层含义:第一,"裴阔德"号船员讲多种语言,鱼叉手肤色各异代表不同种族，这艘"世界之船"乃美国社会缩影。第二，白鲸，莫比·迪克象征大自然，有创造力，毁灭一切、无坚不摧。它乃众神领袖，掌控宇宙终极力量；捕鲸者所代表之人类社会无法与莫比·迪克所代表之浩瀚王国抗衡。第三，航行前枫叶神父布道，再述圣经中约拿（Jonah）葬身鱼腹的故事。这给捕鲸行动罩上阴影，预示捕鲸人葬身大海。

小说结合麦尔维尔在"阿库什尼特"号上的经历、民间传说、船难故事、鲸鱼诗歌与传奇。小说语言高尚，人物讲话仿佛莎士比亚剧中的高贵角色。在"命运交响曲"章，亚哈在甲板上稍加停顿，跟斯达巴克（Starbuck）说话，反思人生，颇像莎士比亚诗歌独白。他内心温柔震惊读者，他回忆道：他疯狂捕鲸使妻子成了"寡妇"，他指望世人理解。小说象征意义在于："这个一向是如此残酷——令人不敢亲近的晚娘般的世界，这会儿，伸出那双亲昵的胳臂，搂住他硬项的颈脖子，还似乎是快活地对他呜呜咽咽，仿佛是对着一个尽管是多么顽劣的罪人，她却存心要拯救他，祝福他似的。一滴泪水从亚哈那低挂着的帽子落下来，掉进了海里；整个太平洋还没有装过这么大的一滴泪水咧。"①

《水手比利·巴德》代表了麦尔维尔最执着的一面：在人类社会法律和工业革命日趋恶化的环境下，人类在自然冷漠、敌对世界处于什么位置？比利·巴德悲剧给出答案。

故事发生在1797年，英国海军叛变，英国商船"人权"号被军舰H.M.S."不屈"号拦截。"不屈"号给"人权"号上的年轻前桅哨比利·巴德留下深刻印象。比利无家、缺乏教育，天真英俊、善良能干、智慧出众，舰上军官、舰长维尔（Captain Vere）都喜欢

---

① ［美］赫尔曼·麦尔维尔：《白鲸》，曹庸译，上海：上海译文出版社1982年版，第759页。

他。但舰上小军官约翰·克拉盖特（John Claggart）表面理性，但内心邪恶暴力，极其痛恨比利"这个英俊潇洒的水手"。比利·巴德头脑简单，他不知道克拉盖特密谋陷害他，尽管朋友丹思科（Dansker）提醒过他。最后，克拉盖特在舰长面前出示假证，指控比利密谋叛乱。比利怒打克拉盖特，意外致死。虽舰长维尔清楚事件真相，但他急忙召唤军事法庭，最近叛乱事件他还记忆犹新，他要维持法律秩序的至高无上。比利·巴德被判绞刑，他死前还反讽地说："上帝保佑舰长维尔。"后来记录错误显示：比利·巴德意外杀死克拉盖特，克拉盖特是爱国船员。撒旦之"天性堕落（Natural Depravity）"与比利·巴德基督般天真（Christ-like）冲突被舰长"理性"解决。故事的正义何在？比利·巴德牺牲有必要吗？小说未置可否。

《书记员巴特尔比》是死信办公室（Dead Letter Office）职员，抄写老板口述的法律文件。办公室背对华尔街，坟墓一样的四周表明这里不适合人类生活。抄写工作枯燥乏味，无非是官僚行话，大大屈了巴特尔才比。一天，巴特尔比反抗这令人哀伤工作，说"我宁愿拒绝"任何请求。巴特尔比大胆反抗，老板倒开始同情他，喜爱上他了。

《贝尼托·塞莱诺》根据西班牙奴隶船"阿米斯塔德"号奴隶叛乱创作，描写缺乏智慧船长德拉诺（Delano）误判圣·多米尼克（San Dominick）形势：他看见一伙叛乱者，还认为"稍加培训，他们就会成为好水手"。德拉诺搞不明白，巴波（Babo）孤注一掷的欺骗致使他和同伴遭受奴役。

上述故事中，麦尔维尔鲜明地反对超验主义观点，也反对爱默生的乐观主义精神。

第三节 埃德加·爱伦·坡

埃德加·爱伦·坡（Edgar Allan Poe，1809—1849），美国诗人、短篇小说家、文学批评家。爱默生对美国文学革命性贡献之一即用象征主义，放飞思想和诗歌。法国象征主义诗人，现代诗歌先驱波德莱尔（Baudelaire）也从埃德加·爱伦·坡诗歌中找到灵感，创立现代诗学。坡乃某种程度上的超验主义者：超越理性，重视直觉想象，涉险人类思想。爱默生看见了自然神象征体、自然秩序，其所见为"超灵"激发，成为其工具；坡看自然，混乱不安；爱默生发现"超灵"宇宙力量，坡则察觉晦涩美、死亡阴影、毁灭与分裂；爱默生拥抱浪漫美，坡则拥抱浪漫痛苦，创造沮丧、绝望、堕落、衰败等形象。诗歌想象成为坡历险迷宫和困扰人类思想的手段。探索复杂心理世界为后弗洛伊德时代的人熟悉，但对19世纪的人相当陌生。

坡诗歌探索人类心灵，反对美学与道德统一。他僭越道德禁区，翻过光滑石头，揭示残酷的阴暗面。学界对坡评价褒贬不一：坦尼森（Tennyson）认为坡是美国文学最具创新的天才；爱默生称其为"打油诗人（the jingle man）"。在法国，他是伟大诗人，但亨利·詹姆斯认为：坡"决定性地反映原始状态"。叶芝认为坡"永远是世界上伟大的抒情诗人"。保罗·瓦列里（Valery）认为，坡在散文诗歌方面作出无人匹敌的贡献。20世纪受坡影响的著名美国作家有：弗兰克·诺里斯、西奥多·德莱塞、威廉·福克纳、弗拉基米尔·纳博科夫、弗兰妮·奥康纳等。

诗歌原则方面，他对法国象征派诗歌贡献非体现于诗歌，乃文学批评。其文学批评受到高度重视，其文学评判与创作遵循一整套美学原则和技术标准。坡认为：诗歌意义体现于诗品和发音，没有

第三部分 美国浪漫主义文学（1815—1865）

外在或超验真理。这使人想到"为艺术而艺术"之唯美主义理论。坡在《诗歌原理》（"The Poetic Principle"，1850）中写道：

> 我们总是认为，要是仅仅为写诗而写诗并承认这就是我们的目的，那就等于承认我们的诗完全缺乏高尚和感染力。但实际情况却是，只要我们愿意审视一下自己的内心，我们立刻就会在心底发现：与这种只以诗为目的而写出的诗相比，与这种除了诗什么也不是的诗相比，与这种本身就是诗的诗相比，与这种名副其实的诗相比，天底下并不存在，也不可能存在任何更为高尚、或更为高贵的作品。①

对此，作家有不同发声：波德莱尔发现坡乃贵族绅士——花花公子——被现代社会丢弃，才产生坡这样的诗人和艺术；D.H.劳伦斯认为坡乃探索心理变态的大师，一定程度上之弗洛伊德。其作品并非单纯技术派，展示其内心巨疼：这个社会远离传统，既熟悉，又陌生。坡亦如《同木乃伊的对话》（"Some Words with a Mummy"，1845）中的叙述者："事实上，我已经从心底里厌烦了这种生活，厌烦整个十九世纪。我认为如今一切都不可救药。"②

短篇小说方面，坡现代化了美国小说，其小说并非仅仅哥特故事，乃通过精心构思之象征，展示人物复杂性格，窥探人类灵魂隐秘，创造浩瀚壮观梦境、生动幻景和恐怖迷宫，象征即坡投向人类隐蔽思想深处之光。坡叙事复杂，故事晦涩艰深：《厄舍古屋的倒塌》（"The Fall of the House of User"，1839）中叙述者似梦非梦，竭

---

① [美] 埃德加·爱伦·坡：《爱伦·坡精品集》，曹明伦译，合肥：安徽文艺出版社1999年版，第675页。
② [美] 埃德加·爱伦·坡：《爱伦·坡短篇小说集》，陈良廷、徐汝春、马爱农译，北京：人民文学出版社1998年版，第480页。

力打碎梦想；《一桶白葡萄酒》（"The Cask of Amontillado"）中，叙述者向信任者坦白 50 年前杀害福尔图纳托（Fortunato）的过程，其"正义性"使案件复杂化，真相和心理纠葛。

坡小说中许多人物体现一半自我或双重自我，表明个人不完善和讨厌自我。有时人物努力逃避，试图毁掉或埋葬一半自我，但消灭部分自我却毁掉另一半自我，导致自我毁灭。如《丽姬娅》（"Ligeia"）中丽姬娅和罗威纳（Rowena），《厄舍古屋的倒塌》中罗德里克·厄舍尔和玛德琳·厄舍尔，《一桶白葡萄酒》中蒙特雷索和福尔图纳托。

坡小说并非全部恐惧，一些小说谈论颜色美和韵律美。《大漩涡底余生记》（"The Decent into the Maelstrom", 1841）讲述渔民逃脱大漩涡历险；坡还是侦探小说鼻祖，《失窃信函》（"The Purloined Letter", 1844）扣人心弦。

诗歌方面，坡之诗法精准，常被尊为形式技术专家。《创作哲学》（"The Philosophy of Composition", 1846）充分展示其诗法技巧：诗歌，足够短小，只能描写一个景象。一首诗应达到单一效果，总体设计及细节均应服务于此。《乌鸦》（"The Raven", 1845）乃此理论杰作。

坡乃情感大师：他通过内外节奏、规则韵律、精选拟声和微妙提示传达感情。诗直接目的乃获得快感，旨在创造模糊美感，而非求真理。诗歌乃对美的凝神观照，展示美最佳办法乃失美之悲伤。他在《创作哲学》中说："哀伤乃所有诗歌色调中的最合理因素。"表达哀伤最佳主题即美女夭亡：《乌鸦》哀悼失去爱人，乌鸦单调重复着"永不复焉"（"Nevermore"），宣布旧世界逝去之悲苍，新世界到来之恐惧，未来世界之虚无；《安娜贝尔·李》（"Annabel Lee", 1849）亦乃失去美女诗作；《乌拉鲁姆》（"Ulalume", 1847）乃坡哀悼亡妻之作，心灵对话表达深切哀痛。他试图安慰自己，但最后只看到坟墓。名诗《致海伦》("To Helen", 1831) 深切悼念珍妮·斯坦纳德夫人之死，叠句叠加，结构紧凑。

坡第一传记作家鲁弗斯·格瑞斯沃尔德牧师（Reverend Rufus Griswold）不喜欢坡，把坡写成了撒旦。很不幸，格瑞斯沃尔德自传中，很多坡的生活错误和神秘描写被接受下来，成为事实。坡一生肯定的骨架性事实是：他是美国男演员和英国女演员之子，后成为孤儿，被人领养，进入西点军校，后被开除。27 岁时，他娶了年仅 13 岁的表妹弗吉尼亚（Virginia）。他深爱她，但她 24 岁香消玉殒，死于肺结核病。坡绝望彷徨，一醉方休也无法解脱煎熬，40 岁去世。今天，许多人试图揭开坡的死因：酗酒、癫痫、脑炎、天谴，众说纷纭。但今天重要的是对坡迟来的承认与认可：他是美国有史以来最具原创性的作家，他是美国乃至世界特立独行之美学大师，美国文坛一流文学大师，坡唯一的长篇小说《阿瑟·戈登·皮姆的故事》（*The Narrative of Arthur Gordon Pym of Nantucket*, 1838）讲述南极旅行，到达最后冰原。多次历险后，皮姆及伙伴进入"新奇惊喜区域"，一片白色区域，但非南极之洁白，乃象征无以名状之死亡空白。该书被坡弃之为"非常愚蠢之书"，但皮姆成为麦尔维尔笔下坚定而神经错乱的船长亚哈的原型，亚哈跟踪白色鲸鱼直至神秘死亡。麦尔维尔和坡都是超验主义者，都试图探索神秘超自然。他们告诉世人：遭遇黑暗晦涩是人生不可缺少的部分，这种遭遇也成为超验主义的鲜明对照。

第四章　惠特曼和狄金森

沃尔特·惠特曼和艾米莉·狄金森是 19 世纪两位重要诗人。两人世界观、风格和人品迥异：惠特曼是公众诗人，诗中大谈大众，但一生中失去大部分大众，大众在某些方面讨厌他；狄金森一定程度上是隐士，有生之年几乎没发表作品，但死后殊荣陡增。今天他们被证明是真正的现代美国诗歌先驱。

第一节　沃尔特·惠特曼

沃尔特·惠特曼（Walt Whitman，1819—1892）为中国读者熟悉，五四运动期间，其诗歌对中国新诗产生巨大影响，特别是郭沫若。郭沫若译作及早期诗歌仿效惠特曼，读者能感受到惠特曼诗歌般的汪洋恣肆、一泻千里的气势和无所不包的容量。

惠特曼诗歌革命了美国文学。第一版《草叶集》（*Leaves of Grass*，1855）只有12首诗，绿色封面，没有诗人名字。标题上方是惠特曼画像，斜戴宽檐帽子，身穿衬衫，没有纽扣，劳动者裤子，目光自信。序言中，惠特曼介绍自我："沃尔特·惠特曼，一个美国人，一个粗鲁汉、一个世界、纵情声色……饥餐、渴饮，传宗接代。"[①] 序言继续煽起美国时代激情："在世界上古往今来的一切民族中美国人是具有最充分的诗人气质的。"[②] 惠特曼自信地宣告："合众国本身实质上就是一首伟大的诗。在迄今为止的历史上，那些最大和最生动的东西，与合众国的更加巨大和更加生动相比，便显得驯服而规矩了。在人类的活动中，如今这里终于出现了与昼夜所传播的活动相当的东西。这里不仅是一个民族，而且是由多民族融

---

① ［美］沃尔特·惠特曼：《草叶集》，楚图南、李野光译，北京：人民文学出版社1987年版，第1161页。
② ［美］沃尔特·惠特曼：《草叶集》，楚图南、李野光译，北京：人民文学出版社1987年版，第1161页。

合为一体的民族。"① 最长诗《自己之歌》（"Song of Myself"，1855）热情歌唱平等、民主，祝贺村民和市民，热爱体现"超灵"大自然，表达性快感和身体肉欲。惠特曼公开赞美"带电的肉体"、性器官、性行为。他是第一位表达同性恋和性压抑痛苦的诗人。

第一版出版遭到非议，朗费罗、洛威尔以道德卫士自居，要把惠特曼诗歌中的性袒露描写删掉，但爱默生写了一封热情洋溢的书信：惠特曼整体诗歌值得赞同。他肯定了惠特曼诗歌是健康的，增大了惠特曼诗歌效果。他不但写信鼓励，还把信寄给朋友查尔斯·A.达纳（Dana），要求其在《芝加哥论坛报》上刊登。爱默生言论改变了世人论调。

惠特曼诗歌也支持了爱默生在《论诗人》中的观点：诗人洞察力和智慧优先于诗歌技巧，诗歌伴随诗人有机成长。爱默生言道："成就一首诗的不是格律，而是自成格律的内容。"② 惠特曼实现了该原则，将普通事情、美国人生活、心灵和身体均纳入诗歌，成为其创作素材。其诗歌形象而具体，体现美国人特性。在融合感官与身体方面，惠特曼超过爱默生。

惠特曼诗歌采用"自由体"，没有格律和押韵是其重大革新，摆脱了诗歌韵律束缚。惠特曼时代，美国诗人严格遵守"抑扬格"，惠特曼去掉了"升降"格式，创造韵律与其情感颤动与流动和感官知觉相呼应。每行末停顿，构成一个韵律单位。长长的滚动韵律来自金·詹姆斯《圣经》的力量。一行到另一行再到另一行运动创造出更长、滚动式节奏。惠特曼诗句一般行中短语构成隐约内部节奏，较长抒情诗伴随奔放激情、恣肆想象和纵横议论，构成舒卷自如的

---

① [美] 沃尔特·惠特曼：《草叶集》，楚图南、李野光译，北京：人民文学出版社1987年版，第1161页。
② [美] 查尔斯·艾略特主编：《哈佛百年经典》之《爱默生文集》，孔令翠、蒋橹译，北京：北京理工大学出版社2014年版，第149页。

旋律。惠特曼也用头韵、首语重复法、平行结构，确保自由韵律车轮前进。其革新引发 20 世纪诗人威廉·卡洛斯·威廉斯关注，他说，所有用"抑扬格"创作之美国人没有理由再选择该形式。

自由精神和激情人物出现在惠特曼诗歌中，《自己之歌》中出现"聒噪"或"腋窝"口语词汇（其他诗人避之）。他吹牛，他民主，他之"自我"开放又囊括万象，又略带自恋。这种包罗万象性，惠特曼称为"全面"（"this all feeling"）感："这种'全面'感内含真理，在温暖夏天，躺在草地上，两腿仿佛向大地伸出枝杈，头发仿佛树叶。"

几乎所有惠特曼诗歌都包括在《草叶集》中，从 1855 年到 1892 年，共出 9 版，收录诗歌 383 首。

《自己之歌》是最佳长诗，展现了惠特曼诗歌准则。开头简单而大胆：

> 我赞美我自己，我歌唱自己，
> 凡我接受者，你必将接受，
> 因为属于我的每一个原子，也属于你。
>
> 我邀请灵魂一道逍游，
> 我逍遥自在地俯身下视，观察一片夏天
> 的青草。[1]

若说话者"我"完全自我陶醉，那就没意义了。此处"我"是美国的一部分，是草原上"一片夏天草叶"。"我"体现了美国个人

---

[1] 辜正坤主编：《外国名诗三百首》，北京：北京出版社 2000 年版，第 381—382 页。

主义：他四处闲逛，无拘无束，乐观健康；他将自我身体宇宙化："我是肉体的诗人，/我是灵魂的诗人……我是男人的诗人，也是女人的诗人。"① 他用灵魂记录下系列图画，歌颂美国神奇大地，歌唱美国民主。这就是神秘惠特曼、孩童般天真好奇的惠特曼：

一个孩子说：草是什么呢？他两手满满地摘了
一把送给我，
我如何回答这个孩子呢？我知道的并不比他多。
我猜想它必是我的意向的旗帜，由代表希望的
碧绿色的物质所织成。

或者我猜想它是神的手巾，
一种故意抛下的芬芳的赠礼和纪念品，
在某一个角落上或者还记着所有者的名字，所以
我们可以看见并且认识，并说是谁的呢？
或许我猜想这草自身便是一个孩子，是植物所
产生的婴孩。

或者我猜想它是一种统一的象形文字，
它的意思乃是，在宽广的地方和狭窄的地方都
一样发芽，
在黑人和白人中都一样地生长，
开纳克人、塔卡河人、国会议员、贫苦人民，
我给予他们的完全一样，我也完全一样地对

---

① [美] 沃尔特·惠特曼：《草叶集》，楚图南、李野光译，北京：人民文学出版社1987年版，第94页。

待他们。

现在,它对于我,好像是坟墓里的未修剪的美丽的头发。①

最后一行,成人"我"虽孩童般天真,但诗人也想到了死亡。

《当紫丁香最近在庭院园中开放的时候》("When Lilacs Last in the Dooryard Bloom'd", 1865)哀悼林肯总统去世。惠特曼认为,林肯"个人具备建立卓越国家的品质,个人同国家一样卓越"。该挽歌不仅致敬去世伟人,亦献给冉冉升起之美国国家、美国大地和美国人。另外,作为"灵魂吟唱",该诗跨越种族、超越时空,带回"黑暗母亲"——死亡宇宙主题。

当紫丁香花最近在庭院中开花的时候,
那颗硕大的星星在西方的夜空陨落了,
我哀悼着,并将随着一年一年的春光永远地哀悼着。

一年一年的春光哟,真的,你带给我三件东西:
每年开放的紫丁香,那颗在西天陨落了的星星,
和我对于我所敬爱的人的怀念。
……
在大泽中僻静的深处,
一只隐藏着的羞怯的小鸟唱着一支歌。

这只孤独的鸫鸟,

---

① [美]沃尔特·惠特曼:《草叶集》,楚图南、李野光译,北京:人民文学出版社1987年版,第68—70页。

第三部分　美国浪漫主义文学（1815—1865）

它像隐士般藏起来，避开人的住处，
独自唱着一支歌。

唱着喉咙啼血的歌，
唱着免除死亡的生命之歌。①

诗歌随诗人思绪展开：低垂的星星使他大为悲痛，哀悼伟人去世，促使他探索死亡意义。从林肯"神智清明而神圣的死亡"，到美国内战中美军士兵英勇牺牲，这种思想穿过大地、天空，永垂不朽。

该诗有三个主题象征：紫丁香、星星和隐士鸫鸟。紫丁香花"四季开放"，"开花，春天归来"，代表万物长青，哀叹伟人去世。诗人折下花枝，放在林肯棺椁上，象征对林肯永恒的爱和哀思。诗中只字未提林肯名字，但星星使人联想死亡："西方最大星星过早陨落。"此陨落星星即金星——希腊神话之爱神。第四节中引入鸫鸟："隐藏着的羞怯的小鸟唱着一支歌"，它是孤独隐士，但没远离人类栖息地。鸟鸣唱，构成灵魂冥思，融入诗人诗中：诗人摆脱世间纷扰，和鸟合二为一，飞向"那凉气袭人的死的缠绕不放的两臂"；鸟儿和诗人开始超越，"经过了这些景象，经过了黑夜，……我走过去，留下带着心形绿叶的紫丁香"。②

惠特曼政治观点多见于散文作品：《民主远景》（*Democratic Vistas*，1871）中惠特曼审视了困扰民主的迫切问题：大众无知、漠不关心、易受蛊惑。贫穷和党派不多也威胁年轻国家的民主。惠特曼提议，强大的国家文学应该肩负民主教育重任。《典型的日子》

---

① ［美］沃尔特·惠特曼：《草叶集》，楚图南、李野光译，北京：人民文学出版社1987年版，第617—619页。

② ［美］沃尔特·惠特曼：《草叶集》，楚图南、李野光译，北京：人民文学出版社1987年版，第618页。

(*Specimen Days and Collect*)内容庞杂，包括七年前出版之《战争回忆录》(*Memoranda during the War*) 和一首诗。

1819 年，惠特曼出生于长岛，一个卑微的贵格会家庭。1822 年举家搬到布鲁克林。惠特曼未接受很多正规教育，主要自学，从生活中学习。11 岁开始做勤杂，后在纽约各报纸做编辑工作，还当过教师。1855 年《草叶集》出版是其一生中最重大的事件。1862 年，他动身去弗吉尼亚，照顾战斗中受伤的弟弟乔治，但惠特曼加入了华盛顿志愿队。战后，他在内务部谋得一职，但因《草叶集》内容"不道德"而遭解雇。后又被司法部长聘用，他工作到 1873 年。其母亲去世加剧他瘫痪，他住在新泽西卡姆登（Camden），直到去世。

惠特曼对奴隶制和内战态度变化很大。最初他容忍奴隶制，不尊重非裔美国人。后态度改变，他对通过《逃亡奴隶法案》大为愤慨。其贵格会教育使他避开战争，但他战争时期护士经历增强其人性。他钦佩林肯总统人品，除《当紫丁香最近在庭院园中开放的时候》外，他还创作了著名的《哦，船长！我的船长！》("O Captain! My Captain!"，1865)，哀悼林肯。《裹伤者》("The Wound-Dresses"，1865) 真实再现了他在医院的活动。《在成堆的尸体上空升起了预言家的声音》("Over the Carnage Rose Prophic a Voice"，1861，1865)、《和解》("Reconciliation")、《近代的岁月》("Years of the Modern"，1865) 表达了同伴友谊与和解。

第二节　艾米莉·伊丽莎白·狄金森

艾米莉·伊丽莎白·狄金森（Emily Elizabeth Dickinson，1830—1886）出生于马萨诸塞州阿默斯特市，终生居住于此。其父乃律师、国会议员，40 年主管阿默斯特学院（私立精英学院）财务。艾米莉就读于阿默斯特学院、南哈德利女子神学院（今日著名的曼荷莲学院，Mount Holyoke College）。父亲任国会议员期间，她生活在华盛顿直辖区。1854年，据说她和费城已婚牧师有过短暂朦胧爱情。26岁时，她父亲去世，艾米莉在阿默斯特过起隐士生活。她有朋友圈子，包括托马斯·温特沃斯·海金森（Thomas Wentworth Higginson）。艾米莉·狄金森与之书信往来八年，1870年海金森到阿默斯特看望她。艾米莉一生身体羸弱，死于布莱特氏疾病。

狄金森创作诗歌近两千首，但出版不到二十首。她在诗中写道："我给世界写信/但永无回音。"若诗歌即其信件，多数没机会寄出；若透过诗歌了解她，支离破碎的"事实"又不能真正代表她。诗歌显示其激动时刻，又背离其隐居生活。

狄金森受超验主义影响，捍卫个人主义，探求内在精神之光。她是爱默生所言之"非顺从"个人主义者，不易屈服于徽章和头衔、大社会和任何机构。第435首《不少痴颠，是神圣的真知》（"Much Madness is divinest Sense"）透视其政治观，诗写道：

> 不少痴颠，是神圣的真知—
> 在有鉴别力的眼睛看来—
> 不少高见，是僵化的痴颠—
> 也是多数，支配—
> 在这里，像在一切场合—
> 附和，便是神志健全—
> 异议，便立刻危险—
> 便会有，对付你的锁链—①

---

① [美]艾米莉·伊丽莎白·狄金森：《狄金森诗选》，江枫译，北京：外语教学与研究出版社2016年版，第348页。

这首诗告诉世人：在多数人掌控下，维护个性何其艰难。他们可以宣判个人主义者精神失常，令其坐牢，根本视神性于不见，而诗人同情那些疯癫者或戴"镣铐者"。其他很多诗也抗议打压个人主义，维护个人神圣和道德责任：第 303 首《灵魂选择自己的伴侣》("The Soul selects her own Society")、第 657 首《我生活于可能之中》("I dwell in Possibility")、第 701 首《今天一个念头跃入我脑海》("A Thought went up my mind today")、第 288 首《我是无名之辈，你是谁?》("I'm Nobody! Who are you?")等。

狄金森常提及上帝，似乎表明其诗歌是基督诗，然其宗教非基督教，乃个人内心之光。上帝展现神秘即揭示内在自我，不论是在诗人自然灵感瞬间，还是个人抗争生活和死亡巨痛之时。快乐即书写自我。

狄金森怀疑真理，如第 1129 首《要说出全部真理，但不能直说》("Tell all the Truth but it slant")：

> 要说出全部真理，但不能直说—
> 成功之道，在迂回，
> 我们脆弱的感官承受不了真理
> 过分华美的宏伟
>
> 像用娓娓动听的说明解除孩子
> 对于雷电的惊恐
> 真理的强光必须逐渐释放
> 否则，人们会失明——①

---

① [美]艾米莉·伊丽莎白·狄金森：《狄金森诗选》，江枫译，长沙：湖南人民出版社 1984 年版，第 215 页。

为什么真理让人失明?为什么"不能直说"?狄金森对真理冷嘲热讽,怀疑其诚实。如第449首《我为美而死,对坟墓》("I die for Beauty—but was scarce")中美和真理分离,最后都死亡。

迪金森之自然诗倾心浪漫,赋予多种情感。自然给人强烈精神启迪,体现为宗教意象,如第130首《这是鸟儿归来之日》("These are the days when birds come back")和第249首《暴风夜雨》("Wild Nights-Wild Nights!")。自然复杂又诡异,如第986首《草丛中,一个瘦长家伙》("A narrow Fellow in the Grass");自然又教育人类,如第322首《仲夏之日》("There came a Day at Summer's full")。

狄金森许多诗歌提到痛苦与磨难,反反复复。诗人语气平和,诗歌令人胆寒,如第341首《巨痛之后,是一种漠然的感觉》("After great pain, a formal feeling comes"):

> 巨痛之后,是一种漠然的感觉——
> 神经肃然端庄,像坟墓——
> 僵硬的心探问是他,在受煎熬
> 昨天,或几世纪之前?①

伴随胆寒的是禁欲主义,个人真实磨难被描述成为物质和心理斗争神话,斗争中,常出现胜利感。如第67首第一节:

> 成功的滋味最甜——
> 从未成功者认为。

---

① [美]艾米莉·伊丽莎白·狄金森:《艾米莉·狄金森诗选》,周建新译,广州:华南理工大学出版社2011年版,第140页。

有急切的渴求，
才能品出蜜的甘美。①

狄金森之死亡冥想诗歌闻名于世，死亡是人通向平静和后世永生的过渡，如《我不能停下等死》（"Because I could not stop for Death"）（第712首）、《我没有时间恨》（"I had no time to Hate"）（第478首）。从心理分析角度看，狄金森是要消除内心死亡恐惧。在无可避免的死亡路上，总有段不舒服的时光，如《在这人世间》（"The Bustle in a House"）（第1078首）、《她活着的前一夜》（"The last Night that She lived"）（第1100首）表示失去爱人之痛。第1732首诗充分展现了死亡的复杂情感：

我的生命结束前已结束过两次
我的生命结束前已结束过两次——
它还要等着看
永恒是否会向我展示
第三次事件。

向前两次一样重大
一样，令人心灰绝望。
离别，是我们对天堂体验的全部，
对地狱最短缺的一切。②

---

① ［美］艾米莉·伊丽莎白·狄金森：《狄金森诗选》，江枫译，长沙：湖南人民出版社1984年版，第21页。
② ［美］艾米莉·伊丽莎白·狄金森：《狄金森诗选》，江枫译，长沙：湖南人民出版社1984年版，第313页。

狄金森诗风凝练，短语和单词用破折号分开与连接。这些停顿创造出高度个性，灵活韵律，传达诗人观点。如《痛苦，空空如也》（"Pain—has an Element of Blank"）：

痛苦——空空如也——
它无法回想起
它的起始—或者是否
在某时，它消失——①

破折号传达真实感，仿佛是画作上之印戳，代表独立个性。短语压缩表明头脑机敏，揭示诗人超凡洞察力和微妙感。诗人心灵世界神秘而超然，展现清教之禁欲主义和爱默生之补偿观。

尽管诗歌情感负面，但发挥了诗歌体现精神的关键作用。第465首《我死时——听到一只苍蝇嗡鸣》（"I heard a fly buzz—when I died—"）中，一个人在冥想死后生活，反过来又冥想死亡，但诗中充满了变量，需要从多个角度解读：国王指基督还是死亡？苍蝇是死亡天使吗？苍蝇能取代救世主吗？该诗也可解读为喜剧：说话者将死，家人朋友聚集床前，一只苍蝇嗡嗡飞进屋内，分散了死人和家人朋友的注意力。人们认为，死前魂灵会从眼前飞过，苍蝇分散了死人的注意力，不去考虑死亡与否，这是黑色幽默。

---

① [美] 艾米莉·伊丽莎白·狄金森：《尘土是唯一的秘密》，徐淳刚译，上海：华东师范大学出版社2015年版，第257页。

第五章 反奴隶制作家

内战前,美国一半州实行奴隶制,另一半州废除了奴隶制,亚伯拉罕·林肯称"一家被分成两半"。美国人对奴隶制争辩激烈:建国之父们希望奴隶制随时间消失,宪法禁止奴隶进口,奴隶主会转向自由人力市场。但英国轧棉机发明和棉花贸易扩大需要南方扩大棉花种植面积,奴隶依旧是廉价劳动力来源。奴隶制捍卫者声称,奴隶制亘古有之,为《圣经》许可。奴隶制把非文明人基督化,比工业化北方"工资奴隶制"更人性。激烈种族主义者称:黑人非人类,自身不能发展。南方坚持保留奴隶制,南方压力导致通过了《密苏里妥协案》(1820)和《逃亡奴隶法》(1850)。奴隶制成为讲民主平等的美国的心病。

取消奴隶制并非爆发内战的唯一原因,南方宣布脱离后,林肯总统主要关注美国统一,取消奴隶制次之,但北方取消奴隶制呼声愈来愈高,抗议活动风起云涌,取消奴隶制成为高尚行为。1862年,林肯起草了《解放黑人奴隶宣言》,释放黑奴,提高美国形象。

1850年后,废奴运动声势浩大,《逃亡奴隶法》激怒很多作家,反奴隶制作家涌现。

第一节 哈里特·比彻·斯托

哈里特·比彻·斯托(Harriet Beecher Stowe,1811—1896),美国作家,《汤姆叔叔的小屋:卑贱者的生活》(*Uncle Tom' Cabin*:*or*,*Life Among the Lowly*,1852)为废奴运动赢得很多支持者。一年内,美国销售30万册,国外销售150万册,成为最著名小说。乔治·艾略特、乔治·桑德（Sand）、托尔斯泰、亨利·詹姆斯赞美其道德力量，而非艺术性。小说也被编成话剧上演。斯托又发表了《德雷德：阴暗的大沼地的故事》（*Dred: A Tale of the Great Dismal Swamp*，1856）。针对《汤姆叔叔的小屋》缺乏真实性的指控，她出版了《〈汤姆叔叔的小屋〉题解》（*A Key to Uncle Tom's Cabin*，1853），指出《汤姆叔叔的小屋》来自广泛的废奴材料和奴隶口述。《汤姆叔叔的小屋》提高了废奴热情，动摇了南方意识。林肯称："一个小女人，发动了大战争！"

《汤姆叔叔的小屋》中，汤姆叔叔和埃兹拉儿子哈里在谢尔比农场被卖，牵动南北方两个情节，情节又与加拿大幸存人物有关。小说高潮是小伊娃·圣克莱尔和汤姆叔叔的死亡、伊丽莎逃跑，越过俄亥俄河。斯托直接表达对奴隶制的极度愤怒。

斯托是宗教废奴主义者，她称《汤姆叔叔的小屋》为基督所写，她是执笔者。上帝发怒，指控奴隶制毁掉爱、家庭和情感。她把愤怒指向两人：一个是奴隶贩子哈利，"活着就是贩奴，赚钱"。另一个是雷切尔·韩礼德，他代表宗教家园，让被哈利贪婪撕碎的家庭再团聚。汤姆叔叔非反抗奴隶制英雄，乃遭受痛苦、忍受压迫的黑人，典型的低贱服从者。斯托以后黑人作家努力改变这种人物形象。

斯托走访种植园，观察奴隶贩卖，积累小说素材。起初，她是温和废奴主义者，认为通过相互理解，可以改善奴隶境况。后来，她嫁给了加尔文·E.斯托教授，后者改变了她对奴隶制的观点，她才成为反奴隶制活跃作家。

第二节　弗雷德里克·道格拉斯

弗雷德里克·道格拉斯（Frederick Douglass，1818—1895）是19世纪美国废奴运动领袖、杰出演说家、作家、政治家。自传《弗雷德里克·道格拉斯：一个美国奴隶的叙述》（*Narrative of the Life of Frederick Douglass：an American Slave*，1845）影响巨大。

他出生于美国马里兰州塔尔波特县，是个奴隶，名字是弗雷德里克·奥古斯都·华盛顿·贝利。母亲也是奴隶，父亲疑是白人阿伦·安东尼，劳埃德种植园总管。道格拉斯早年在劳埃德农场，目睹奴隶制的恐怖与不公正。8岁，他被送到奥德家干活。尽管严禁他接受教育，他还是坚持自学。16岁时他被解雇，到爱德华·肯威田间干活，常遭臭名昭著的"奴隶调教师"（"slave breaker"）鞭打。1838年，他逃到巴尔的摩。安娜·默里帮他逃跑，他们在纽约结婚，一起来到了马萨诸塞州新·贝福德，摆脱了奴隶枷锁。为逃避抓捕，他把姓改为道德拉斯。

1839年，他邂逅废奴杂志《解放者》，参加反奴会议。1841年，他聆听威廉·劳埃德·盖里森（William Lloyd Garrison）反奴演讲，深受鼓舞。同年8月，在南塔克（Nantucker）反奴大会上，道格拉斯叙述自己的奴隶遭遇。当晚，道格拉斯被邀请再作讲演，马萨诸塞州反奴协会也邀他加入。至此，他成为一名出色的反奴演讲家。

《弗雷德里克·道格拉斯：一个美国奴隶的叙述》讲述了他孩童时代起直到20岁逃跑、获得自由的全过程。1855年和1881年，他两次修改补充自传：《我的奴隶生涯和我的自由》（*My Bondage and My Freedom*）和《弗雷德里克·道格拉斯的生平和时代》（*The Life and Times of Frederrick Douglass*）。其自传是"奴隶叙述"的榜样，为19世纪废奴运动提供了素材。自传分两部分："之前"和"之后"。"之前"叙述身为奴隶之恐惧；"之后"叙述自由后发展，道格拉斯成为美国人自我成才楷模。

《弗雷德里克·道格拉斯：一个美国奴隶的叙述》出版披露太多黑奴生活细节，以至于道格拉斯几乎被抓为奴。他停止反奴巡回演讲，逃到英国。1845至1847年，他在英国演讲，促进反奴事业。其英国朋友募集资金，为其赎回自由。1847年，他回到纽约罗彻斯特，创建自己的报纸《北极星报》（后命名为《弗雷德里克·道格拉斯报》），继续废奴工作。他经济上支持约翰·布朗反奴运动，1848年，他参加妇女权利大会。内战期间，道格拉斯公开表明立场：这是人类解放战争，鼓励亚伯拉罕·林肯征召黑人参加北方军。1862年，林肯批准，他积极参军。1865年直到去世，他一直是出色的黑人发言人。

第三节 哈丽特·安·雅各布斯

哈丽特·安·雅各布斯（Harriet Ann Jacobs，1813—1897）之《女奴生平》（Incidents in the Life of a Slave Girl，1861）乃唯一的女奴叙述。雅各布斯通过琳达·布莱恩特（Linda Brent）再叙奴隶生活。布莱恩特出生即奴隶，直到6岁母亲去世，她被带到新主人家，读书识字。11岁她被送去诺克姆家，她父亲第二年去世。她唯一的亲人是弟弟和祖母默里·豪尼布楼（Molly Horniblow），一个自由人，开家面包坊。成年后，雅各布斯的主人詹姆斯·诺克姆（James Norcom）医生不断性骚扰她。为摆脱他，她16岁与白人邻居塞缪尔·特雷维尔·索亚（Samuel Tredwell Sawyer）发生性关系，她们有一个儿子（约瑟夫）、一个女儿（路易莎·马蒂达）。21岁时，她再次拒绝成为诺克姆情妇，他把她送到种植园。她得知诺克姆要从祖母那里夺走孩子时，她下定决心，不让他们成为奴隶。她躲藏在好心白人妇女和邻居中间，直到诺克姆把孩子们卖给孩子们的父亲，父亲又把他们委托给他们的祖母。为逃避被抓送回诺克姆，雅各布斯躲藏在祖母狭小的阁楼里近七年，读《圣经》、缝衣服、酝酿逃跑计划。1842年，雅各布斯逃到北方，设法与孩子会合。她的儿子约瑟夫成为废奴演讲人。在罗彻斯特，雅各布斯成为反奴成员，与女权活动家艾米·博斯特成为好友，后者鼓励她把奴隶生活写出来。《逃亡奴隶法》使诺克姆企图抓捕雅各布斯，但她为之工作的威利斯夫人为其买回自由。

雅各布斯叙述直接讲给北方白人女性，揭露南方绅士生活虚假，对黑人残暴，请她们参与废奴运动。内战前白人妇女喜欢贞洁、忠诚、魅力、顾家、顺从，她要告诉她们：她非"堕落女人"，她乃黑奴——没有稳定家庭，只是生育工具，还要摆脱白人主人强奸。雅各布斯赢得读者同情，其叙述让人去思考当代世界种族、性和阶级关系。

雅各布斯是基督作家，基督教作为共同价值观，增强了她与读者的联系，其奴隶叙述使奴隶制失去了基督道德根据。

第四部分

美国现实主义文学 (1865—1914)

第四部分 美国现实主义文学（1865—1914）

1865年（美国内战结束）至1914年是美国现实主义文学时期。现实主义文学占主导，还包括自然主义文学、地方文学和女性文学。

美国内战改变了美国格局，美国被工业化、商业化取代。西部扩张使人口流动加快，土地交易频繁，西部大草原和山区涌现集聚区，美国人地方意识增强。

工业化带来巨变，机器取代人，机器比工人价值高，劳动关系非人性化。大批人口涌入城市，19世纪晚期，纽约人口300万，成为世界第二大城市。

城市腐败出现，19世纪60至70年代，威廉·马西·特威德（William Marcy Tweed）及其"特威德帮"结党营私，侵吞公款2亿美元。80年代，"工业资本"出现，商业大亨成为民族英雄，误导年轻人，但繁荣与成功背后加剧贫穷，马克·吐温称之为"镀金时代"：一个富有与贫穷、堕落与进步并存的时代，一个华而不实的时代。

自90年代起，社会经济改革呼声越来越高，"进步时代"到来，很多作家开始批判社会，美国现实主义文学出现。

美国现实主义文学受欧洲现实主义作家狄更斯、巴尔扎克、左拉、福楼拜、托尔斯泰等影响，具有如下特点：

第一，反对浪漫主义的直觉、想象、理想主义、自然崇拜、乐观信仰。

第二，探寻客观真理，反对抽象，与威廉·詹姆斯和约翰·杜威代表之实用主义一致，侧重道德行为。

第三，文学应模仿现实，注重方言、习俗、经历、更加"真实"。

第四，描写可知世界，确保其"客观性"。

早期创作具有地方性，自然主义文学是现实主义文学的延伸，强调社会政治经济决定论。

第一章　地方文学

地方文学是现实主义文学的早期阶段，描写当代生活、使用普通人语言，大量使用方言，避开想象，侧重地方文化、社会历史、礼仪习俗。

第一节　马克·吐温

马克·吐温（Mark Twain，1835—1910），原名萨缪尔·兰亨·克莱门（Samuel Langhorne Clemens），19世纪最幽默小说家。萧伯纳写信给马克·吐温："我确信，未来美国史学家会发现，汝之作品不可缺少，如同法国历史学家离不开伏尔泰一样。"并非每位作家都不可缺少，但不能缺少马克·吐温；缺少他，美国文学会失去快乐，请看马克·吐温名言：

- 宁愿闭口不说话，也不要急于表现自己，就算给人以愚笨的形象也不要紧。
- 亲昵生狎侮。
- 通过努力我们很容易学会忍受灾难，我的意思是，别人的灾难（忍受别人的灾难还是容易些）。

马克·吐温虽是幽默大师，但并不滑稽，他是美国传统文学重要作家。厄内斯特·海明威言:"所有现代文学来自于马克·吐温一本书,《哈克贝里·费恩历险记》。"马克·吐温为何对美国文学如此重要?他是西部"地方"小说开拓者,他向世人证明:儿童经历也能成为经典小说。

马克·吐温描写儿童经历,真实再现儿童内心感受:儿童眼中美国乡间生活快感、成长过程中的道德堕落感、童年逝去的失落感。他并非经济学家、哲学家,可以直截了当批判社会,他只能以幽默手法,深恶痛绝地批判美国社会的虚伪与狂妄,无情揭露在奴隶制诱惑和邪恶面前宗教之无能。

马克·吐温也并非浪漫主义者,孩童天真在现实世界无立足之地,其笔下天真伴有讽刺。作为讽刺家,他展现儿童眼中的成人形象,成人眼中的儿童形象,多维度解读天真观。马克·吐温的天真观可延伸至美国人与欧洲人的遭遇《傻瓜国外旅行记》(*The Innocents Abroad*,1868):嘲笑美国人"天真",欧洲人做作。

《汤姆·索亚历险记》(*The Adventures of Tom Sawyer*,1876)和《哈克贝里·费恩历险记》(*The Adventures of Huckleberry Finn*,1884)充分展现马克·吐温的世界观与创作风格。二者构成一个系列,后者明显好于前者。

《汤姆·索亚历险记》故事发生在19世纪上半叶密西西比河畔的一个普通小镇上。汤姆·索亚调皮捣蛋,和弟弟希德受姨妈波莉监护,喜欢恶作剧,让姨妈无可奈何,却又总能躲避惩罚。好朋友哈克贝利·费恩与文明社会格格不入。一天晚上,他们去墓地,目睹恶棍印江·乔伊杀死另一个盗墓者莫夫·波特医生,栽赃波特,后者被捕。汤姆勇敢地站出来,指证印江·乔伊乃凶犯,可凶手逃之夭夭。后来,汤姆和哈克意外发现印江·乔伊藏有大笔宝藏,但不知下落。汤姆和女友贝基野餐时走进大山洞,被困其中,却意外遇见印江·乔伊。村民设法救出汤姆和贝基,封死山洞,印江·乔伊死在里面。汤姆和哈克再次回到山洞，找到那笔宝藏。

小说引人之处乃对汤姆·索亚的精妙描写：汤姆不是模范男孩，但他熟悉且讨厌模范男孩；他偷波莉姨妈的东西，但都能骗过她；他行为懒惰、模仿贵族、教堂恶作剧、爱吹牛，但他撒谎是自我保护。他有些行为是孩子的天真恶作剧，有些是孩子对付成人专制与虚伪的策略。汤姆滑稽、自我怜悯、多愁善感；想到邻居溺水就流泪，得知恶棍印江·乔伊被封洞穴而昏厥。"坏孩子"的逼真描述使《汤姆·索亚历险记》成为畅销书。马克·吐温初衷是写给成人，但小说赢得了大人和孩子的一致喜欢。

《哈克贝利·费恩历险记》主题是逃跑：哈克逃离堕落的父亲，奴隶吉姆逃跑于被贩卖。二人乘木筏沿密西西比河顺流而下，进入没有奴隶制的北方。他们牵扯于一艘失事船盗窃案，目睹无辜醉汉被杀案，遭遇仇敌农场主家人，卷入两个逃亡骗子"公爵"和"国王"的阴谋。哈克和吉姆产生深厚感情，危急关头，哈克声称放弃南方抚养权，继续帮助吉姆逃跑。

哈克成为经典在于：与汤姆相比，哈克言语粗俗，更加浪漫，缺乏汤姆道德感，无家可归，衣衫褴褛，但快乐无比；他怀疑文明，成为马克·吐温揭露社会虚假道德的工具。哈克讽刺道格拉斯寡妇的"文明"生活：

> 寡妇一摇铃开晚饭，我就必须准时到场。可到了桌子跟前又不能立刻吃，必须等寡妇低着头，对着饭菜抱怨一番才行。其实那些饭菜都挺不错的，没有一点儿毛病，只不过是分开烧的。①

---

① [美]马克·吐温：《马克·吐温文集》，谢志茹编译，北京：中国社会出版社2000年版，第419—420页。

严酷现实教会哈克:要紧抓现实,用马意识(常识)思考,但他并不愤世嫉俗;他善待下人,抗议压迫欺凌,抵制金钱诱惑,拒不背叛吉姆。

马克·吐温小说分四类:第一类是"人物":《汤姆·索亚历险记》、《哈克贝里·费恩历险记》、《镀金时代》(The Gilded Age: A Tale of Today, 1873)、《傻瓜威尔逊》(The Tragedy of Pudd'nhead Wilson, 1894);第二类是"旅行":《傻瓜国外旅行记》(The Innocents Abroad, 1869)、《艰难历程》(Roughing It, 1872)、《国外旅游记》(A Tramp Abroad, 1880)、《密西西比河上的生活》(Life on the Mississippi, 1883)、《赤道旅行记》(Following the Equator, 1897);第三类是"历史浪漫":《王子与贫儿》(The Prince and the Pauper, 1882)、《亚瑟王宫廷的康涅狄格州的美国佬》(A Connecticut Yankee in King Arthur's Court, 1889)、《贞德传》(Personal Recollections of Joan of Arc, by the Sieur Louis de Conte, 1896);第四类是"大话短篇小说":《卡拉韦拉斯县驰名的跳蛙》(The Celebrated Jumping Frog of Calaveras County, 1865)、《败坏了哈德莱堡的人》(The Man That Corrupted Hadleyburg, 1900),表现马克·吐温西部精神和地方色彩。

《镀金时代》讲述内战后南方"重建"的辉煌岁月,讽刺公共资源开发过程中的贪婪与自私。主要人物是贝尔西亚·塞勒姆上校,以作者的叔叔詹姆斯·兰姆波恩为原型。

《傻瓜国外旅行记》讲述马克·吐温乘蒸汽船去欧洲和以色列旅行的经历,以马克·吐温寄给《上加利福尼亚日报》(Daily Alta California)和《纽约先锋论坛报》(New York Herald Tribune)的信件为素材,人物真实。查理(Charley)为查尔斯·A.兰登本人(Charles A Langdon),马克·吐温娶其妹妹。这是马克·吐温重要的一部小说,主题是美国人遭遇老欧洲之尴尬,它成为美国与欧洲联系中探索美国人文化身份的一部重要著作。马克·吐温时而嘲笑欧洲神殿和礼仪，时而敬仰欧洲文化的典雅。在尊敬与鄙视中，读者能洞悉美国人对欧洲文化的复杂心理。

《艰难历程》记录马克·吐温于19世纪60年代在内华达圣易斯·卡森城和三明治岛五色杂陈的流浪生活。该书赞美了古老遥远的西部拓荒者、亡命徒，暴露其雄劲与贪婪，再现艰难历程。

《王子与贫儿》乃精心打造的历史传奇，情节幽默。王子和贫儿交换地点和身份，隐蔽性地批判了国王爱德华六世统治期间英国君主制度固有的经济和社会恶行。

《亚瑟王宫廷的康涅狄格州的美国佬》是很好的儿童书，讽刺亚瑟王朝时期英国的残暴与压迫、贵族和封建制，颠覆了传统骑士形象。

《卡拉韦拉斯县驰名的跳蛙》乃夸张喜剧，代表边境生活。一个陌生人来到加州矿营地，与出色青蛙训练者吉姆·斯迈利（Jim smiley）赌一只吉姆吹嘘的青蛙：能胜过卡拉维拉县内任何青蛙。陌生人给冠军青蛙塞满铁砂，用沼泽中一只普通青蛙赢了赌博。小说意外出版，马克·吐温名声大噪。

《败坏了哈德莱堡的人》结构精巧，讲述一个城市寓言故事。该城以诚实著称，座右铭是"不要诱骗我们"。城市来了一个陌生人，受到冤枉，前来复仇。他秘密接触有地位的城市居民，用黄金贿赂他们。他们投降了，陌生人把此事公之于众。知道羞耻行为后，市民把城市名字改了，把座右铭改成"诱惑我们"。

萨缪尔·兰亨·克莱门同情被压迫人民，为黑人争取权利，支持工人，痛恨反犹太主义，支持美国印第安人，为妇女大声疾呼。这些在他那个时代不可思议。

他出生于密西西比州弗罗里达市，但很快搬到密西西比州汉尼拔，很多小说以此为背景。12岁，父亲去世，他开始当学徒。童年时光短暂，他倍加珍惜，他将其体现于小说。十几岁，他去西部淘金，但未能如愿。21 岁，他回到家乡，学会在密西西比河驾驶船只——一个赢利的职业。内战期间，河流贸易停止，他尝试其他营生，但失败。他投向写作，以马克·吐温为笔名。他写报纸特写，有时需要去欧洲。他娶富家女奥利维亚·兰登，更严肃对待写作。他们定居在康涅狄格州哈特福德，婚姻幸福，但不幸两个女儿夭折。他与出版商查尔斯 L. 韦伯斯特合作导致他破产。他身体不支，精神抑郁，但他继续写作、演讲。他演讲很受欢迎，经常出现在收音机里和电视机上。

第二节　其他地方作家

其他出色的地方作家有新英格兰撒拉·奥恩·朱厄特（Sarah Orne Jewett，1849—1909）、南部腹地乔治·华盛顿·凯布尔（George Washington Cable，1844—1925）、凯特·肖邦（Kate Chopin）和描写大西部矿营生活的布勒特·哈特（Bret Harte，1836—1902）。

撒拉·奥恩·朱厄特是"撒拉·奥恩·朱厄特村"创始人，出生于缅因州南·贝里克，西奥多·朱厄特医生之女。她出版物很多，最著名的小说《乡村医生》（*A Country Doctor*，1884）充分表现女性主义思想；代表作是短篇故事集《针枞之乡》（*The Country of the Pointed Firs*，1896）。她观察细致入微，语言幽默文雅，影响了维拉·凯瑟等作家。

乔治·华盛顿·凯布尔出生于新奥尔良，描写克里奥尔人文化（南方文化，根源可追溯到法国人）。父亲来自弗吉尼亚州，母亲是新英格兰血统。内战期间，他应征加入联邦军，战后从事多种工作，包括做棉花商办公室职员。他描写非裔美国人生活，其立场惹恼了邻居，1884 年，他搬家到马萨诸塞州北安普顿，直到去世。他是高产作家，重要著作有：短篇小说集《克里奥尔人过去的年代》（*Old Creole Days*，1879）和《格兰迪希姆的一家》（*The Grandissmes：A Story of Creole Life*，1880）。

布勒特·哈特出生于纽约奥尔巴尼，在东海岸多个地方生活，直到父亲去世。母亲再婚，1853 年他才随母亲到加州。做过药店职员、教师、矿工，后与妻子定居旧金山。他做《大陆月刊》（*Overland Monthly*，1868—1871）编辑，出版短篇小说。《咆哮营的幸运儿》（*The Luck of Roaring Camp and Other Sketches*，1870）使他名利双收，但后期作品不佳。

许多人认为哈特是地方文学创始人，其作品是西部拓荒生活重要文献，特别是有关怪癖方面。他还出版了两部小说集《压缩小说》（*Condensed Novels and Other Papers*，1867）和《斯卡格斯太太的丈夫们》（*Mrs. Skagg's Husbands and Other Sketches*，1873）。前者模仿库柏、杜马、维克多·雨果、查尔斯·狄更斯、华盛顿·欧文等小说，后者包括著名的《桑迪酒吧的伊利亚特》（"The Iliad of Sandy Bar"）。

在第四章谈到 19 世纪女性文学时将详细讨论凯特·肖邦，她既是一位地方作家，也是一位重要的女性文学作家。

第二章　亨利·詹姆斯和威廉·迪安·豪威尔斯

本章对比两位伟大美国现实主义作家：亨利·詹姆斯和威廉·迪安·豪威尔斯，他们"现实观"不同，各自文学形式也不同。

威廉·迪安·豪威尔斯是美国现实主义文学主将，聚焦产业冲突和阶级斗争带来的社会问题，阐释资本主义竞争对社会各阶层男人的影响。虽然他某种程度上是社会主义者,但其人生观还是属于美国中产阶级。他道德拘谨,甚至可笑,小说避开性主题。

亨利·詹姆斯在许多方面是现实主义大家,但就其小说技巧、美国观和模糊讽刺而言,他是典型的现代主义作家。

美国现实主义作家不像浪漫主义者那么浪漫,亨利·詹姆斯在《论霍桑》("Hawthorne",1879)中说道:人们会说内战标志着美国人思想历史的新时代,它给国民意识引入某种比例和关系,世界更复杂感,超出原来想象。未来更奸诈、成功更艰难。目前来看,显然好的美国人要多于从前;但在将来好的美国人要比自满自信的祖父更挑剔。他吃光了知识树,他不再是一个怀疑论者,更不是一个愤世嫉俗者,他将以不有损其众所周知的行动能力,成为一名观察者。描写天真的失去。

第一节 亨利·詹姆斯

亨利·詹姆斯(Henry James,1843—1916)是小说艺术大师。继福楼拜后,他将讽刺和不确定性纳入现代小说。长句子构成叙事板块,产生模糊效果。其哲学使其洞察生活重大问题,其艺术天才使其定位生活多变及情感问题,特别是聚焦在去欧洲旅游的美国人身上。

其小说有三大主题:

第一,"国际主题":《美国人》(*The American*,1877)、《黛西·米勒》(*Daisy Miller*,1879)、《贵妇画像》(*The Portrait of a Lady*,1881)等。亨利·詹姆斯未从美国视角看美国人,而从与欧洲联系中、从两种文化接触中观察美国人和美国文化。美国人到欧洲,朝圣者也好,牺牲者也好,二者兼而有之也罢,他们毕竟要接触欧洲文化习俗,或欧洲化美国人。马克·吐温一些旅行著作中探索同一主题，但亨利·詹姆斯更集中，更深刻，他是开发国际题材的美国作家，其后，更多现代和后现代派美国作家从国际角度定义美国文学。

詹姆斯小说中，欧洲和美国体现不同的社会与文化相互抵触：欧洲社会活力枯竭，但传统高雅尚存，而美国原始驱动力强大。把两种社会植入小说，詹姆斯非论短长，乃展示差别，提供批判欧洲和美国的视角。遭遇欧洲社会老练的文化传统后，美国人天真或缺乏经验凸显，欧洲缺乏生机活力也暴露无遗。

欧洲与美国差异性与其说是社会层面倒不如说是心理层面。小说中，人物窘境发生在詹姆斯称为的"空位期"（"interregnum"）：介于基督教古典观念有效支配和新理念崛起之间。詹姆斯不站在老旧思想一边，但也不是不怀疑现代科学技术、金融商业、社会扩张。态度上他模棱两可。但作为现实主义作家，詹姆斯观察到了时代活跃的思想，对人类情感和社会行为作出反应。

第二，"情感生活主题"。"情感"对亨利·詹姆斯含义如何？何处去找？他秉持道德信念：生活不可摧毁。据此，他愤怒于社会和堕落之人：他们依赖传统，又缺乏信念力。为表达其道德观，发泄愤怒，他将这样的社会和人置于小说的微观世界，向世人展示：传统观念下情感如何爆发。他何处发现生活情感？即在其所谓"空位期"。

第三，"艺术主题"。支撑亨利·詹姆斯艺术观的是他忠诚的生活。他认为，体现生活创造过程和力量之艺术家必然与社会虚假价值观相冲突，特别是缺乏审美意识的社会。其短篇小说《真实的东西》（"The Real Thing"）阐释了该主题。

亨利·詹姆斯次要主题是人物复杂心理、过去对现今的影响、"宗教经历匮乏"，即詹姆斯人物宗教在机构化教堂中难以找到。

风格上，詹姆斯小说含义丰富。后期作品中，詹姆斯采用多从句复杂句式，传达复杂意义；句子组成长叙事板块，还插入对话，对话引领故事情节。这种风格对读者具有挑战性，詹姆斯相信读者能欣赏小说结构，愉悦于各部分均衡的框架。

詹姆斯在叙事角度上展示复杂技巧。为避免作者直接干预，维护小说客观性，他采用单一人物意识，观察和过滤信息。技术上他或采用第一人称，如《螺丝在拧紧》(The Turn of the Screw, 1898)；或采用全知视角（the omniscient）（第三人称），但这限于单一人物思想。因此，他多采用限制性全知视角（the limited omniscience）叙事。

詹姆斯创作36部小说，三部最佳长篇小说是《鸽翼》(The Wings of the Dove, 1902)、《使节》(The Ambassadors, 1903) 和《金碗》(The Golden Bowl, 1904)。两部最佳中篇小说是《黛西·米勒》和《螺丝在拧紧》。

《美国人》主人公克里斯托弗·纽曼（Christopher Newman），自力更生，成为百万富翁，留下生意去欧洲修身，要娶高贵妻子。因其无知，他只学到了欧洲文化的皮毛。虽智慧、英俊、富有，但他还是不能娶中意之伯爵夫人，遭古老法国传统家庭傲慢拒绝。这本早期小说较好地诠释了国际主题和情感生活主题。

《贵妇画像》主人公伊莎贝尔·阿切尔（Isabel Archer）小姐比克里斯托弗·纽曼更有教养，前往巴黎，体验不同人生。面对19世纪资本主义欧洲，她太年轻，经验不足。从表哥拉尔夫继承来的意外财产和她的天真自信，使她在吉尔伯特·奥斯蒙德（Gilbert Osmod），一个欧洲化的高雅的美国人及其情妇的阴谋面前感到脆弱不堪。与奥斯蒙德结婚后，她屈从于他的冷漠与专制，但因其自尊和对继女的承诺使她忍受着不幸的婚姻。该小说被视为詹姆斯最高贵的小说之一，作者在最艰难情节上对伊莎贝尔的刻画很精彩，这些情节被老于世故和文雅所掩饰。小说还有许多人，其中，美国记者赫里埃塔·斯达克波尔也是一个很清新的人物。

《波士顿人》(The Bostonians, 1886) 背景是美国新英格兰,人物均为美国人,主题是19世纪80年代女性选举运动,但小说提出女性权利和自由斗争的复杂问题。女主人公维蕊娜·塔兰特 (Verena Tarrant),一个年轻又有魅力的女人,成长于女权运动圈子中。其演讲天才使她成为热情但衰退的民权分子,奥利弗·钱斯勒 (live Chancellor) 的理想目标。随后出现冲突:巴希尔·兰塞姆 (Basil Ransom) 爱上维蕊娜,决心把她从改革朋友手中"解救"出来。兰塞姆"顽固保守","坚决反对妇女投票权和类似改变"。小说绝非讽刺女性运动(虽主要人物奥利弗·塔兰特描写看似如此),乃创造复杂心理环境,展示社会冲突价值观。《波士顿人》最大优点就是对鲜活社会问题的心理处理上,几乎把女性问题从社会和政治舞台转向另一舞台。经历情感波折后,我们被迫去思考:维蕊娜·塔兰特的自由是什么,权利是什么。

《黛西·米勒》讲述年轻貌美的美国姑娘黛西·米勒,来自富有家庭,跟世俗但好心的母亲去欧洲旅行。虽然她聪明、有洞察力,但她经验不足,应付不了罗马传统习俗。她悲怜地死于疟疾,把爱给了维恩特波恩 (Winterbourne),一个毫无回报的欧洲化的美国人。小说赞扬了美国的自由、民主与自信,揭露了欧洲的世故、虚伪与保守。

《螺丝在拧紧》是一部复杂心理小说。住在遥远英国庄园的年轻女教师讲述她的前任和庄园男仆之间发生性关系,败坏了她照顾的小孤儿兄妹。年轻女教师感到其前任的鬼魂回家缠着兄妹,她试图用理性说服自己所见乃幻象,又想从兄妹和女管家格罗斯太太那里证实自己所见并非幻象。所有人都认为她疯了,兄妹俩亦讳莫如深。小女孩不承认站在湖边的人影,是女孩被迷惑,还是女教师的妄想?但故事情节令人脊背发凉,螺丝在拧紧!最后小女孩被送到伦敦,哥哥死于情感压力。小说很多"空白"让读者去填补。

《鸽翼》和《金碗》描述两个美国女孩米莉·希尔（Milly Theale）和玛姬·威尔沃（Maggie Verver）在欧洲尝试性经历。虽两者成为牺牲品，但她们的性格力量和逆境带来的洞察力改变了牺牲她们的欧洲人。《使节》乃构思最佳的作品之一，深化了国际主题，美国人兰伯特·斯特瑞塞（Lambert Stretcher）智慧地在巴黎发现了美国失去的东西。

亨利·詹姆斯出生于纽约，他是非传统神学家老亨利·詹姆斯的次子，家境殷实。其兄是著名哲学家威廉·詹姆斯，父亲是爱默生和卡莱尔的朋友，是非传统牧师。临终病榻上，他留下遗言："所躺之人，一生出席的结婚和死亡仪式都是该死的狗屁。"这个父亲给两个儿子的特殊洗礼：会说话前带到国外，浸泡在欧洲洗礼盆中。这种洗礼仪式使两个儿子既具生活力量，也有生活弱点。对亨利·詹姆斯而言，这意味着他不是成长于特定土壤中，而是最丰富、最多样的土壤中。其生活如同创作，具有国际性。

詹姆斯接受的主要是私人教育，虽然他在哈佛大学法学院学习，但那段时间似乎没给他显著影响。很长时间他在国外居住，对美国东海岸很小部分熟悉。成年后，他是技术上的美国人。死前他成为英国公民，成为英美两国作家。

19世纪70年代中期，他在法国结识福楼拜、德·龚古尔（de Goncour）、都德（Daudet）、莫泊桑（Maupassant）、左拉（Zola）等，难怪詹姆斯受法国小说影响。他也结识了俄国作家屠格涅夫（Turgenev）。晚年，他生活在意大利和英国，偶尔去美国。

他生活与世隔绝，独身，中规中矩。他从不为生存拼搏，性冷漠，但他尽力成为艺术家，表达高贵精神。

第二节　威廉·迪安·豪威尔斯

威廉·迪安·豪威尔斯（William Dean Howells，1837—1920）出生于俄亥俄州，父亲是印刷工和废奴主义者。豪威尔斯受正规教育很少，主要自学。他任俄亥俄州杂志记者时撰写了《亚伯拉罕·林肯的竞选生涯》(*The Campaign Life of Abraham Lincoln*，1860)，为林肯竞选总统造势，他也成名，被任命为驻威尼斯领事。回国后，任几家著名文学杂志编辑。他是文学批评家、诗人、剧作家、小说家。

在其生活的年代，豪威尔斯声名显赫，但死后风光不再。20世纪30年代至40年代，他作为一个早期社会主义作家引人注目，但从未企及过去的高度。近几十年来，他被尊为重要批评家和编辑，但其小说家声望停滞不前。今天，他既非"主要"作家，亦非"次要"作家。后人出于公平起见，承认他是当时最直言不讳之现实主义倡导者。他鼓励并赞同马克·吐温、史蒂芬·克莱恩，支持撒拉·奥恩·朱厄特和亚伯拉罕·卡恩，他是赞美艾米丽·狄金森诗歌的第一人。

《批评与小说》（*Criticism and Fiction*，1891）充分阐释其美国现实主义文学观：小说乃文学手段，能充分揭露社会现实问题，呈现现实要真实；小说素材来自于美国中产阶级平凡普通的日常生活，限制悲观题材，刻意避开性主题。小说人物行动要动机正当，叙事要排除意外事件或巧合。他担心，社会极端下流会玷污年轻女性的纯洁，他呼吁小说家要描写"生活更阳光一面，更美国人一面"。

豪威尔斯小说设计精巧，动机性强，强调道德性，祛除肮脏、恐怖和暴力。人物塑造取决于言行，但不反映意识活动（更别提下意识了），人物言语礼节反映了该时代中产阶级的生活方式。他说：我希望时机到来了，不仅艺术家，而且具有"艺术家水准"之普通人，不论是科学、文学还是艺术方面，也有勇气用现实主义拒绝浪漫主义。其小说过于拘谨，描绘出一个时代美国社会的历史图画。至今还在阅读的小说是《赛拉斯·拉帕姆的发迹》（*The Rise of Silas Lapham*，1885）和《新财富的危害》（*A Hazard of New Fortunes*，1890）。

《赛拉斯·拉帕姆的发迹》中拉帕姆意志坚定，出身农家，后成为成功油漆商，有机会跻身上流社会。他在波士顿繁华地段建造豪宅，但油漆生意竞争激烈，面临破产。他可把厂子卖给一家英国公司，但想到铁路公司插手会使买主受损，他甘愿自己倾家荡产，退出商界，举家回到佛蒙特农场。生意失败，但精神升华。

《新财富的危害》故事发生在 80 年代的纽约市。马奇（March）做了 18 年保险后，经朋友介绍到文学期刊《双周刊》任主编，实现了夙愿。刊物资助商德雷福斯（Dryfoos）是天然气巨头，不满儿子康拉普做牧师，资助刊物让儿子做杂志出版商。康拉德不愿从商，乐意做牧师，为穷人服务，德雷福斯与其父矛盾激化。康拉德上街试图平息罢工工人和警察的冲突，但被流弹击中而死。德雷福斯感到愧对儿子，决定雇用被他解雇的残疾人社会主义者林陀（Lindau），愿意终生照顾他，但林陀遭殴打而死。德雷福斯深感愧疚，一家去了欧洲，行前把杂志以优惠价卖给马奇和福克森。该小说是豪威尔斯最复杂的小说，展示其成熟智慧、强烈思想情感和精巧艺术。

第三章　自然主义文学

19世纪90年代，受欧洲文学家左拉、托马斯·哈代、乔治·艾略特影响，作为现实主义产物和延伸，美国自然主义文学出现。与现实主义相同，自然主义力求客观，关注当代普通事物；但与现实主义不同，自然主义更关注科学、社会经济决定论。鉴于此，自然文学作品悲观，人类无法自我控制，无法自我保护，无法排除内部压力，无法抗拒外部力量。自然主义文学观概括如下：

1. 达尔文观认为人类源于动物，反驳了基督教创世观；人类高于动物，低于天使。人类同动物一样，对外部力量作出反应，才能生存。

2. 个人受出生地、出生时间和社会经济力量限制，适者生存。

3. 意志自由不可能，道德选择幻灭，现实主义道德观被消除，人类行为天注定，无所谓对与错、善与恶。

自然主义小说人物处于社会最底层，自身与自然之间没有文明午餐。自然事件在不可抗拒力面前孤立无援。情绪黑暗悲观，暴力明显，性欲打破社会禁忌。

本章列举五位杰出的美国自然主义作家：哈姆林·加兰、斯蒂芬·克莱恩、弗兰克·诺里斯、杰克·伦敦和西奥多·德莱塞。

第四部分　美国现实主义文学（1865—1914）

第一节　哈姆林·加兰

哈姆林·加兰（Hamlin Garland，1860—1940）对自然主义贡献主要在理论上，他在论文集《坍塌的偶像》（*Crumbling Idols*，1894）中宣布自然主义脱离现实主义。19世纪90年代代表芝加哥和纽约年轻激进分子提出新理论："写实主义"（"veritism"），以挑战豪威尔斯避开问题，主张美国小说应探索真理的深层意义，既涉及生活快乐，亦涉及悲伤；既描写丑恶和战事，亦勾画美好和平图画。但加兰只是自然主义的一个发言者，他从未在自己小说中实现这些主张。或许并非他缺乏信念，他读到斯蒂芬·克莱恩的作品时，马上意识到年轻人已经实现了其自然主义主张。1893年，斯蒂芬·克莱恩前往哈莱姆公寓见加兰，加兰将其引荐给豪威尔斯，借钱帮他出版《红色英勇勋章》。

第二节　斯蒂芬·克莱恩

斯蒂芬·克莱恩（Stephen Crane，1871—1900），美国自然主义文学家，28岁死于肺结核。短暂一生中，他创作了很多优秀作品，使他成为美国作家中璀璨的明珠。

两篇著名短篇小说是《街头女郎梅季》（*Maggie: A Girl of the Streets*，1893）和《红色英勇勋章》（*The Red Badge of Courage*，1895）。他还创作了许多杰出的短篇故事，最著名的是《海上扁舟》（*The Open Boat and Other Tales of Adventure*，1898）、《怪人》（*The Monster and Other Stories*）、《新娘来到黄天镇》（"The Bride Comes to Yellow Sky"）。

克莱恩的小说人物在生活斗争与暴力中苦苦支撑，作者冷眼旁观，洞察内心。克莱恩欲通过恐惧效应，揭示战争恐怖，描绘人类非理性反应，揭露贫穷及其罪恶残暴。简言之，其恐惧描写使读者感到生活无望。

　　克莱恩创作伴随记者生涯，叙述客观。作为老成的记者，他用瞬间印象介绍事件和人物。他用淳朴有效的方式表达暴力和混乱，也用讽刺揭示复杂含义。

　　《街头女郎梅季》和《红色英勇勋章》情节和叙事角度迥异，但有很多共性：两者均涉及恐惧：一个关乎羞耻，另一个在战斗中丧失勇气。每个都描写年轻人的生活危机，每个都呈现外部环境和内在的心理情感力量，每个都第一次遭遇死亡。

　　《街头女郎梅季》中，梅季是个漂亮的街头女郎，追求美、秩序和爱，但这些都被酒吧侍者彼特毁掉，导致她蒙羞自杀。然而，彼特亦非良心泯灭，他也想做个"好人"，梅季之死也毁掉了他。小说嘲笑道德高于环境会增强生存几率的理论。

　　《红色英勇勋章》主人公亨利·弗莱明（Henry Fleming）是美国内战时北方一名士兵，战斗打响后，眼见士兵纷纷伤亡，他吓得临阵脱逃。敌人溃败后，他回归部队，但深感内疚，又怕人讥笑。一名溃败士兵被战争吓得失去理智，用枪托击伤弗莱明头部，使其鲜血淋漓。弗莱明返回部队，谎称伤口是战斗所致，受到赞扬，得到了他向往已久的红色英勇勋章。第二天参战，他想他已经经历了死亡，大不了一死了之，没有什么可怕的。他征服了怯懦，英勇战斗，护卫军旗，成为勇士。小说展现克莱恩的自然主义观，嘲讽了战争"英雄"。

　　三个著名的短篇故事中，《海上扁舟》讲述"海军准将"号沉没后船上四人劫后余生的经历。船长、加油工、厨师和通讯员乘一只小船，划向佛罗里达海岸。扁舟象征人类，大海代表大自然，冷酷但无敌意。船上的人均意识到死亡，但他们萌生了兄弟情。他们刚要靠岸，船倾覆了。年轻能干的加油工展现英雄气概，令人讽刺的是他竟然死亡了!

《怪人》讲述了一个黑人从大火中救出一个孩子,面容被毁,变成可怕怪人。大家残酷对他,不能相容,但大家应认识到"怪人"的痛苦,应该同情他,接纳他。

《新娘来到黄天镇》讲述一个令人难以置信的故事,受到小说家威拉·凯瑟(Willa Cather)赞扬。镇元帅结婚没几个小时,他携新娘来到镇上,发现斯科莱什·威尔逊醉酒,在镇子胡乱开枪。斯科莱什面对镇元帅,有人向他介绍新娘:新娘既不漂亮,也不吸引人,但斯科莱什被驯服了。

第三节　弗兰克·诺里斯

弗兰克·诺里斯(Frank Norris,1870—1902),美国自然主义作家,文学评论家。诺里斯小说凸显自然主义特性:人类生存悲观论,基因决定论,达尔文自然观,包括性、成长、饥饿、环境等主题,经济力量决定论等。

诺里斯小说世界极为暴力,通过诺里斯之观察与想象,读者能进入人物暴风骤雨般的情感世界。《麦克提格》(*McTeague*,1899)讲述一个毫无文化、粗野的旧金山牙医,出于嫉妒性竞争、命运和贪婪,把年轻妻子恫吓致死。小说结尾是麦克提格和对手马卡斯(Marcus)的骇人死亡。

《章鱼》(*The Octopus*,1901)是一部西部史诗般的作品,情节虽不连贯,但通过盘根错节的叙述,讲述加州小麦投机商和铁路公司之间的斗争。双方的贪婪和残酷导致悲剧结局。该小说被认为是美国第一部伟大主题小说。短篇故事《小麦交易》("A Deal in Wheat",1902)采用同样思想,讲述小麦种植户被操控市场毁掉的故事,也揭露了金融资本家把小麦交易当成资本和权势游戏。

第四节　杰克·伦敦

杰克·伦敦（原名，约翰·格利菲斯·伦敦，John Griffith London，1876—1916），美国自然主义作家，创作49部小说、话剧等，是美国最具才华、最高产的作家之一。

他是占星术家的私生子，贫困低微中自学成长，1900年第一本书出版，16年创作为其赢得名望财富，也赢得爱情，然而，这也导致他的绝望。

杰克·伦敦小说主题总基调是决定论：人乃进化动物，行为决定于自然法则；适者生存，个人生活诉求服从于生存条件；图生存，动物包括人，可能退回原始状态，人类行为像野兽。这些自然观来自达尔文、马克思、赫伯特·斯宾塞（Herbert Spencer）和尼采。他公开声称自己是斯宾塞进化论主义者和马克思社会主义者，但当他与社会主义需要冲突，政治行为威胁到个人特权时，他被撕碎；他为社会主义事业工作，但对社会主义很不满，这种冲突使他极度绝望。

伦敦作品真正魅力乃其神话般的"原始观"（"primordial vision"），深深抓住读者："这里有一种显露出生命巅峰的迷狂。这种迷狂出现的时候，生命正处于最活跃而又全然忘我的状态。这种迷狂，这种忘怀生命的状态出现在艺术家物我不分、迷失在一片烈焰中的时候；出现在战场上士兵打红了眼、格杀勿论的时候；这种迷狂出现在巴克身上时，他正身先狗队，发出古老的、狼似的嗥声，追赶在月光下迅速逃窜的活生生的猎物。"[①]

[①] ［美］杰克·伦敦：《杰克·伦敦小说选》，万紫、雨宁、胡春兰译，北京：人民文学出版社2003年版，第155页。

此即伦敦杰作《野性的呼唤》(*The Call of the Wild*, 1903) 中的狗巴克精神。巴克被带到阿拉斯加,在荒野中要生存,他就必须恢复原始本能。巴克的回应成为远方的呼唤。通过打斗,巴克成为狼群头领,在极地月光下,昂头号叫。

《白牙》(*White Fang*, 1906) 颠倒了这个过程:阿拉斯加一个狗崽,半狼半狗,被带走驯化,忍受"文明"的痛苦。《海狼》(*The Sea Wolf*, 1904) 讲述人狼:船长狼·拉森 (Larson) 强迫汉弗莱·凡·卫登去找"人",对他十分野蛮,强迫他当船舱服务员。拉森被卫登杀死,卫登找到了拉森所要的"人"。《海狼》揭露尼采式"超人",拉森凶残兽性,丧失人性。

第五节 西奥多·德莱塞

西奥多·德莱塞 (Theodore Dreiser, 1871—1945) 是美国重要的自然主义作家,代表作《嘉莉妹妹》和《美国悲剧》享誉世界。他诚实大胆地描写美国城市生活,激情洋溢,呈现真实美国社会景象,突破了美国文坛传统思想束缚,解放了美国小说,厥功奇伟。

德莱赛善于使用白描手法,有时评价特定情节或人物;小说平易朴实,真实描写人物外表和动作,用词简洁准确,细节逼真,生活气息浓厚。故事情节环环相扣,总体雄浑有力,感染力强,颇具艺术魅力。

他赞同自然哲学,小说主题描写男女根据自身社会地位、才能和秉性,去追求性满足、权力欲和物欲。这些社会外部力量如此强大,以至于个人或屈服或被其毁掉,德莱塞用"决定论"概括之。该主题很大程度上通过性公开(虽无露骨描写和图画)和精心刻画女性人物来体现。

《嘉莉妹妹》(*Sister Carrie*, 1900) 中,嘉莉·米伯 (Carrie Meeber)

离开中西部小镇，去芝加哥。她年轻美丽，但一无所长，但她知道利用性感。火车上，她遇到销售员杜洛艾，把地址给他。下车后，她住进姐姐家。姐姐和姐夫能干，但不幽默。嘉莉有一份工作，一周四点五美元，每天扎皮鞋鞋孔十个小时。她房租和伙食费每周就四美元，其收入捉襟见肘。销售员来访，她搬进他家，但她发现他并非她心中的白马王子。酒店经理赫斯渥出现，两人坠入爱河，赫斯渥离婚，娶了嘉莉。他从老板那里偷钱后，"绑架"嘉莉，嘉莉和他逃到加拿大和纽约。后来，赫斯渥生意惨败，一贫如洗，被嘉莉抛弃，后打开煤气自杀；而嘉莉成为著名演员，过上荣华富贵的生活。嘉莉缺德吗？小说未置可否，反倒描写嘉莉姐姐婚姻生活细节和"绑架"情景。《嘉莉妹妹》塑造了"真实"问题之"真实"女性。

《美国悲剧》（*An American Tragedy*，1925）是德莱塞的代表作，再现真实美国社会。小说讲述主人公克莱德·格里菲思（Clyde Griffiths）受社会邪恶影响蜕化变质、堕落为杀人犯、自我毁灭的过程。

小说分三卷，第一、二卷叙述出身贫困家庭的青年克莱德·格里菲思为改变生活来到堪萨斯城一家豪华大酒店当招待。因交友不慎，终日沉迷酒色不能自拔。后卷入一起严重车祸，逃往芝加哥投奔叔父，在其工厂里担任主管，并与纯洁善良的贫穷女工罗伯塔·奥尔登相恋，使之怀孕。嗣后，克莱德又结识了千金小姐桑德拉·芬奇利，这足以让他摆脱贫贱，跻身上流社会。他萌生了杀害罗伯塔的念头，他骗她去湖上泛舟。准备溺死她时，良心发现，改变了主意，但小船意外翻了，罗伯塔落水身亡。小说的第三卷详述了克莱德的被捕、审判、处死过程。是美国梦还是美国悲剧？小说未给出答案，只真实再现20世纪初美国人金钱至上、欲望膨胀的生活观和幻灭感。

德莱塞其他重要著作有:《珍妮姑娘》(*Jennie Gerhardt*, 1911)、《欲望三部曲》(*Trilogy of Desire*)、《天才》(*The Genius*, 1915) 等。

第四章 19 世纪女性文学

19 世纪晚期和 20 世纪初,美国还没有摆脱英国女王维多利亚女性观(对妇女和性采取严厉态度),妇女社会地位低下,依赖男人,只能生儿育女,几乎没机会接受教育,几乎没有选举权。妇女选举权经历长期艰苦斗争,直到 1918 年美国通过宪法修正案,宣布妇女享有选举权。

女性文学多批判维多利亚文化法典,促进妇女解放。男性作家亨利·詹姆斯和威廉·迪安·豪威尔斯创造了"新妇女"形象,但"新妇女"真正先驱是女性作家,但有些女性作品不见天日,直到 20 世纪才被女性主义者发现。虽然女性文学出现,但女性主义还未登上历史舞台,女性作家只能模糊讽刺地表达思想,意识形态退而求其次。

第一节 凯特·肖邦

凯特·肖邦(Kate Chopin, 1851—1904)作品大胆,揭露通婚、离婚、女人性欲问题。小说主题是女性人格需要和传统期望之间的冲突:男女需求不同,女人是独立个体,但又要维持婚姻家庭,这大大限制了自我实现。

著名小说《觉醒》(*The Awakening*, 1899)一出版即遭诟病,受到谴责,长期禁售,文学团体也开除肖邦,肖邦从文坛消失。直到 20 世纪 70 年代,肖邦及其作品才得到世人欣赏。

《觉醒》介绍女主人公埃德娜·蓬迪里埃（Edna Pontellier）注定失败的尝试：用激情找到成就感。从当时维多利亚社会角度看，埃德娜理应快乐，年轻貌美、丈夫娇宠、孩子可爱。但她没机会实现自我，父亲和丈夫都不鼓励她。严厉的父亲常阴沉地给她读《圣经》，埃德娜想起来就不寒而栗。父亲还劝丈夫莱昂斯动用"权威"或"胁迫"，莱昂斯应"一脚踩上去"。莱昂斯娇惯埃德娜，视其为"一件值钱物"，嘲笑她的艺术追求。她读过爱默生作品，但作为女人，其个体受到压抑。

　　埃德娜·蓬迪里埃意欲何为？她需要爱默生所鼓励的、美国人所渴望的：发现自我潜能，渴望超灵。夏季度假期间，她开始意识到作为人在宇宙中位置；作为个体，她认识到她与自己内心和周围世界的关系。埃德娜之不满导致她通奸，自杀。

　　肖邦或埃德娜世界女性感情丰富，音乐、鸟和海洋诗歌唤起小说情感力量。小说结尾，埃德娜拥入大海怀抱：

> 　　大海的浪声是极具诱惑力的：有时私语，有时喧闹，有时低吟，永无休止，引诱人的心灵徘徊于寂寞的深渊中，消失在内心冥想的迷惘中。
>
> 　　大海的浪声撞击着人的心弦。大海的抚摸令人陶醉，它把人的身体涌入了它那温柔亲切的怀抱。①
>
> 　　她想起莱昂斯和孩子们，他们是她生命的一部分；但他们勿需以为他们会占有她的身体和灵魂。如果露西小姐知道的话一定会笑话她，也许会嗤之以鼻。"你还称自己为艺术家家呢！

---

① [美] 凯特·肖邦：《觉醒》，焦丽娟译，北京：外语教学与研究出版社 2012 年版，第 113—114 页。

这是自负啊，女士！艺术家必须拥有敢于挑战与蔑视的勇气。"①

《觉醒》也是地方小说（反映南方克里奥尔人文化）、现实主义小说、爱情小说和女性主义小说，它揭露一个悲哀的事实：理想只能适用于美国男人。像福楼拜《包法利夫人》一样，凯特·肖邦《觉醒》非因性、乃偏离"好社会"的性法典而受谴责。

凯特·肖邦本名凯萨琳·欧福拉赫蒂（Katherine O'Flaherty），出生于密苏里州圣路易斯市一个富有的罗马天主教家庭，1868年毕业于天主教学校。19岁嫁给奥斯卡·肖邦，生活在新奥尔良。1882年丈夫去世，肖邦31岁。她带6个孩子回到圣路易斯，开始写作。1889年发表了两篇故事《比上帝英明》（"Wiser Than a God"）和《争论焦点》（"A Point at Issue"）。1890年，发表第一部小说《咎》（*At Fault*）。小说描写一个非常坚强的女人，涉及当时两个大胆主题：离婚和酗酒。1889至1899年，凯特·肖邦出版了20首诗，95部短篇小说和2部长篇小说。多数小说以19世纪路易斯安那州为背景，人物来自各阶层。

第二节 夏洛特·帕金斯·吉尔曼

夏洛特·帕金斯·吉尔曼（Charlotte Perkins Gilman，1860—1935）是19世纪90年代至1920年期间妇女运动中重要的知识分子，主要研究妇女作用和地位问题。文集《妇女与经济》（Women and Economics，1898）全面分析妇女当时的社会地位，揭露妇女从

---

① [美]凯特·肖邦：《觉醒》，焦丽娟译，北京：外语教学与研究出版社2012年版，第365页。

属地位本因。后发表《家》（Home，1904）、《人类工作》（Human Work，1904）和《男造世界》（Man-Made World，1911）。20世纪70年代女性主义作家发现吉尔曼文学成就：她创作了三部乌托邦小说和两百多部短篇小说，主要写给《先驱》杂志。《他乡》（Herland，1915）中，吉尔曼创造没有男人之乌托邦女儿国，揭露社会如何武断地指定"男性"和"女性"作用，限定男女行为规范。她最著名的短篇小说是《黄色墙纸》（"The Yellow Wallpaper"，1892）。探索《黄色墙纸》之前，我们回顾一下吉尔曼的人生，因为《黄色墙纸》是吉尔曼的半自传作品。

吉尔曼出生于康涅狄格州哈特福德，出生后不久，父亲就抛弃家人，母亲带孩子四处漂泊，饥寒交迫。吉尔曼长大后学习艺术，靠教学和设计贺卡为生。1884年她嫁给艺术家查尔斯·斯泰特森（Charles Stetson）。第二年她生下第一个女儿，后患严重抑郁症，人们鼓励她去社交和工作。19世纪医学界对女性健康认识古怪：通常认为女人天生患神经症、歇斯底里等。当夏洛特向著名神经专家威尔·米切尔博士（Dr Weir Mitchell）求助时，他给出"休养疗法"：要求病人绝对禁止下床，禁止"碰钢笔、画笔和铅笔，只要她活着"。这种治疗不亚于室内监禁，使吉尔曼几乎精神崩溃。她尝试独立生活，到芝加哥创作并演讲，新生活使她恢复健康。《黄色墙纸》即该经历的写照，威尔·米切尔博士名字亦出现于小说。小说杀青，她把书寄给他，据说该书对他产生影响：他改变了妇女疾病疗法。吉尔曼和丈夫和平离婚，1900年，她嫁给表哥乔治·霍顿·吉尔曼，婚姻幸福。

《黄色墙纸》将威尔·米切尔博士"休养疗法"小说化，保留了医生真名，再现"休养疗法"过程。叙述者"我"是已婚中年妇女，刚生完孩子，患产后抑郁症。丈夫约翰是医生，租个"大房子"，施行"休养疗法"。她被限制在楼上育婴室内，禁止接触孩子,由约翰妹妹詹妮监视,什么不许干。但脱离詹妮视线,她把整个经历写下,成为本小说。

开始女人抑郁,神志很清醒,但越来越感到身体不适。她在楼上育婴室延长几周,病情加重,最后神志不清,说话不清,成为"疯女"。她开始看到褶皱、碎裂的黄墙纸图案背后有个女人:站在栅栏后,摇动栅栏,挣扎出来。女人"到处爬",无能为力。疯女人认出栅栏后的女人竟是自己,她真"疯"了:她成了精神病患者,认不出丈夫,忘掉了自己。

小说强有力地控诉了父权社会,揭露妇女被压迫的地位。约翰既是医生,也是丈夫,肩负社会赋予男人的权威。女人虽对诊断和治疗不满,但不敢拒绝,屈从于父权淫威。

第三节 伊迪丝·沃顿

伊迪丝·沃顿(Edith Wharton,1862—1937)从另一角度展现"女性问题"。她出生望族,又嫁给财团贵族,在纽约生活富裕。其小说以纽约"400"个显赫家庭为原型。作品高雅,描写精准,叙事娴熟,反映女性精英实现自我价值,揭露"社会"道德虚伪,展现"社会"炫目奢华生活。

短篇小说集《高尚的嗜好》(*The Greater Inclination*,1899)马到成功。1905年《欢乐之家》(*The House of Mirth*)出版,确定其小说家地位。故事反映上层社会摧残人生与理想的悲剧。主人公莉莉·巴特(Lily Bart)聪明美丽,有高雅兴趣与追求,但家庭破产,寄人篱下,孤立无助。莉莉决心凭借美貌与智慧改变处境,但缺乏金钱后盾,她到处碰壁。最后在贫困与孤独中死去,用生命换得一身清白。

1907年,沃顿成为法国永久居民,创作成果斐然。小说《伊坦·弗洛美》（*Ethan Frome*，1911）描写在新英格兰村庄和种植园极其艰苦的生活。弗洛美是20世纪初在新英格兰的一个破败农场农场主，其妻子西娜在婚前照顾伊坦生病的父亲，但婚后她重病在床，一直由伊坦照顾。西娜的表妹玛提来投奔伊坦，之后二人产生感情。历经变故，西娜承担了照顾伊坦和残疾玛提生活的重担。小说冠以"一个男人和两个女人的故事"副标题。但小说绝非浪漫，乃寒冷寂寞、爱情挫折、嫉妒牺牲，乃催人泪下之家庭悲剧。《伊坦·弗洛美》乃一部爱情挽歌，揭示了婚姻枷锁之残酷，摆脱命运桎梏之艰难；伦理道德束缚人性多么强大，世俗力量泯灭个人理想多么残忍！

"一战"前，沃顿组织慰问难民，为盟军编写宣传材料。"一战"后，她出版《纯真年代》（*The Age of Innocence*，1920），小说获普利策奖，是沃顿结构技巧最完美的小说。小说描写19世纪70年代美国上层社会生活，上流阶层人士要生活体面，离婚是不道德的。绅士律师纽兰·阿切尔（Newland Archer）兴高采烈地指望与千金小姐梅·韦兰（May Welland）结婚，这时身居欧洲的艾伦·奥兰斯卡伯爵夫人（Countess Ellen Olenska）、一个30岁美貌女人离婚回国。纽兰暗恋过艾伦，多年后再次相遇，二人情愫顿生。艾伦的大胆行为和追求自我为当时上流社会所不允，在众人眼中她是讨厌鬼，但其性格正为纽兰喜爱。纽兰出于多方考虑，抑制自己情感，跟端庄娴静的梅结婚。婚后纽兰很快发现自己在婚姻束缚下失去自我，发现真爱是艾伦。他向艾伦倾诉了爱情，他们决定私奔，但梅已有孕在身。世俗的礼数终于拆散了纽兰和艾伦。直到梅死去，已届老年纽兰终获自由之身，终于有机会见到艾伦，但来到爱人楼下又静静走开。遥望艾伦的窗口，年轻时艾伦灿烂的笑容依旧在纽兰心中绽放。

第五部分

美国现代主义文学 (1914—1945)

第五部分　美国现代主义文学（1914—1945）

美国浪漫主义是美国文学第一次高潮，美国现代主义则是美国文学第二次高潮。20世纪20年代至50年代美国文学群星璀璨、流派林立、诺奖频出、杰作喷涌，出现前所未有的辉煌局面，美国文学成为世界文学生力军。

埃兹拉·庞德定义"现代主义"为"Make it new"。美国现代主义特征如下：第一，国际性。美国现代主义融入西方现代主义主流，乃国际现代主义的移植和变体。19世纪欧洲现代主义出现，波德莱尔、福楼拜、陀思妥耶夫斯基、尼采、普鲁斯特等对美国现代主义文学影响重大，乃至美国现代文学出现爆炸式发展。

第二，现实性。现代主义现实观更复杂：现实可从不同角度、不同层次来体验，现代主义更倾向多视角性，故事结构开放性。现实主义又与现代主义相互交叉，西奥多·德莱塞和亨利·詹姆斯既是现实主义作家，又具现代性。

第三，现代主义典范。长期以来现代主义痴迷于"荒原"风格，把T.S.艾略特视为典范。但现代主义风格多样，对人类生存反映不一：华莱士·史蒂文斯在诗歌成就上与艾略特旗鼓相当，其理论与后者迥异，他亦美国现代诗歌典范。故以艾略特等少数人定义美国现代主义未免只见树木、不见森林。

第四，叙事观。现代小说常采用第一人称叙事，但第一人称叙事者往往是"不可靠叙述者"，难免观点偏颇。故转向第三人称叙事者（全知角度叙述者），但现代主义者多采用"限制性全知角度"叙事，亨利·詹姆斯乃此楷模。叙事角度亦可外在，海明威小说屡见不鲜：叙事者"客观"报道事件，未提及叙事角色。

第五，角度论。真理具有相对性，可从多个角度解读。威廉·福克纳堪称多角度运用典范，美国现代文学中角度论还包括性别、种族和阶级。

第六，断裂（fragmentation）和开放（open-endedness）成为新结构原则，抵制现实整体观，但《荒原》之断裂似乎哀悼道德整体丧失。

第七，探索心灵深处。此方法源自弗洛伊德心理分析，通过揭开无意识活动呈现人物思想。意识流（准确讲，无意识流）作为现代小说形式出现。

第八，讽刺和含糊为现代文学所喜爱，反映西方社会、经济、精神、价值观总体幻灭。欧文·豪在"现代观"（"The Idea of the Modern"）中说：现代作家不再接受世界主张，道德似乎虚假；品位乃教养之放纵；传统乃疲惫之枷锁。

第九，现代诗歌大量使用意象。埃兹拉·庞德把汉语象形文字引入诗歌，创造意象。

第十，过去传统和现存制度观念遭抵制，但古代传统成为灵感源泉。T.S.艾略特用基督教道德唤起过去意象，而华莱士·史蒂文斯从古希腊文化获取灵感，唤起古典意识。

第十一，对非西方文化重新激发兴致：毕加索之非洲元素、庞德之亚洲/中国元素、T.S.艾略特之人类学。虽然只起装饰作用，但它们反映了美国和欧洲文学艺术之开放性，走向国际化。

从历史角度看，19世纪中叶欧洲现代主义出现，查尔斯·波德莱尔（Charles Baudelaire）提出现代主义观，福楼拜创造全新小说，描写资产阶级虚无生活；陀思妥耶夫斯基用坦白、对白挖掘心灵深处；达尔文、叔本华、尼采、马克思、柏格森（Bergson）和弗洛伊德思想和哲学改变了世界观。尼采喊出"上帝死亡"口号，宣布上帝主宰不再有效，基督教道德和柏拉图主义贬值，一个多角度生活新时代到来。

20世纪初,现代主义传入美国。哈佛大学心理学教授威廉·詹姆斯和弟弟亨利·詹姆斯合著《心理学原理》(*Principles of Psychology*,1890),探索人类意识。指出人类意识要在现代"多元宇宙"("pluriverse")中争取实用主义自我定义。这应和了20世纪"多元宇宙"观,世界多真理性,而非单极思想。

但20世纪初,美国主流文化仍延续斯文传统。马克·吐温、威廉·迪安·豪威尔斯等呼吁结束"美国天真"时代。1912年,现代主义传入美国,美国著名批评家H.L.门肯开始解读尼采和柏格森作品,成果斐然。萧伯纳、陀思妥耶夫斯基、D.H.劳伦斯开始影响美国知识分子,欧洲新思想被视为反对斯文传统的有力武器。1915年,凡·韦克·布鲁克斯(Van Wyck Brooks)出版《美国时代的到来》(*America's Coming of Age*)。该书号召抵制斯文传统,开创崭新自信未来。

第一次世界大战大屠杀破坏美感,特别是对美国作家或在欧洲服役作家影响重大,战后很多现代作品反映肮脏战争。20世纪20年代,文学硕果累累,复杂而深刻。重要作家、重要作品琳琅满目:

1920年——舍伍德·安德森之《穷白人》(*Poor White*)、约翰·多斯·帕索斯之战争小说《一个人的开始》(*One Man's Initiation*)、斯科特·菲茨杰拉德之《人间天堂》(*This Side of Paradise*)、埃兹拉·庞德之《休·赛尔温·毛伯利》(*Hugh Selwyn Mauberley*)、T.S.艾略特之诗歌和文学批评著作《圣林》(*The Sacred Wood*)、威廉·卡洛斯·威廉斯之散文诗《地狱里的科拉琴》(*Kora Hell*)。

1921年——约翰·多斯·帕索斯之《三个士兵》(*Three Soldiers*)、尤金·奥尼尔之《琼斯皇》(*The Emperor Jones*)。

1922年——T.S.艾略特之《荒原》、奥尼尔之话剧集《毛猿》(*The Hairy Ape*)、哈罗德·斯登斯之批评文集《美国的文明》(*Civi-*

lization in the United States）。

1923 年——威廉·卡罗尔·威廉斯诗集，华莱士·史蒂文斯最早诗集《簧风琴》（*Harmonium*）、D.H.劳伦斯《经典美国文学研究》（*Studies in Classic American Literature*）、吉恩·图莫《公民凯恩》。

1924 年——玛丽安·穆尔之《观察》（*Observations*）、威廉·福克纳之最早诗集《玉石雕像》（*The Marble Faun*）。

1925 年——F.斯科特·菲兹杰拉德之《了不起的盖茨比》（*The Great Gatsby*）、格特鲁德·斯泰因之《美国人的成长》（*The Making of America*）、多斯·帕索斯之《曼哈顿中转站》（*Manhattan Transfer*）、艾略特之《空心人》（*The Hollow Men*）和《诗集1909—1925》（*Poems 1909—1925*）、E.E.卡明斯之 XLI 诗集、H.D.之《诗集》（*Collected Poems*）。

1926 年——海明威之《太阳照常升起》（*The Sun Also Rises*）、福克纳之《士兵的报酬》（*Soldiers' Pay*）、兰斯顿·休斯之《疲倦的布鲁斯》（*The Weary Blues*）。

1927 年——福克纳之《蚊群》（*Mosquitoes*）、康拉德·艾肯之《蓝色航行》（*The Blue Voyage*）、海明威之《没有女人的男人》（*Men Without Women*）、卡尔·桑德堡之《美国歌谣集》（*American Songbag*）、兰斯顿·休斯之《犹太人的好衣服》（*Fine Clothes in the Jew*）、E.E.卡明斯之《他》（*Him*）。

1928 年——克劳德·麦凯之《回到哈勒姆》（*Home to Harlem*）、艾伦·泰特之《我的教皇和其他诗》（*My Pope and Other Poems*）。

1929 年——福克纳之《喧哗与骚动》（*The Sound and the Fury*）和《沙多里斯》（*Sartoris*）、兰斯顿·休斯之《不能没有笑》（*Not Without Laughter*）、克劳德·麦凯之《班卓琴》（*Banjo*）。

20 世纪 30 年代至 40 年代，重要作品更加显著：威廉·福克纳主要作品问世，约翰·斯坦贝克、佐拉·尼尔·赫斯顿、理查德·

赖特、尤多拉·韦尔蒂等作家的优秀作品涌现。期间还出现了哈勒姆文艺复兴，复兴展现黑人文化自豪感。黑人作家也尝试新文学形式，表达美国梦破灭。

从哲学角度看，尼采、弗洛伊德和马克思对现代主义影响极大。尼采最深刻地批判了西方文明（基督教和柏拉图主义）价值观：它们自我贬低，否定生活，否定感官和辩证推理；当今社会虚无乃基督教虚无主义和柏拉图主义主体否定所致。尼采意图复活古希腊悲剧精神——肯定生命，复原生活，恢复苏格拉底前希腊创新生活。他提倡多角度体验生活，生活才真实快乐，人才能创造；尼采反对"奴隶意识"。

从20世纪初到"一战"结束，尼采对西方文明批判及其生机论鼓舞了美国人，美国最重要文化批评家詹姆斯·G.亨纳克（James G.Hunecker）和H.L.门肯（Mencken）用尼采理论攻击庸俗；20世纪50年代至60年代，尼采成为美国存在主义先驱。尼采影响深刻广泛，在许多方面与后现代文化吻合，但后现代文化不强调尼采悲剧精神。

弗洛伊德理论对文学影响广泛，给作家和批评家提供新方法，提供诗歌洞察力。弗洛伊德解释了人类行为是性和强烈欲望驱动的结果。个人要文明，就要控制欲望；人类放任欲望，文明就失效；个人冲动与社会准则一致，人就不能独立。弗洛伊德认为："自我"是个体欲望（本我）与文明压力（超我）之间的一种妥协，充满张力。紧张和创伤不消失，就会变成无意识，遭压抑的无意识会反复出现，变换常态。

弗洛伊德后，卡尔·荣格（Carl Jung）激发了作者对潜在动力和原型实验的想象，更重要的是雅克·拉康（Jacques Lacan）把无意识与整个语言框架结合起来，说明文字自由发挥乃社会和政治动力，关乎个人及其文化。

马克思主义是现代主义的重要来源，对美国文学艺术影响极其深远：它定义"现代"是资本主义历史阶段，以赢利为中心，以技术为驱动，极大改变了人类生活和"人性"。在美国，"阶级"涉及"种族""少数民族"和"性别"。这些分类使美国作家能够洞悉社会不公正与压迫，马克思主义之"异化"观也成为现代文学基础。

《红色伤疤》(*The Red Scar*，1919)是同情社会主义的作品，深受马克思主义影响。约翰·多斯·帕索斯和约翰·斯坦贝克受马克思主义鼓励，创作出无产阶级文学。马克思预料，现代化将吞噬世界，导致单一存在：一个不统一之统一体，一个财富不均世界；老的确定性逝去，新规则日新月异，追赶新规则仿佛追逐幻影。

第一章　现代主义之过渡

"过渡"指没达到20世纪20年代现代主义水准。"过渡"期作家创作形式介于传统和现代之间，创作风格有现代主义倾向，亨利·詹姆斯乃明显例子。他认为：意识非线性发展，知识非生活多久，而是顿悟多少。他通过顿悟和困境描写人物。"顿悟"成为现代小说突出手段，詹姆斯·乔伊斯和弗吉尼亚·伍尔夫将其发展。斯蒂芬·克莱恩、杰克·伦敦、凯特·肖邦和夏洛特·帕金斯·吉尔曼等也有现代主义特征，成为美国现代主义先驱。

兹介绍两位诗人：埃德温·阿林顿·罗宾逊和罗伯特·弗罗斯特；两位小说家：薇拉·凯瑟和舍伍德·安德森。其作品对海明威、福克纳、菲兹杰拉德等产生影响。

第五部分　美国现代主义文学（1914—1945）

第一节　埃德温·阿林顿·罗宾逊

埃德温·阿林顿·罗宾逊（Edwin Arlington Robinson，1869—1935）是美国主要诗人之一，创作25年，三次获普利策奖。他最著名的诗歌是描写新英格兰"蒂儿伯里镇"（"Tilbury Town"）及其居民。通过诗歌人物，罗宾逊探索人物心理。

罗宾逊诗歌人物与世隔绝、幻想破灭、自我失败。其主题仿佛是生活苦痛、幸福无望。诗歌形式传统，其短诗采用十四行形式，四行诗节，音律精巧、诗节整齐、韵律精当。长诗采用自由体，选词精准，制造音乐效果。

《理查·柯利》（"Richard Cory"）四行整齐，开头呈现理查出现在镇子的形象：

> 每当理查·柯利走进闹市，
> 我们，街上的人们，两眼瞪圆：
> 他从头到脚是地道的绅士，
> 潇洒纤瘦，风度翩翩。①

"Imperially slim"是最佳词，读起来朗朗上口，体现理查高贵大气、优雅大方、颇似帝王。但讽刺的是：在最后一行，理查·柯利夏夜自杀。黑暗结局令人困惑：他是"成功"者，还是失败者？

《米尼弗·契维》（"Miniver Cheevy"）描述另一种失败：孩子米尼弗被人嘲笑，哭泣不该出生，喜欢过去时光，梦想"宝剑""坐骑""底比斯""浪漫""铁衣"。不能回到过去使其失败，他任

---

① 辜正坤主编：《外国名诗三百首》，北京：北京出版社2000年版，第393页。

凭"命运"摆布，酗酒消愁。

命运使人自杀，如《爱罗斯·特兰诺斯》（"Eros Turannos"）中的女人、《磨坊》（"The Mill"）中的磨坊主和妻子。爱能令人欣喜若狂，但死亡告别最幸福的婚姻，留下自杀者卢克·哈弗格尔、极度悲痛者鲁本·布莱特。

罗宾逊认为，有限光线只能照亮未知，生活黑暗凄凉。他似乎穿过传统，走向现代。

第二节　罗伯特·弗罗斯特

罗伯特·弗罗斯特（Robert Frost，1874—1963）是20世纪美国最受欢迎的诗人之一，他获得的文学奖项、政府荣誉、机构头衔超过其他任何一位20世纪的诗人。他出生于旧金山，诗歌创作多在新英格兰。他从小患胃病，辍学在家，母亲教他约十年。后搬家到新罕布什尔州，他上母亲课堂，最后以优异成绩读完中学。后进入达特茅斯学院学习一学期，辍学，边打工边写作。1879年，他进入哈佛大学旁听，学习拉丁语，听乔治·桑塔亚纳（George Satayana）哲学讲座，读威廉·詹姆斯作品，吸收其怀疑主义和实用主义思想。1899年，他祖父在新罕布什尔州给他买下一个农场，他在那里工作写作。

虽被视为美国诗人，但他最早成名在英国。1913年，他在英国出版了第一部诗集《少年意愿》（*A Boy's Will*）；埃兹拉·庞德在英国见到他，帮他出版了第二部诗集《波士顿以北》（*North of Boston*，1914），其中包含弗罗斯特著名诗歌：《修墙》（"Mending Wall"）、《家葬》（"Home Burial"）、《未选择之路》（"The Road Not Taken"）和《摘苹果之后》（"After Apple-Picking"）。这使他在美国一夜成名。1917年回国，在马萨诸塞州艾姆赫斯特学院任教。

虽然弗罗斯特很成功，但他遭受巨大打击：女儿患病、儿子卡罗（Carol）自杀、中年丧妻。

弗罗斯特诗歌题材为人熟知，语言生活化，但简单背后往往传达复杂的思想情感。

他喜欢沿用传统诗歌形式，他嘲笑自由诗是"打网球没有网"，他几乎毫无例外地使用传统诗歌形式，但他非常创新：熟悉形式中添加独特声音，规则形式中增加自己节奏，创造出理想旋律。这种声音带有圆润的、粗声粗气的方言腔调，却体现斯多葛式道德智慧。这种声音在抒情诗、戏剧独白、政治诗、诗歌剧中始终如一。读者从其独特声音中能辨认出一个乡村圣人，或个性民主主义者在公开个人价值观。著名批评家莱昂内尔·特里林（Lionel Trilling）称弗罗斯特是当代伟大的悲剧诗人。

现代美国诗歌界部分认为自然泛神论和超验主义消失，但弗罗斯特诗歌似乎告知世人：古老自然诗歌传统可以复活，但他似乎也怀疑爱默生自然观：自然常伴随生活苦恼。《进来》（"Coming In"）中自然并没有回应人类对其的爱，歌唱的画眉似乎也没有邀请诗人加入；《计划》（"Design"）中宇宙设计似乎是"计划黑暗，令人胆寒"，或根本没有设计。此意义上讲，弗罗斯特似乎赞同托马斯·哈代，怀疑上帝存在；假如存在，也冷漠无情。巡视生活，我们会发现生活已经垮掉：《修墙》（"Mending Wall"）有句名言，"好篱笆造出好邻居"；凋零来自《灶巢鸟》（"The Oven Bird"）："秋季一到，其他都将枯槁"。

其生活冥想诗令人难忘，确保其诗坛常青树地位。《未选择之路》（"The Road Not Taken"）表现一种选择，一种我们都必须作出的选择，以至于"决定一生归宿"。但诗歌仍徘徊于未选择之路、未走之路；诗人"许久许久后"还叹息，但愿"我"能同时有两种生活!《雪夜林边驻足》（"Stopping by Woods on a Snowy Evening"）描写一位疲惫不堪的年老行者，驻足林边，在"一年最黑暗夜晚"冥想死亡。虽小马察觉恐惧与孤独，老者似乎接受树林死亡前景。诗歌最后一节体现了弗罗斯特诗歌特质：

> 可爱的树林，幽深、暗淡，
> 可我还得登程赴约，
> 奔走数里，方能安眠，
> 奔走数里，方能安眠。①

三个简单词"lovely, dark, deep"概括行者死亡复杂情感，蕴意深奥，为什么死亡可爱、幽深、暗淡？旅途还未结束，老者还要兑现承诺，但死亡曲已奏响，声音诱惑他入眠，死亡越来越近。

第三节　薇拉·凯瑟

薇拉·凯瑟（Willa Cather，1873—1947），美国小说家，38岁出版第一部小说《亚历山大大桥》（*Alexander's Bridge*，1912），69岁出版最后一部小说《莎菲拉与女奴》（*Sapphira and the Slave Girl*，1940）。当今，文学史学家视其为美国现代最杰出的小说家，堪比海明威、福克纳和菲兹杰拉德；菲兹杰拉德从凯瑟学到"不可靠叙述者"等很多小说技巧，创作了著名小说《了不起的盖茨比》。

凯瑟生于弗吉尼亚州，9岁时移居边境内布拉斯加州。拓荒和移民生活提供其创作素材，其小说主题涉及：恶劣环境对性格影响、原住民和新移民之间互动、艺术家对社会、自然对文化、物

---

① 彭予编译：《二十世纪英美抒情诗选》，开封：河南大学出版社1987年版，第59页。

质对精神。凯瑟小说精妙使用讽刺与福楼拜或亨利·詹姆斯相近。凯瑟探索拓荒原住民和新移民礼仪与困境，伴随探索心理暗流和黑暗大自然。其小说除丰富心理描写外，还赞同女同性恋。这为当时社会所禁忌，直到她去世后很久。作为现代主义标志，凯瑟对叙事角度驾轻就熟，增强讽刺效果。其讽刺消融了浪漫自我中心和天真无邪。

作为现代小说两个标志，薇拉·凯瑟开拓性地展现了移民旺盛的生命力——特别是女性，这与 T.S.艾略特诗歌缺乏活力相反。人们质疑：为什么缺乏生命力一致被视为现代主义标尺。此外，凯瑟探索家乡文化和主体文化之间多种联系也使她成为流散文学先驱。

凯瑟小说分三组：第一组是代表作《哦，拓荒者!》(*O, Pioneers!* 1913)、《百灵鸟之歌》(*The Song of the Lark*, 1915) 和《我的安东妮亚》(*My Antonia*, 1918)，描写内布拉斯加州、中西部和科罗拉多州拓荒生活；第二组是 20 世纪 20 年代中期作品，质量不高但微妙，包括《迷途的女人》(*A Lost Lady*, 1923)、《教授的住宅》(*The Professor's House*, 1925) 和《我的死敌》(*My Mortal Enemy*, 1926)，描写物质匮乏，反商业化，追忆文化本源，回忆古西方文明，这些探索使她成为现代主义作家。第三组包括《大主教之死》(*Death Comes for the Archbishop*, 1927) 和《石头上的影子》(*Shadows on the Rocks*, 1931)，描写早期美国移民拓荒传奇。《大主教之死》介绍拉图神父（Father Latour）19 世纪下半叶在新墨西哥州农民中传教的经历。

凯瑟还出版短篇小说集，最著名的是《邻居罗西基》("Neighbor Rosicky")、《保罗案》("Paul's Case")、《老哈里斯夫人》("Old Mrs Harris") 和《两个朋友》("Two Friends")。

《我的安东妮亚》是凯瑟的代表作，充分展现凯瑟多种艺术才能和小说风格。小说欣喜地描述了一位波西米亚姑娘的成长史。安东妮亚刚来到荒野之地内布拉斯加州，饥不择食，衣不遮体。其父安东尼·雪默尔达（Antonia Shimerda）忍受不了"思乡病"和生活压力，开枪自杀。父亲死后，女儿安东妮亚承担起了家庭重担：她"像个大男人似地，从这个农场到那个农场，到处去帮工"。后来去镇上做帮工，还被骗怀孕，遭抛弃。经历沉重打击后，安东妮亚没有一蹶不振，而是凭着坚忍不拔的毅力和百折不挠的勇气，回到家乡，生下孩子，重新开始生活。她与农民安东·库扎克结婚成家，共同创业。20年后，安东妮亚儿女满堂，生活充实富足。

正如她儿时邻居吉姆所言：很多妇女保留了她所失去的一切，可是她们内心的光彩消逝了。安东妮亚则不管失去多少，她的生命之火没有熄灭。

《我的安东妮亚》是一曲青年颂歌，颂扬普通劳动者，再叙西部旷野生活。绘制开发西部的历史画卷，画卷远方是正在开发的浩瀚无垠原野，近处中心是一位朝气蓬勃的劳动妇女，她那热烈、期待的目光凝望远方，健壮、丰满的身躯充满活力与激情。

《我的安东妮亚》以独特的叙事角度，创新的叙事方式，清新典雅的文风，奠定了维拉·凯瑟在美国文学中的重要地位。

首先，凯瑟创作出迟钝又浪漫的人物吉姆·伯丹（Jim Burden），使他成为"不可靠叙事者"。凯瑟在"引言"中讽刺吉姆："吉姆这边呢，挫折并没有使他的性格有所改变。小时候常常使人感到他非常有趣的那种罗曼蒂克的气质，曾是他事业成功的最有力的因素之一。"[①]

作者主要通过吉姆叙述安东妮亚：将安东妮亚融入吉姆的生活，通过他来观察事物，抒发安东妮亚的内心感受。这种叙事跨越时空，

[①] [美]薇拉·凯瑟：《我的安东妮亚》，周微林译，北京：外国文学出版社1998年版，第3页。

自然合理，将西部女人仁慈、勤劳、乐观的美德和对大自然的热爱展现出来。

其次，作者摒弃传统小说结构，采用回忆形式：通过零散回忆，把故事串联起来。回忆中还穿插安东妮亚家人的艰难生活和其他移民故事，小说还对比了安东妮亚和莱娜（Lena）：两种女性之间、国家和城市之间，也讲述了吉姆·伯丹与两个女孩的关系：他不理解安东妮亚和莱娜，他也不能娶她们，虽然他说他想要。当莱娜求爱时，他似乎不明白，或许害怕！吉姆·伯丹很欣赏安东妮亚的父亲：有艺术性、有文化、思乡。吉姆·伯丹是个孤儿，理解思乡。安东妮亚和吉姆关于她父亲的对话是小说最动人的情节。

再次，小说语言凝练，从容舒展，细腻入微，想象丰富，节奏感强，描绘出绚丽多彩的西部生活画面，乡土气息浓烈，给人精美绝伦的感受，带来无尽震撼，读来拍案叫绝。

最后，作者将情感渗透到情节中，融合于意境里；作者大量使用意象、类比，尤其象征：草原红草象征着自由和旺盛的生命力，吉姆祖母家的菜园象征《圣经》中的伊甸园等。这些修辞方法增强了小说感染力，赋予小说丰富的文化内涵。

第四节　舍伍德·安德森

舍伍德·安德森（Sherwood Anderson，1876—1941），美国小说家，代表作《小城畸人》（*Winesburg, Ohio*，1919）奠定其美国文学地位。小说结构松散，人物"怪诞"，性格"扭曲"——源于性压抑或性挫折。安德森足够大胆，视性行为为人类基本行为，他也成为美国文学史上最早的心理分析作家。当然，性压抑并非"怪诞"的全部内涵，但在安德森时代最昭彰，甚至可耻。

安德森怪诞人物语言沟通困难，举止怪异，性格反常，外观丑陋，深陷困境，自我悲观，自我戏谑。畸形与正常、扭曲与可爱构成了舍伍德·安德森的"怪诞"概念。

安德森还出版了小说集：《鸡蛋的胜利及其他》（*The Triumph of the Egg and Other Stories*，1921）、《马与人》（*Horses and Men*，1923）和《林中之死及其他》（*Death in the Woods and Other Stories*，1933），均为"怪诞"题材。他还出版了小说《穷白人》（*Poor White*，1920）、《多种婚姻》（*Many Marriages*，1923）、《阴沉的笑声》（*Dark Laughter*，1925）、《超越欲望》（*Beyond Desire*，1932）和《基特·布兰顿》（*Kit Brandon*，1936）。但恰恰是《小城畸人》深刻影响了后期美国小说：吉恩·图莫之《公民凯恩》（*Cane*）、厄内斯特·海明威之《我们的时代》（*In Our Time*）、威廉·福克纳之《去吧，摩西》（*Go Down*，*Moses*）、约翰·巴思之《迷失在娱乐场》（*Lost in the Funhouse*）等均体现《小城畸人》布局；"怪诞"概念也被福克纳、弗兰纳里·奥康纳、卡森·麦卡勒斯等吸收，创造人物。

安德森小说使人产生同情感，以至于相信怪诞人物颇像恋人、朋友、邻居，甚至神秘自我。安德森并非开门见山讲述"怪诞"故事，乃选择故事中有力时刻使读者在人物心理风暴中找到自我。那种经历直达内心，既表达现代世界孤独感，也传达苦痛和斗争中生活激情。

安德森通过"怪诞"概念，向人类传达重要主题：

● 安德森提出，现代社会需要多元化看待"真理"，世上没有绝对真理，生活经历不同，真理也不同。人生活困难，他就认死理，就会怪诞。换言之，怪人非多元化者。

● 性欲力是人类行为中心，洞悉性动力乃深刻理解人类心理一种方式，这又是个现代概念。

- 怪诞人物相信艺术价值，尊重想象和创造。这些价值观越来越受到物质化文化的腐蚀；安德森用怪诞概念，批判现代物质主义。
- 阅读怪诞人物之怪诞故事会发现集体如何孤立个人。

第一章"畸人志"为小说代序。作家老人要抬高床，以便清晨起床能看到窗外。木匠来时，他们忘记了抬床。相反，木匠讲述了自己的悲伤故事给老人听。床随木匠意愿弄，抬得太高，作家上床要靠椅子。这个喜剧怪诞情景给小说奠定了基础。能看窗外喻为看见现实世界，现实世界乃作家创作源泉，但作家倾听眼前古怪木匠的故事，说明生活是艺术源泉。

第二章"手"（"Hands"）的主角飞翅·比德尔鲍姆（Wing Biddlebaum）双手很"重要"：摘草莓摘得多，他成了镇子的骄傲；他要藏起双手，手就讲述压抑史；双手激发学生和乔治，他成了创新、热情的教师。双手的荒诞故事体现矛盾性和复杂性，如同现实生活。

第三章"纸团"（"Paper Pills"）中，里菲博士（Dr. Reefy）乃一隐士，但思想活跃、想象力丰富，鲜有人洞悉其内心世界。他妻子能做到，但她夭亡。他双手丑陋，安德森将其喻为"扭曲苹果"（"twisted apples"）——摘苹果者弃之，但很少人知道"歪瓜裂枣更甜"的道理。由此产生怪诞悖论：可爱与扭曲共存。

第七章"虔诚"（"Godliness: A Tale in Four Parts"）更清楚地展示现代主义怪诞概念。耶西·本特利（Jesse Bentley）乃吃苦耐劳的农民，生活保守，是美国中部人的典型代表。精神上，他生活在《旧约》时代，力量来自上帝。当他把这一思想告诉孙子大卫时，大卫吓跑了。耶西故事体现了美国中部快速工业化和商业化的巨变，耶西之怪诞是其不能跟随时代变化，他太痴迷于过去了！

第二十三章"死"("Death")故事最怪诞。乔治妈妈,伊丽莎白·威拉德(Elizabeth Willard)身体每况愈下,开始拥抱"死亡"恋人,但她还有生存愿望,梦想还未实现。她死亡时,喊着要等儿子乔治;乔治回来了,母亲已经去世。他拿起母亲身上的床单,发现她"年轻优美……可爱得无以言表"。这种死亡怪诞又可爱!伊丽莎白死伴随生!母子心有灵犀,无可言状。如此交流只有《小城畸人》才有!

最后一章"离去"讲述《温斯堡鹰报》记者乔治·威拉德(George Willard)追求艺术家梦想,想成为一名作家。他准备好了新征程,情感心理均已成熟:他知晓男女复杂关系,经历与路易斯·特朗宁、凯特·斯威夫特和美女卡朋特的混乱时刻,听过所有怪诞故事,经过很多困惑时刻。他定会深刻理解小城畸人人性,这些是他成为作家的重要条件。

第二章　美国现代主义在欧洲

"一战"前后,许多美国作家和艺术家滞留欧洲,陆续汇集巴黎,包括格特鲁德·斯坦因、埃兹拉·庞德、H.D.、E.E.卡明斯、威廉·卡洛斯·威廉斯、哈特·克莱恩、厄内斯特·海明威、F.斯科特·菲兹杰拉德、凯瑟琳·安妮·波特等。本章只聚焦几位,呈现美国文学在欧洲的景象。

1936年,格特鲁德·斯坦因(Gertrude Stein)称:美国是她的家,巴黎是她的故乡,表达一个海外游子的心声。

为什么选择巴黎?巴黎尊重艺术家,对非法国艺术家特别盛情:现代画家毕加索(Picasso)、音乐家斯特拉文斯基(Stravinsky)、文学家乔伊斯等外国人在巴黎生活创作,取得杰出成就。1900 至 1939 年，美国科学技术日新月异，英国还生活在 19 世纪，法国接纳现代变化，但变化还没那么快，巴黎为艺术提供了自由稳定的环境。1939 年格特鲁德·斯坦因言：巴黎适合 20 世纪艺术与文学创造。

美国海外艺术家是否被欧洲化？从 21 世纪角度看，他们是"美国"的跨文化转变，是文化中介者。"海外"并非现代意义之"流散"，部分海外作家对美国社会文化疏远，而格特鲁德·斯坦因认为作家生活在国外，内心情感鲜活，才会写作："那就是为什么作家要有两个国家"："一个归属感，一个生活真实感"。这种"双重国家"概念与伊斯坦森（Esteinsson）之现代主义文化错位相连接，也与福柯（Foucault）在流动中发明自我之现代手法相衔接。

在充斥着古典主义之法国，美国作家更注意形式、文体、语言、手法，超过以往的美国作家，格特鲁德·斯坦因乃充分的例证。

第一节　格特鲁德·斯坦因

格特鲁德·斯坦因（Gertrude Stein，1874—1946），生于宾夕法尼亚州阿列格尼，一个德国犹太移民家庭。儿童时期无拘无束，19 世纪 90 年代在哈佛大学师从威廉·詹姆斯、乔治·赫伯特·帕尔默（George Herbert Palmer）、乔治·桑塔耶纳（George Satayana）学习心理学、哲学，后进入约翰·霍普金斯大学学习医学。她在奥地利、法国、伦敦生活过，1903 年定居巴黎。起初她和哥哥李奥吃住在一起，收藏塞尚、马蒂斯、毕加索等的作品。后李奥离开，艾丽斯·B.托克拉斯（Alice B Toklas），加州海外流亡者成为她的终生同性伴侣。斯坦因早年与毕加索等年轻画家、作曲家一起工作生活。他还指导过海明威，与理查德·赖特通信，定期与 H.D.、玛格丽特·安德森等交往。

斯坦因尝试文学理论创新，创作小说、诗歌、话剧等570余部。其写作风格和写作技巧影响了20世纪20年代年轻的美国作家。斯坦因是第一位把日常语言写入文学作品之人，特别体现于《三个女人》(*Three Lives*, 1909)和《艾丽斯·B.托克拉斯自传》(*The Autobiography of Alice B. Toklas*, 1933)。她在散文中采用这种"自然"谈话方式；她认为大脑思维并非总有逻辑性，日常谈话重复发散。主要作品有：第一部重要作品，《美国人的成长》(*The Making of Americans*, 1925)讲述两个德国—犹太移民家庭在美国新大陆安身立命的经历，人物类型与斯坦因息息相关：初恋、初恋对手、家人。叙述看似简单，使人想起圣经家谱。通过强调妇女地位，斯坦因修改了美国妇女形象。

《三个女人》模仿斯坦因翻译福楼拜之《三故事》("Three Tales")。小说有三个短篇小说，分别描写三个女佣的性格和在桥头镇(Bridgepoint)的生活。

《好安娜》("Good Anna")中女佣安娜辛苦烦劳地照料马蒂尔达小姐，致使这位大手大脚又懒懒散散的小姐生活过得非常舒坦。而好安娜是个"又瘦又小的德国女人，……她面容憔悴，双颊瘦削，嘴巴抿紧，一派坚定的神气。"① 马蒂尔达小姐还喜欢野营生活，和同伴们兴致勃勃地"跨过连绵山冈，无垠的麦田，在落日的余晖中，在雪白的山茱萸中，在明月照耀，星光璀璨下，空气清新，生气横溢，纵情尽兴地游乐。"回到家里，"四肢僵硬，精疲力竭，满心渴望能吃到惬意的食物，得到亲切的招待"。② "安娜操劳，烦神，节省，爱骂人，照顾所有的房客，照料彼得和小淘气以及其他等等。

---

① [美]格特鲁德·斯坦因：《三个女人》，曹庸、孙予译，上海：上海译文出版社1997年版，第5页。
② [美]格特鲁德·斯坦因：《三个女人》，曹庸、孙予译，上海：上海译文出版社1997年版，第13—14页。

安娜的努力永远没有尽头，她越来越疲累，越来越苍黄，越来越瘦，越来越憔悴，越来越焦虑。"①

最后好安娜过度劳累而病死，死亡时，她还想着他人。

《梅兰克莎》（"Melanctha"）讲述一个好冲动、随和又感情丰富的黑人姑娘。她爱追求个性，无法理解男人。她有两次感情经历：一次与坎贝尔（Dr Campbell）先生，他对她的情感太理性："梅兰克莎小姐，你瞧，我自己是黑人，我并不为此感到遗憾，我总想看到黑人是好样的，小心谨慎，总是诚实的，生活总是很规矩的，我敢保证，梅兰克莎小姐，那样做，大家都过好日子，能快活，走正路，有事可做，不是总要为了得到寻求刺激的新方式而去做坏事。"② 另一次是杰姆·理查德（Jem Richard），一个赌徒，把她当成泄欲工具。她变得喜怒无常，开始堕落，患上肺痨，被送到济贫所，在那里死去。

《温柔的莉娜》（"Gentle Lena"）讲述一个德国移民女仆莉娜的人生。她逆来顺受，任人摆布，忍受厨师和主妇的虐待。但她吃苦耐劳，娴静善良。虽相貌平平，却有"难能可贵的情调"。后与一个德国裁缝赫尔曼·克雷德（Herman Kreder）结婚，生有三子，死时还怀着第四个孩子。

《三个女人》人物刻画准确，人物语言生活化，说服力强。

《软纽扣》（Tender Buttons，1915）是她大手笔尝试用毕加索、布拉克立体派绘画创作的作品。她脱离文字字面含义，谋求文字联想，直击心灵。该书有三部分："物体"（"Objects"）、"食物"（"Food"）和"房间"（"Rooms"）。"物体"对物质从咖啡到钢琴

---

① [美] 格特鲁德·斯坦因：《三个女人》，曹庸、孙予译，上海：上海译文出版社1997年版，第67页。
② [美] 格特鲁德·斯坦因：《三个女人》，曹庸、孙予译，上海：上海译文出版社1997年版，第102页。

做了格言式定义，自由联想产生恍惚又愉快的超现实感；"食物"联想性地定义肉和蔬菜，强调其视觉和嗅觉影响；"房间"长篇大论地讨论个人经历，特别是身体感受。舍伍德·安德森读《软纽扣》后，高度赞扬其文学效果。

第二节 埃兹拉·庞德

埃兹拉·庞德（Ezra Pound，1885—1972），美国诗人、文学评论家、翻译家，意象派诗歌运动代表人物。庞德介于天才与精神病人之间，对现代主义产生重大影响，特别是现代诗歌：他发明"意象"（"Imagism"）一词，创立意象派；他帮助T.S.艾略特修改删节了《荒原》，其意义之大，应被视为共同作者；他还帮助詹姆斯·乔伊斯等有价值艺术家。他博学多才，贯通古今，熟知古今文学史，熟悉中国诗、英国韵律学、普罗旺斯语、中世纪意大利语、多种现代语言。凭借诗歌敏锐和多种语言和跨文化知识，他成为杰出的翻译家。

但其哲学思想混淆，甚至扭曲：托马斯·杰斐逊经济观点使他意识到资本主义反个人主义性，其思想走向极端，倾向集权主义。1941年，他站在意大利法西斯立场，反对美国，充当法西斯政府宣传顾问。1943年，他被指控叛国罪，1945年被逮捕，关押在比萨六个月，后被遣回美国。1946年，心理学家称他不宜审判，他被送进圣·伊丽莎白精神病医院。1958年，在罗伯特·弗罗斯特、海明威等人帮助下获释。1949年，他获得博林根诗歌奖，这引发争议：T.S.艾略特主张，政治应与诗歌分开，为其辩护；卡尔·夏皮罗（Karl Shapiro）、罗伯特·希利尔（Robert Hillyer）等人认为，庞德的政治立场最后毁掉了他的诗歌艺术价值。

导致其思想极端的是"高利贷"（usury）制度。"高利贷社会"

经常出现在其晚期作品中,深刻影响了《诗章》结构;该词是庞德政治经济观、个人道德观的体现,也是其艺术评判的标尺。他认为"高利贷社会":资本主义及其银行系统、整个货币经济是社会邪恶的基础,毁掉了历史文明;鉴于此,他认为公元前450年雅典社会部落制度、美学思想才会产生埃斯库罗斯和索福克勒斯的艺术成就。这种货币经济一出现,雅典就开始衰落。他也用同样理论解读意大利历史:意大利中世纪诞生了大诗人但丁(Dante)和卡瓦尔坎蒂(Cavalcanti),才出现15世纪杰出的艺术和建筑。庞德认为,高利贷是万恶本源:约1500年,现代资本主义出现,意大利社会文化就退化;出于同一理由,他痛恨"一战"——剥夺了他钟爱的美学——"历史诗歌"。他把战争荒原、现代世界疾病归咎于银行家、企业家掌控和犹太人。他反犹太人,赞同墨索里尼。他坚信:好艺术、好生活和好政府密不可分。20世纪30年代,他将社会观和经济观写进《经济学入门》(*ABC of Economics*,1933)、《十一新诗章》(*Eleven New Cantos*,1934)、《社会信贷的影响》(*Social Credit:An Impact*,1935)和《杰斐逊和/或墨索里尼》(*Jefferson and/or Mussolini*,1935)。

1920年至1924年,埃兹拉·庞德生活在巴黎,和海外圈子T.S.艾略特、海明威、乔伊斯等人关系亲密。通过庞德影响,乔伊斯之《一个青年艺术家的自画像》(*Portrait of the Artist as a Young Man*)才在《自我中心者》(*The Egoist*)出版(庞德时任主编),他还向出版社和编辑推荐艾略特的作品。

但欧洲而非巴黎成为庞德"故乡":1907年他开始欧洲之行,首站是意大利。1908年,他出版诗集《灯火熄灭之时》(*A Lume Spento*);1909年至1920年他滞留伦敦,结识W.B.叶芝,成为叶芝圈子成员,出版了诗集《人物》(*Personae*,1909),提高了他在先锋派作家中的地位。1914年,他出版了诗集《意象派诗人》(*De Im-*

agistes），在英国和美国掀起了意象主义运动。艾米·洛威尔接过意象派大旗，庞德渐渐退出，转向"涡旋派"（"Vorticism"）。"涡旋派"不仅强调诗歌"统一意象"，还强调诗歌动能，如同漩涡，吞噬一切，比意象派更进一步。

他翻译了13世纪意大利诗人圭多·卡瓦尔坎蒂（Guido Cavalcanti）的抒情诗、《华夏集》（*Cathay*，1915），后者改编自中国诗歌。

庞德第一部重要著作《休·塞尔温·莫伯利》（*Hugh Selwyn Mauberley*，1920）影响了T.S.艾略特之《荒原》。1924年，他移居拉巴洛（意大利）20年；1925年他出版第一部《诗章》，1972年在威尼斯去世。

《人物》（1926年版）包括《人物》（1909）和《狂喜》（*Exultation*，1909），其中一些意象主义诗歌被艾米·洛威尔和H.D.采用。

他最著名的两首意象派诗是《少女》（"A Girl"）和《在地铁站里》（"In a Station of the Metro"）。前者采用微妙象征手法，塑造一位少女：近处看，少女像棵树；再看，隐约间树成了少女情人，植入少女体内，二者合二为一。《少女》阐释了庞德意象定义：树这一意象变成"理智与情感瞬间的复合体"[①]。该诗使人联想起达芙妮的爱情传说：太阳神阿波罗对河神之女达芙妮一见钟情，展开追求攻势。但达芙妮讨厌恋爱与婚姻，阿波罗的举动把她吓跑了。阿波罗紧追不舍，她慌忙向父亲求救。河神听见女儿呼救声，施展神力，让达芙妮在坚固地面上生根，浑身长出树皮，双手冒出树叶，变成一颗桂树。阿波罗见佳人变成一棵树，懊恼不已，宣布把月桂作为自己的圣木。《少女》一诗与达芙妮爱情传说极为相似，少女变成树的过程与达芙妮化为月桂树步骤大体相同。可惜阿波罗没能与爱人

---

① ［美］纳代尔（Ira B. Nadel）:《剑桥文学名家研习系列（美国卷）之6：埃兹拉·庞德》，吴其尧导读，上海：上海外语教育出版社2008年版，第5页。

结合，而庞德赋予少女与恋人完美结合！

《在地铁站里》("In a Station of the Metro")完美体现意象派"直接性""精确性"和"明晰性"原则：

人丛中这些幽灵似的人脸；
(The apparition of these faces in the crowd;)
潮湿的黑色树枝上的花瓣。
(Petals on a wet, black bough.)①

"潮湿的黑色树枝上的花瓣"颇像中国水墨画，但该意象怎样洞察"人丛中这些幽灵似的人脸"？庞德赋予诗歌什么情感？回答这些问题方能解读该诗。

这首诗，把主客观意象结合起来，把精确性和暗示性结合起来。漆黑的"巴黎地铁站"与"黑树枝"联系起来：熙熙攘攘人群中，几张忽闪忽现"美丽"的脸，恰似"潮湿黑色树枝上的花瓣"，透视出现代社会人际冷漠，人似鬼魅，"幽灵"般闪现。地铁站恰似"阴森冥界"，令人不寒而栗。

《休·塞尔温·莫伯利》中"莫伯利"是庞德想象之1914年前的诗人，庞德塑造他，部分是自我嘲弄，部分是讽刺19世纪晚期英国诗歌深沉、宁静的诗风。莫伯利直到长诗后面才出现，该诗分三部分，18首诗。庞德总体上批评英国艺术被商业和市侩侵蚀与毒化，细节上再现了该背景下诗人之尴尬境地，庞德自己即过于文雅之莫伯利。《休·塞尔温·莫伯利》发表后，庞德把注意力转向《诗章》。

代表作《诗章》(*The Cantos*, 1917—1969)是未完成之鸿篇巨

---

① 辜正坤主编：《外国名诗三百首》，北京：北京出版社2000年版，第406页。

制,有100多章,耗尽作者一生心血,围绕庞德"高利贷"概念。它是一部长篇自由体史诗,分几人叙述,包括航海者奥德修斯。部分《诗章》基于庞德翻译之《论语》,《诗章》LII到LXI详细列举中国几个朝代兴衰史,来支持庞德理论:高利贷经济导致社会腐败。《诗章》一些主题包括:战争邪恶,需要"干净"经济(与高利贷经济相反);文化艺术要生存就需要秩序、传统、权威、等级,简言之,需要社会极权主义;通过诗歌想象,方能体验自然神性。

庞德痴迷于复杂而广泛的中国古典诗歌文化,运用中国"象形文字"诠释其意象理论。

庞德把象形文字转换成英语特定"新"成分,"象形文字"与其意象巧合,也幸亏庞德从寡妇那里得到汉学家费诺罗萨(Fenollosa)尚未完成的汉英翻译手稿。虽庞德汉语有限,但凭借诗人敏锐性,他发现象形文字和费诺罗萨翻译的孔子和中国古代诗歌中有其需要的成分。

具体言之,庞德发现象形文字非声音图像,乃"事物图像"。象形文字即庞德之"幻影",能够"给人产生视觉意象"。庞德还发现象形文字是一种"暗示复合体",是一个暗示过程。这种暗示过程从未见到已见。庞德之意象定义——"理智与情感瞬间的复合体"与其洞察象形文字吻合。在诗章LXXIV中,庞德插入孔子《论语》第一句话译文:"学而时习之,不亦说乎?"庞德译为:

To study *with the white wings of time passing*
Is not that our delight?

斜体部分代表了庞德意象版象形文字"习",汉语象形文字被"翻译成"英文诗。

有批评家指责庞德翻译"不真实",但他们忽视了:第一,

"忠实"并非机械照搬,好译者知道翻译是艺术,他们能用目标语再创造,与源语言产生共鸣。庞德做到了,其译文胜过汉英很多译诗。他是诗人,通晓中英文诗歌神秘联系。第二,作为文化传播者,他把中文带进另一语言中,英语读者能了解中国,他作出了巨大贡献。

第三节 艾米·洛威尔

艾米·洛威尔(Amy Lowell,1874—1925),美国诗人,自出版第二部诗集《剑刃与罂粟籽》(*Sword Blades and Poppy Seed*,1914)到1925年去世,洛威尔是文学界的一股力量。洛威尔参与意象派运动,与庞德发生冲突。1913年,她在《诗歌》杂志上读到H.D.的意象派诗歌,意识到自己也是意象主义者。此前,洛威尔感兴趣于日本俳句,她弟弟珀西瓦尔在亚洲生活,她对亚洲文化也感兴趣。意象派运动中,她进一步被激活。得知庞德是意象派领袖,1913年,她前往英国见他,但彼此并不投机。尽管遭庞德抗议,洛威尔还是一往无前,出版三部诗集《一些意象派诗人》(*Some Imagist Poets*,1915,1916,1917),其中包括洛威尔、H.D.、约翰·弗莱彻、D.H.劳伦斯等的诗作。意象派在美国如此另类,以至于艾米·洛威尔第一部诗集遭到《美国诗社》谴责。

当然,庞德并非对洛威尔文集非传统恼火,而另有原因。他发现:诗歌流派没注册版权时,他放弃起诉洛威尔,脱离该团体。洛威尔给一位批评家写信:恰恰是她使意象派诗人名扬世界。

她是高产诗人,12年中平均每年出版一本诗集。意象只是她的创作手法之一,她还把很多民间神话写成诗歌,如《传奇》(*Legends*,1921)。

第四节　H.D.

希尔达·杜利特尔（Hilda Doolittle，1886—1961），美国诗人，意象派成员，常用 H.D. 笔名创作。她喜欢伦敦而非巴黎。作为解放的双性恋女性，她是位女性主义者。15 岁时，她遇见 16 岁的庞德。共同兴趣把她们带到一起，但她们的爱情断断续续，几次"订婚"，终究未果。

其女性历史观、双性同体感、公众与私人紧张关系、服从与背叛增强了她的女性修正主义观。"修正"（"revision"）即改变传统篇章或意象，修正传统妇女形象，揭露父权压迫。"修正主义"主题包括：女人心理困境、破碎人格痛苦、重温古典神话。除女性修正主义外，她还是天才意象派诗人。评论家们公认：其诗歌充分体现了意象派直接、清晰、简练的原则，用意象创造"理智与情感瞬间的复合体"①。《海伦》（"Helen"）阐述其女性主义修正观。对男人而言，特洛伊战争带来的毁坏和屠杀归咎于海伦的美貌。为揭露性别偏见，诗歌展现"全希腊"人怀着怎样的"仇恨"和愤怒，盯视海伦。

> 希腊人个个记恨
> 那嵌在白皙脸蛋上的平静的眸子
> 那仿佛来自她站立其中的橄榄树林的
> 闪闪秋波，
> 那白皙的纤手。

---

① ［美］纳代尔（Ira B. Nadel）：《剑桥文学名家研习系列（美国卷）之 6：埃兹拉·庞德》，吴其尧导读，上海：上海外语教育出版社 2008 年版，第 5 页。

第五部分　美国现代主义文学（1914—1945）

  希腊人个个咒骂
  那惨淡的笑容，
  她的脸越苍白，
  他们越怨恨，
  他们忘不了她昔日的
  魅力和罪孽。

  希腊人看着
  这位神的女儿，爱的化身，
  看着那冰凉的纤足和秀美的长腿，
  不为所动，
  他们真会爱上这位女郎，
  假如她是安放在阴森的柏树中的
  一堆白色骨灰。①

  该诗要修正：女人美貌毁掉文明多么虚假，古希腊不仅仅是相信这类虚假故事的国家。
  《山神》（"Oread"）充分体现了意象派诗歌原则。

  翻腾吧，大海——
  卷起尖顶的松树，
  把一株株巨松掷向
  我们的岩石，

---

① 彭予：《二十世纪美国诗歌：从庞德到罗伯特·布莱》，开封：河南大学出版社1995年版，第36页。

> 把绿色泼在我们身上,
> 用杉林之波覆盖我们。①

山神是大山仙女,仙女向大海呼喊:猛烈击打岩石,让波涛淹没山脚。以此发泄诗人愤怒,彰显女性主义。

第三章　美国现代小说

自20世纪20年代到"二战"结束,美国小说同美国诗歌一样辉煌灿烂。通常认为:以T.S.艾略特和华莱士·史蒂文斯为代表之美国诗歌对现代小说影响很大,但第二次世界大战期间的美国小说有独特模式与范例,不需要用现代诗歌影响解释小说。某种程度上,小说与诗歌界限模糊:福克纳成为小说家之前是诗人,人们也看不出诗歌融入小说是多么如鱼得水。

第一节　威廉·福克纳

威廉·福克纳(William Faulkner,1897—1962),美国著名小说家,文学巨人,其作品神秘罕见地复活了古希腊悲剧。悲剧被误解为悲痛,但福克纳之悲剧乃生命循环的一部分,有生有灭。宏大戏剧将人类痛苦转变成如痴如醉的舞蹈来庆祝生命;悲剧乃终极快乐,乃生命力量。福克纳小说晦涩艰深,但阅读其长句,体验其复杂叙述后,读者会听见希腊合奏曲,回荡耳际。

---

① 彭予:《二十世纪美国诗歌:从庞德到罗伯特·布莱》,开封:河南大学出版社1995年版,第34页。

第五部分　美国现代主义文学（1914—1945）

福克纳作品唤醒古希腊精神，重估现存价值。福克纳既是先锋派现代作家，也是美国南方作家。福克纳这种双重性令评论家困惑，在美国福克纳批评史中，其地方性和现代性令人信服地妥协与综合。

唐纳德·卡提格纳（Donald Kartiganer）探索欧洲和美国现代主义背景下的福克纳文学形式，指出福克纳作品体现尼采悲剧模式；理查德·C.莫兰德（Richar C. Moreland）从改写（rewriting）和重复（repetition）角度解读福克纳现代主义，认为福克纳概念是弗洛伊德的再现；丹尼尔·J.辛格尔（Daniel J. Singal）看出福克纳作品前现代（维多利亚时代）和现代共存，解释其为福克纳人格分裂的表现。

这些解读对理解福克纳现代性作出重大贡献，但定义福克纳为南方作家，在当时社会经济背景下解读他，是美国福克纳批评主流。代表评论家是马尔科姆·考利（Malcolm Cowley），他在第一部福克纳维京选集中指出：福克纳把南方历史转变成传奇；但克林斯·布鲁克斯（Clenth Brroks）视福克纳南方种植园"群体"价值观为福克纳中心价值观，排除了福克纳现代性。

对比而言，欧洲批评家安德烈·布莱克斯坦（Andre Bleikasten）等认为福克纳现代性更大，应多从国际性少从国内性、多从哲学少从文字上看待福克纳。其"约克纳帕塔法世系"小说世界非简单模仿密西西比，乃文学再造。福克纳现代性体现出南方社会秩序危机，福克纳寻求另一种秩序，布鲁克斯过于注重福克纳地方性和保守性，其观点值得商榷。伊斯特内森（Eysteinsson）之现代主义定义在此值得一提：现代主义文本蕴含着一种潜在的激进文化取代，这种取代打开了已有的示意体系。毋庸置疑，福克纳与南方有千丝万缕的联系，但取代了已有示意体系，应定位他为南方现代主义作家。

风格主题方面，福克纳或许最全面地展现了现代主义，并且成为现代文学楷模：福克纳小说多角度叙事（perspectivism），体现典型的当地声音，代表竞争各方势力。这种小说即复调小说

（polyphonic novel）。俄罗斯思想家 M.马克汀（M. Makhtin）认为：复调小说不仅是形式，更是哲学立场，抵制极权主义哲学之"单一主义"（"monologism"）或单一绝对真理。

福克纳小说建立在心理分析之上，其小说是"意识流"创作典范。福克纳使用心理分析凸显南方历史心理冲突，探索性激情和人类残酷之间的关系。他主张：隐私即公开，个人即文化。

福克纳坚持个人圣洁，喜欢"内心真理"，这种个人主义应解读为福克纳南方现代文化观。他不同情南方社会价值观，而同情被边缘化之南方文化。《八月之光》（*Light in August*，1932）围绕几个边缘化人物，挑战、颠覆了南方社会价值观，对其进行严肃批判和价值重估。

杰出的福克纳主义者阿瑟·F.金尼（Arthur F. Kinney）指出福克纳小说家族分三类：第一类是没落贵族，包括萨托利斯（Sartoris）、康普森（Compsons）、麦卡斯林（McCaslins）。他们繁荣逝去，道德堕落；第二类是斯诺普斯（Snopes）家族，高效、物质商人或企业家。第一类虽衰落，但略好于第二类。第三类是南方黑人，见证了两类家族的衰败史，坚挺地走过来。

这些家族根深蒂固于南方，但他们非真实人物，乃福克纳精心杜撰。人与土地和自然的关系、文化危机、精神颓废、物质低俗化，既是南方问题，也是 20 世纪世界问题。

福克纳"秘密"呈现英雄悲剧精神，重新给现代世界引入高贵感。其"真正英雄"并非诗歌颂扬人物，他发出声音，呼唤人类永不言弃。此乃福克纳 1950 年诺贝尔奖颁奖致辞要旨。

福克纳出生于密西西比河北部纽埃尔巴尼镇，一个地位显赫的贵族家庭。曾祖父威廉·福克纳是内战时期陆军上校、作家、企业家，父亲是密西西比大学会计，福克纳一生经济无忧。他没接受正规教育，11 年级辍学，后在密西西比大学学习一年。

第五部分　美国现代主义文学（1914—1945）

"一战"后，福克纳开始写作，起初欲成诗人。1924 年出版第一个诗集《玉石雕像》（*The Marble Faun*）；1925 年，他去新奥尔良，结识著名作家舍伍德·安德森。经其指导，他出版了第一部小说《士兵的报酬》（*Soldiers' Pay*，1926）；1927 年出版《蚊群》（*Mosquitoes*）；1929 年出版《沙多里斯》（*Sartoris*）。《喧哗与骚动》（*The Sound and the Fury*，1929）出版乃其重大成功，1931 年的《圣殿》（*Sanctuary*）出版使其收益颇丰。之后，他写了十几本巨著。1933 年，他去好莱坞写电影剧本。1949 年，成为诺贝尔文学奖得主。他去日本及东南亚国家传播文学观，1962 年死于心脏病。一生中他留下约 20 本长篇小说，120 多篇短篇小说。兹介绍四部主要小说和一篇最著名短篇小说。

《喧哗与骚动》是激进实验小说，分四部分：前三部分叙述三兄弟：班吉（Benjy）、昆丁（Quentin）和杰生（Jason），他们的妹妹凯蒂（Caddy）及性生活是各部分焦点，最后一部分是总体叙述。

班吉是康普生最小的儿子，33 岁，白痴，智力只及三岁孩童，无逻辑思维，不会说话，只会号哭，分不清过去现在。福克纳模仿其思想和语言，加以转译，读者方能理解其思想，看见所看不到的东西。该部分揭示了失去的儿童时代、失去的爱、失去的时光，唤起强大的失去感和同情感；该部分也介绍了家族阵营：康普森家族（Compsons）和巴斯库姆家族（Bascombs）。前者包括康普森先生、昆丁和凯蒂；后者包括康普森夫人（卡罗琳小姐）、莫里叔叔和杰生。班吉跟凯蒂关系亲密，胜过跟他母亲，他实际上也是家中黑人仆人迪尔西的孩子。该部分也揭示了康普森家族衰败史。

昆丁部分讲述昆丁在哈佛自杀当天发生的事件。哈佛在北部马萨诸塞州，但昆丁心在南方。杰拉尔德·布兰德和其母亲也在剑桥，使昆丁想起南方价值观。昆丁发现一个黑人执事好像他是密西西比自己的仆人；昆丁依旧坚守没落、虚伪的南方价值观：男人在婚前该失去童贞，女人该保留。昆丁总想，为什么妹妹凯蒂能性开放？原来他是童男，而她不是处女，这给他带来"耻辱"。凯蒂失贞结束了他们童年的共度时光，昆丁难以接受。

在与康普森先生想象对话中，昆丁和虚无主义父亲争吵。讽刺的是：昆丁跟他虚无主义"父亲"说话，仿佛他是神父，他父亲要向他忏悔。更奇怪的是，他坚持跟"父亲"说：他已经跟凯蒂乱伦，但实际上没有（他可能有此想法）。昆丁自杀与南方白人贵族阶级信仰之基督教有关，他要遵守该价值观。昆丁想要与妹妹发生性关系，但考虑到道德感，他又不能，他要和她、班吉永远是孩子；他也要"救"她，摆脱她带来的"耻辱"。他自杀，凯蒂死亡，以便他们能死后结婚，来世生活。该设计基于基督教信念：人道德地生活，身体死亡无所谓，人在来世，会逃脱二次死亡。在审判日，上帝会拯救他。

昆丁离开寝室前，加拿大室友什里夫问昆丁："是婚礼还是守灵？"问话怪异，但去"守灵"即参加"婚礼"。

杰生愤世嫉俗，是一个物质主义者，贪婪残暴，该部分体现现代荒原。巴斯库姆家族形成一个非常古怪的联盟。卡罗琳小姐的基督教在迪尔西的基督教面前显得苍白无力，毫无生命力。莫里叔叔过着寄生虫生活，一直偷他妹妹东西。杰生只相信金钱，与母亲和叔叔合谋。

第四部分采用全知角度叙述，讲述家中黑人仆人迪尔西。迪尔西复活节带班吉出席黑人教堂特别仪式：舒高阁牧师布道韵律感强、节奏鲜明，教众山呼海啸般回应。这种基督教就是文化、政治和艺术综合体，体现了生命力量，绝不逊色于希腊狄俄尼索斯剧院演出，能把悲观生活转换成生命力量。

康普森贵族家族繁华逝去，其衰落通过康普森先生和康普森夫人两个阵营体现出来，结局令孩子们混乱与绝望。但混乱中，福克纳没有评判人物弱点，没有从广泛视角把个人生活转变成宏大戏剧，如在古希腊狄俄尼索斯剧院演出那样。

《我弥留之际》(As I Lay Dying，1930) 带有强烈悲剧色彩，是福克纳立体派绘画实验作品，他两方面获得成功：像毕加索立体画一样，小说在许多方面同时把深度视觉变成平面；亦如毕加索绘画，该小说揭露了所谓正常情况下之荒诞与扭曲。

小说开始讲述艾迪·本德伦（Addie Bendren）躺在病榻上，这个小学教员出身的农妇在经受几十年煎熬后，终将撒手归天。窗外黄昏晦暗，大儿子木匠卡什（Cash）在给她赶制棺材。艾迪得到丈夫承诺：她死后，遗体一定要运回到杰弗生（Jefferson）她娘家人的墓地安葬。仿佛老天捉弄，艾迪死时大雨倾盆。三天大殓后，次子达尔（Darl）与三子朱厄尔（Jewel，艾迪与牧师的私生子）驾驶一辆破旧马车，载着艾迪的尸体，开始驶向40英里外杰弗生的"苦难历程"。经历种种磨难，大水差点冲走棺材，大火几乎把遗体焚化，越来越重的尸臭招来众多秃鹰，疲惫不堪的一家人到达目的地，安葬了艾迪。在这个过程中，拉车的骡子被淹死，卡什失去一条腿，达尔被送进了疯人院，三子朱厄尔失去了他心爱的马，女儿杜威·德尔没打成胎，小儿子瓦达曼没得到他向望的小火车，而作为一家之主的安斯·本德伦却装上假牙，娶回了一位新太太……

小说59部分由15个人讲述，多角度叙事。7人是本德伦家人，其他人是本德伦家邻居和目睹者：宗教狂科拉、心地善良的医生皮博迪、胆小虚伪之朱厄尔父亲惠特菲尔德、农民阿姆斯第德，详细叙述了行程。护送尸体凸显出福克纳道德观：母亲尸体腐烂，达尔决定中途烧掉棺椁，却意外烧毁了谷仓。朱厄尔和杜威·德尔将其送上法庭，法庭把清醒的达尔送入疯人院。这暴露出故有的矛盾：达尔是理智的象征，而朱厄尔是私生子，彼此之间素来不合；大雨倾盆之中，卡什不分昼夜为母亲赶制棺材，给母亲"带来自信，带来安逸";他也最关心父亲,在大雨中他让父亲穿上雨衣,到一旁休息。这些彰显了福克纳所宣传的勇敢、忍耐、同情等精神。即便是中途为救棺材而摔断腿,他也忍着剧痛,将母亲安葬,他尽到了一个儿子的责任与义务。

旅程是南方式的,现代而古典:现代是三天后去杰弗生所有桥梁被大水冲走,全家人只好冒险涉水过河;古典意味着死人要穿过冥河,模仿出埃及记,穿过约旦河。标题"我弥留之际"取自荷马《奥德赛》(XI卷)中阿伽门农对奥德修斯所说:"我弥留之际,下地狱时,长着狗眼睛的女人不会为我闭上眼睛。"标题增加了小说神秘感。

《八月之光》(*Light in August*,1932)有三条线索:第一条讲述莱娜·格鲁夫(Lena Grove)的喜剧故事。阿拉巴马州的农村姑娘莱娜身怀六甲,来到杰弗生镇寻找孩子父亲乔·克里斯默斯(Joe Christmas)。在工头拜伦·本奇(Byron Bunch)的帮助下,她住进乔·克里斯默斯生活过的小屋,生下孩子。得知乔·克里斯默斯故事及其死亡后,她大为感动。拜伦·本奇深爱莱娜,二人一起去加利福尼亚州。第二条讲述乔·克里斯默斯的悲剧故事。他是墨西哥流浪艺人与白人女子的私生子,母亲分娩时去世,他成为孤儿。疯狂的外祖父,一个种族主义者,相信谣言,说孩子是个"黑鬼",一生都把他当"黑鬼"对待。乔·克里斯默斯和慈善家乔安娜·伯顿(Joanna Burden)的爱情充满种族焦虑,乔安娜死亡,他被白人处死。第三条讲述被废黜的长老会派教会牧师盖尔·海托华(Rev. Hightower)。他生活在祖父(美国内战时光荣牺牲)的阴影中,但他给莱娜接生完孩子,听说克里斯默斯的悲剧后,他放弃被动生活。这些人物共性是他们生活在南方社会边缘,似乎都有安德森《小城畸人》的人物怪性。莱娜从未见过克里斯默斯,海托华只与克里斯默斯极短邂逅,后者跑进一户人家,寻求庇护。但莱娜和海托华深刻理解乔·克里斯默斯。小说合唱将无意义人生故事转变成荡气回肠的生命肯定,呈现人类生活全貌。

福克纳在《八月之光》中深刻分析了混杂宗教狂热、性别歧视和种族主义文化背景(遍及南方各阶层)下的"真理",控诉南方种族歧视:疯狂的海因斯先生(乔·克里斯默斯祖父)、理性又令人尊敬的律师加文·史蒂文斯、伯顿家庭,乔安娜·伯顿本人和乔·克里斯默斯都不同程度体现了种族主义。乔·克里斯默斯既是种族主义牺牲品,他潜意识也有种族歧视。在生命终结时,他决定向法律"投降",作出清醒决定,接受"黑人"身份,蔑视牺牲自己的文化。福克纳小说人物遵守的并非传统价值观,而是更被边缘化的人物:拜伦·本奇、海托华和莱娜·格鲁夫接受之新价值观。

《押沙龙,押沙龙!》(*Absalom, Absalom!*, 1936)是福克纳最宏大的尝试,不仅探索南方历史还探索史学,是关于历史的历史小说,即元历史小说:从哲学角度去思考历史演化进程、形成原因。福克纳作为透视者,没有假设历史有一个版本、一个真理,而称历史为一种"现在的过去"。现在我们回到过去,探寻历史的"秘密"。

小说主要讲述密西西比种植园主托马斯·萨德本(Thomas Sutpen)家族兴衰史。萨德本出身贫穷,童年受辱经历使他决心以后要有钱有势。他消失几年,一天突然出现在杰弗生镇,摇身一变:大把钞票、几车奴隶、购置一百平方英里土地,建造帝国。为取得"地位",他娶望族女艾伦·科德菲尔德(Ellen Coldfield)为妻,育子亨利(Henry)、女朱迪思(Judith)。孩子长大后,萨德本神话戏剧性地改变。亨利上大学,带回朋友查尔斯·邦(Charles Bon),他不知道,但萨德本很快发现:邦是亨利的同父异母兄弟,为萨德本在海地与第一个妻子所生。萨德本可能拿走了第一个妻子的嫁妆,将其抛弃。更糟糕的是邦要娶朱迪思,亨利得知真情后竭力阻挠。

亨利—朱迪思—邦三角关系成为主线，战争迭起，最后亨利在萨德本授意下杀了邦。亨利杀死邦的原因成为小说关键，不是害怕乱伦，乃是害怕种族通婚。

邦已死，亨利消失，朱迪思死于黄热病，萨德本没有男性后嗣。他向罗莎·科特菲尔德（Rosa Coldfiled）求婚，让她给他生个孩子。1867 年，萨德本与佃农沃什·琼斯的孙女米丽·琼斯通奸，米丽给他生个孩子。后来，沃什盛怒之下，杀了萨德本。

萨德本已死，但萨德本神话带着黑色神秘，由昆丁·康普森（Quentin Compson）重建。昆丁要去哈佛大学读书，老态龙钟的罗莎·科特菲尔德穿着黑色衣服，把他叫来，告诉他萨德本家族的一切。罗莎死前，带昆丁回到垮塌的萨德本家。在楼上，他见到了年迈的亨利，他们默默地聊了一会儿。后来在哈佛，从前跟萨德本和科特菲尔德家族毫无瓜葛的昆丁，和室友加拿大人施里夫·麦坎农（Shreve McCannon）重建萨德本神话。重建是小说主要部分。实际上，昆丁和施里夫充当了史学家角色，通过他们，读者了解更多细节，洞悉了动机，知道托马斯·萨德本帝国兴衰史。

《献给艾米莉的玫瑰》（"A Rose for Emily", 1931）是福克纳非常著名的短篇小说。小说开始像侦探小说，但读到一半读者才发现：原来故事是艾米莉杀死荷马（Homer），和尸体睡了 40 年。小说要弄清：她为什么杀死荷马，是恋尸癖？为什么镇上没人管？

艾米丽·格里尔森（Emily Grierson）时空颠倒：人在现代，心在旧南方，与世隔绝（住在父亲家中）。读者需要把她的生活碎片编织起来，才能发现艾米丽的生活方式。她和镇上人的紧张关系也是解开其神秘线索之一。

艾米莉杀死荷马的原因众说纷纭：第一，她成长过程中分不清现实与幻觉。她内心有贵族感，镇上人反对她与扬基人（北方佬）约会，她不屑一顾。杀死扬基人荷马至少象征性地满足了南方人秘密复仇的愿望；第二，她太爱荷马以至于离不开他；第三，从女性主义角度解读：艾米莉生活在父亲的阴影中，撵走所有求婚者。父亲死后，她仍处于其他父亲（萨托里上校和史蒂文斯法官）"保护"下，艾米莉显然没有独立成长空间，荷马或许成为她依赖依靠之父亲般的男人。

《献给艾米丽的玫瑰》向世人展示了旧南方遗留症。

第二节 欧内斯特·海明威

欧内斯特·海明威（Ernest Hemingway, 1899—1961），美国小说家，1954年诺贝尔文学奖获得者，20世纪最佳文学风格作家之一。海明威小说文字简洁，极其上口。遣词上他喜用名词、动词，少用形容词，特别是复杂形容词；句子多用并列复合句，避开主从复合句。这在其20世纪20年代作品中特别明显，但在30年代创作中，海明威句子结构趋于复杂，但总体用词朴实无华。文字简洁明快，但作品传达强烈复杂情感：希望幻灭、爱情失落、生活绝望、人生悲剧和战争毁灭。但海明威勇对生活磨难显示出"硬汉形象"："一个人并不是生来要给打败的。你尽可以消灭他，可就是打不败他。"《老人与海》等作品凸显了硬汉精神。

《死在午后》（Death in the Afernoon, 1932）描写斗牛场景，也穿插了海明威的文学创作理论：

> 那个时候我正试着写作，但我发现很难写，除了很难真正体会你自己实际的感受而不是别人认为你会有的感受，也不是别人教你应该有的感受这一点之外，最大的困难是要将实际真正发生的一切写下来；写出激起你体验到的那种感情的实际情形是怎么一回事。……可是，事情的真谛，即激发感情并能在

一年、十年，如果运气好，如果你写得完美无缺则永远站得住脚的连续的行为与动作，我并不把握，因而当时我就非常努力，要找到这真谛。①

海明威显然是要通过筛选，呈现系列自然动作，但只展示"冰山一角"。海明威提出著名的"冰山原理"："如果一位散文作家对于他所写的内容有足够的了解，那他也许会省略他所懂的东西，而读者还是会对那些东西有强烈的感觉的，仿佛作家已经点明了一样，如果他是非常真实地写作的话。一座冰山的仪态之所以庄严，是因为它只有八分之一露出水面。如果一个作家因为不懂而采用省略的办法，那他只是在自己作品中留下了空缺。"② 海明威秉持冰山原理创作，八分之七在水下，八分之一见诸笔端。阅读时，读者要感受八分之一的背后力量，想象隐藏的八分之七。

海明威小说包含一些仪式，作为特殊语言，代代相传：斗牛、钓鱼、打猎。海明威花很多时间探索这种无声语言背后的强大意义。

海明威写作真实，创作与本人经历密不可分，只写本人经历过的事情，不熟悉的几乎不写：他写战争，他写巴黎海外生活；1933年，他在非洲患痢疾，必须空运到内罗毕治疗，据此，他创作了短篇小说《乞力马扎罗的雪》（"The Snows of Kilimanjaro"）。

学术界对海明威作品褒贬不一：他创造的男人形象更令人信服，但他创造的女人形象过于主观，引发争议：即便最佳女人，像《丧钟为谁而鸣》（*For Whom the Bell Tolls*，1940）中皮拉（Pilar）也有男人性格，甚至女人与男人做爱时，也体现男性色欲。

---

① [美] 欧内斯特·海明威：《死在午后》，金绍禹译，上海：上海译文出版社 2011 年版，第 2 页。
② [美] 欧内斯特·海明威：《死在午后》，金绍禹译，上海：上海译文出版社 2011 年版，第 193 页。

生活与写作密不可分,其人生经历具有特殊意义。1899 年,海明威生于伊利诺伊州奥克帕克,一个中产阶级家庭。他在强烈宗教、刻苦努力、身体强健、自主决定环境下成长。从医生父亲那里他学会打猎钓鱼;从母亲那里学会钢琴基础知识。他后来在芝加哥、多伦多和巴黎大城市生活。出名后,他更喜欢亲近自然:佛罗里达基韦斯特、古巴圣弗朗西斯科·德·保罗、爱达荷州凯彻姆。中学毕业后,他做《堪萨斯城市星报》记者,该经历形成了他简洁的写作风格。他作为红十字会救护车司机,参加战争,目睹残肢断臂和死尸。1918 年 7 月,他负伤,但仍继续送伤兵到急救站,为此获得意大利勇士银质勋章。康复中,他爱上护士艾格尼丝·冯·库罗夫斯基,但未结婚。战后回国,在橡树公园枯燥生活,他后来把此经历写成《一个非常短暂的故事》,收入《我们的时代》(*In Our Time*,1924)中。海明威结婚四次,1921 年和第一任妻子哈德莉·理查德森去巴黎,做《多伦多星报》欧洲通讯记者。经舍伍德·安德斯推荐,他成为海外团体成员。1923 年出版第一部著作后,他多地旅游,作品硕果累累。1933 至 1934 年去非洲打猎,创作了《非洲的青山》(*Green Hills of Africa*,1935);1936 至 1937 年他两次去西班牙,报道西班牙内战,创作了《丧钟为谁而鸣》;"二战"后,他定居古巴,钓鱼写作,创作《老人与海》(*The Old Man and the Sea*,1952)。

海明威创作许多杰出短篇小说和长篇小说。下面介绍代表三个地点的短篇小说(美国、欧洲、非洲)和一部长篇小说。

《大双心河(I 和 II)》("The Big Two-Hearted River, I and II")包括在《我们的时代》中,讲述尼克·亚当斯(Nick Adams),他饱受战争创伤,回到小镇,发现河流和鳟鱼。海明威详细描写尼克钓鱼的过程:肩背双肩包、搭起帐篷、煮咖啡、做饭、捉蚂蚱、下河、抛竿、提鳟鱼等。钓鱼系列动作乃尼克重拾精神力量、自我洗礼的过程。

《在异乡》("In Another Country",1927)是"欧洲故事"之一。对话华丽,讽刺简洁犀利。故事主要是美国受伤军官和意大利少校、战前伟大击剑者之间对话。意大利少校一只手永远残废了,少校喜欢美国人,要教他意大利语,但得知美国人要结婚,他气恼万分。这种无名大火源自少校妻子新亡,他无法接受,他哭号,但仍保持"威严军人"气概。

《弗朗西斯·麦康伯短暂的幸福生活》("The Short Happy Life of Francis Macomber",1936)以海明威非洲之行为素材,说明婚姻不忠、破坏力之大等于猎杀狮子。麦康伯胆小如鼠,猎狮时遭妻子嘲笑,他要用行动证明自己勇敢,但他老婆表面试图救他,让他逃过水牛攻击,实际上却用子弹射穿他头部。

《太阳照常升起》乃海明威"迷惘的一代"代表作,体现精神与信仰缺失,表现对未来的困惑与迷茫,诠释了海明威虚无主义思想:正是"一代过去,一代又来,地却永远长存。日头出来,日头落下,急归所出之地"(《圣经·旧约·传道书》),本书书名取自"日头出来"。

小说主人公杰克·巴恩斯(Jack Barnes),在意大利与美国人作战,在第一次世界大战中脊椎负伤,失去性能力,战后在巴黎任记者时与英国人布莱特·阿施利夫人(Lady Brett Ashley)相爱。但不能性爱,巴恩斯内疚隐痛、孤独无奈、空虚屈辱,他借酒浇愁,整天喝得烂醉如泥;而阿施利夫人是英国交际花,离过两次婚,杰克不能满足她的性爱,她堕落放荡,不放过任何一个满足她性需要的男人,变成了色情狂。两人为寻求精神刺激,和一群海外流亡者一起去潘普洛纳(Pamplona)参加斗牛节。布莱特坚决拒绝犹太记者罗伯特·科恩(Robert Cohn)的苦苦求爱:科恩虽然富有,但融不进以杰克为代表的老兵世界。他没经历过"一战",体会不到老兵内心痛楚。他虽是普林斯顿大学的中量级拳击冠军,但他学习拳击是为了掩饰其犹太人在普林斯顿低人一等的自卑感，击倒对手给他带来心理慰藉。他痴迷于布莱特，其浪漫爱情观在战后社会不现实，为战后现实所不容，此乃布莱特拒绝他求爱的原因。但布莱特爱上19岁斗牛士的罗梅罗（Romero）：他勇敢，充满激情，生活不迷惘；他诚实、单纯、强壮，斗牛技艺高，对前途充满自信。这些吸引了布莱特。两人私奔，但生活一段时间后，阿施利夫人发现年龄鸿沟，又不忍心毁掉纯洁青年前程，这段恋情黯然告终。夫人最终回到了巴恩斯身边。小说结尾，布莱特对杰克说："我们本应该有段美好的时光的。"光鲜华丽的外表掩饰不住战争给她带来的痛苦，她也是战争牺牲品。

小说体现了海明威"冰山原理"，文字简洁，人物鲜活，情感丰富，思想深邃，内容广博。

第三节 斯科特·菲茨杰拉德

斯科特·菲茨杰拉德（Francis Scott Fitzgerald，1896—1940），美国20世纪"爵士乐时代"代表作家，精确捕捉了20世纪20年代社会追逐财富、纵情迷人、欺骗混乱、纸醉金迷、幻想浪漫的现象。

20世纪20年代是"咆哮时代"，"咆哮"兴奋、"咆哮"混乱、"咆哮"变化；政治无知、疯狂追求物质财富、威尔逊总统凡尔赛条约妥协、参议会否决威尔逊总统加入国联、延长戒酒令、孤立主义、社会倒退；经济重心从生产转向消费，个人消费膨胀：汽车、电话、收音机、冰箱成为中产阶级新宠。在此"咆哮"时代，菲茨杰拉德小说体现美国人迷惘、堕落与空虚，也捕捉新奇兴奋、迷失焦虑。菲茨杰拉德展示时代特点之透彻，使其作品成为时代文学象征。

风格上，菲茨杰拉德大量借鉴薇拉·凯瑟，特别汲取其《我的安东尼》叙事方法，制造讽刺。菲茨杰拉德倡导浪漫英雄主义：人物面对失败更加坚定。其作品直接源自个人挫折与羞辱。斯科特在普林斯顿大学期间学业不佳，遭女友拒绝。他生在中西部，却痴迷于东海岸悠闲生活，亦如《了不起的盖茨比》（*The Great Gatsby*，1925）之尼克·卡罗威。

菲茨杰拉德向塞尔达（Zelda）求婚对其人生和写作影响巨大。塞尔达，阿拉巴马州最高法院大法官最小的女儿，美貌出众。虽已订婚，但她还不心甘情愿嫁给他，除非他有钱能养活她。婚后，菲茨杰拉德必须竭力创作，供其挥霍。他和塞尔达的生活即他的创作素材，亦其步入豪门的台阶。这种光彩耀眼的生活导致最终自我毁灭。

代表作《了不起的盖茨比》中杰伊·盖茨比（Jay Gatsby）是富翁，参加过"一战"。战前与黛西（Daisy）恋爱，但战争期间黛西嫁给汤姆。战后，盖茨比大发横财，购置豪宅，每周举办晚会，期待黛西出现。尼克帮忙，他们得以相见。黛西被"赢回"，但她并非爱火重燃，乃羡慕盖茨比的耀眼财富；盖茨比也察觉黛西亦非从前，她并非真正爱他。一次晚会上，汤姆、黛西、盖茨比、尼克、乔丹·贝克（尼克女友）在场时，黛西之"爱"被揭穿。在灰烬山谷，黛西驾车肇事，撞死乔治·威尔逊妻子桃金娘（Myrtle），也是汤姆的情妇。汤姆诬告盖茨比，告诉威尔逊：盖茨比乃肇事司机。威尔逊开枪打死盖茨比。葬礼只有三个陌生人，黛西踪迹不见。

小说并非单纯浪漫爱情故事：愿望即成真、温柔即爱情，相反，是对这种浪漫的极大嘲讽，是美国梦破灭的案例。盖茨比了不起：美国长大，牛津大学读书，在自私自利污浊不堪的人群中，其纯情浪漫显得超凡脱俗；他也遭人批判：深陷美国梦，迂腐无知，认为财富等同于精神追求，企图追回过去。

《夜色温柔》（*Tender Is the Night*，1934）批判金钱幸福论，也嘲笑青春迷恋症。小说讲述迪克·戴弗（Dick Diver）与两个女人尼科尔·沃伦（Nicole Warren）和罗斯玛丽·霍伊特（Rosemary Hoyt）的故事。戴弗乃瑞士一家疗养院一流的美国精神病医生，娶富家女患者尼科尔·沃伦。有了钱，他辞掉工作，来到里弗里亚别墅，沉湎于安逸生活。霍伊特，十几岁成为好莱坞明星，与戴弗相爱。两个女人渐渐独立，戴弗医术毫无长进，一事无成，最后孑然一身，失去工作，深陷窘境。

戴弗从梦中醒来，夜色如此温柔，但没有一丝光明……

第四节 约翰·多斯·帕索斯

约翰·多斯·帕索斯（John Dos Passos，1896—1970），美国小说家，华尔街著名律师的儿子。1917年去巴黎，志愿做救护车司机。恐怖于战争残酷性，愤怒于政治家谎言，痛苦于无意义战争给人类造成的灾难，他越发激进，偏离了父亲的世界。在《三个士兵》（*Three Soldiers*，1921）中他尝试摆脱自身阶级观，从哈佛大学艺术家和"普通"士兵视角攻击敌人。

政治激进激发多斯·帕索斯尝试创新创作形式：小说语言直白，结合流行歌曲、报刊头条、公众呼声、公众人物传记等。在《美国》（*U.S.A.*）三部曲中，他采用"相眼"（"the camera eye"）方法，呈现生活景象。

《曼哈顿中转站》（*Manhattan Transfer*，1925）是拓宽社会视角的重要尝试：几十个人物稍纵即逝，呈现100多个生活片段。小说主角乃曼哈顿市，炫目而陌生；众人奔走于城市，匆忙而混乱，生生死死。多斯·帕索斯本欲描写世纪之交的美国妇女，小说初稿名为"42街的苔丝"，呼应托马斯·哈代之《德伯家的苔丝》。42街是纽约腐败街，象征城市荒原。小说开头描写艾伦·撒切尔出生在篮子里，蠕动，"纤弱得像一团蚯蚓"。第一章"渡船"驶过一块石碑，碑文上刻一段文字，记述码头一堆垃圾。艾伦出生象征着现代城市生活的堕落。

代表作《美国》三部曲，包括《北纬四十二度》(*The 42th Parallel*, 1930)、《一九一九年》(*Nineteen-Nineteen*, 1932) 和《赚大钱》(*The Big Money*, 1936)。这部鸿篇巨制的主人公是美国，讲述"一战"前到大萧条中期美国主要事件：12 个故事相互交织，穿插着：(1) 68 部"新闻片"("Newsreel")、新闻头条、新闻碎片、政治演讲稿碎片、歌词等；(2) 27 个主要公众人物传记；(3) 51 个"相眼"片，是意识流碎片，描写像多斯·帕索斯一样的敏感艺术家意识过程。三部曲主基调是：个人微小而脆弱，社会革命不可能。《赚大钱》结尾对美国未来绝望。

晚年，多斯·帕索斯极其保守，1961 年他出版《中世纪》(*Midcentury*)，漫无目标地攻击工会、心理分析、青少年等。晚期作品远不如从前。

第五节　约翰·斯坦贝克

约翰·斯坦贝克 (John Steinbeck, 1902—1968)，美国现代作家，地方作家和自然主义者，生于加利福尼亚州中部的萨利纳斯山谷，靠近蒙特利海岸。那里是加州外来人集聚区：墨西哥农场工人、意大利渔民、艺术家和波西米亚人。通过斯坦贝克小说，萨利纳斯和蒙特利县成为福克纳"约克纳帕塔法世系"王国想象地。

斯坦贝克小说呈现被经济力量推到社会边缘的群体：移民工人、被驱逐者、浪子、原住民。他们贫穷、未受教育、头脑简单、儒弱、言语污秽，但本性高贵。他们与社会习俗和不公正、市场经济和饥饿等强大力量抗争。斯坦贝克未开出济世良方，他似乎相信被压迫者能用政治民主改善生存条件。

像薇拉·凯瑟一样，斯坦贝克相信乡村生活优越于城市，反对美国20世纪上半叶城市化，怀念原始状态，不屑于物质成功。他同情穷人、不合群者，简化其性格，理想化其品质。

斯坦贝克成就全面，1962年获诺贝尔文学奖，但未得到世人认可：许多批评家认为其作品不及其他美国诺奖得主，如奥尼尔、福克纳或海明威。今天，斯坦贝克三部小说《胜负未定》(*In Dubious Battle*, 1936)、《人鼠之间》(*Of Mice and Men*, 1937)和《愤怒的葡萄》(*The Grapes of Wrath*, 1939)流传于世。回头看，他显然是20世纪30年代大萧条时期最具创造力的作家。

代表作《愤怒的葡萄》出版引起巨大轰动，被公认为"卖得最快、评价最高、争论最激烈"的经典文学作品，一度被美国列为禁书。小说讲述美国大萧条时期俄克拉荷马州农民乔德（Joad）一家受风沙侵蚀，失去土地，被迫向加利福尼亚迁徙的愤怒斗争和艰苦生活。他们受传单蛊惑：到那儿工作更容易、工资更高，便把值钱东西打包，装上破旧汽车，一家12口从俄克拉荷马州向加利福尼亚州逃荒。途中，年轻的诺亚和康尼开小差，祖父祖母死亡，最后只有八人到达加利福尼亚州。到达后，面对失业、饥饿和困苦，他们只能暂住流民营。流民情绪激动，与警察爆发冲突，牧师替汤姆背黑锅，被抓进监狱，警察随后烧毁流民营。一家人只能到另一个种植园采摘水果，一天腰酸背疼，但好歹能填饱肚子。牧师释放后在种植园鼓动罢工，抗议工资被减半。牧师在警察抓捕中被开枪打死，汤姆以牙还牙，杀死一名警察，趁着夜色率领众人逃跑。小说最吸引人处是结尾：沙龙家萝丝的新生儿死亡，她用自己的奶水，喂养一个奄奄一息的男人。

"葡萄"在《圣经》中多次出现，既象征耶稣子民，也意味着丰饶和希望。但随着"乐土"梦想破灭，"希望的葡萄"变成"愤怒的葡萄"。小说体现了斯坦贝克深刻的社会批判。

斯坦贝克把当地素材变成经典悲剧，再造神话传奇。他将人物暴力和激情交织一起，赋予小说诗歌特质：题目的隐喻性、语言的音乐性、叙述的诗意性，凸显出在巨大痛苦压力下，人类永远不被击垮，永不泯灭的人性。

第六节　辛克莱·刘易斯

辛克莱·刘易斯（Sinclair Lewis，1885—1951），美国著名小说家，其"新现实主义"文学一扫豪威尔斯小说之"斯文""雅致"，德莱塞作品之"通向诚实、大胆和生活激情"，笔触犀利、嘲讽辛辣、细腻逼真，触及20世纪上半叶美国社会各方面，开辟了现实主义小说新天地。"因为他描写刚健有力、栩栩如生，创造人物机智幽默"[1]，他于1930年获诺贝尔文学奖。

1885年，辛克莱·刘易斯生于明尼苏达州的索克镇。5岁，母亲去世，他生活孤独痛苦，忧郁寡言，常去公共图书馆看书，写日记，对其创作有较大影响。

17岁，刘易斯去奥贝林学院读预科，翌年考入耶鲁大学。教授们发现其文学才华，鼓励他创作，他在校内刊物上发表了许多作品，但学校枯燥无聊，他信仰社会主义，一度离校，到小说家厄普顿·辛克莱组织的空想社会主义团体"赫利孔村社"居住。1907年回校，翌年获文学士学位。

毕业后，刘易斯担任记者和编辑。1914年，《我们的瑞恩先生》（*Our Mr. Wrenn, The Romantic Adventure of a Gentle Man*）出版；1920年，《大街》（*Main Street: The Story of Carol Kennicott*）出版，反响巨

---

[1] Henry E. Maule & Melville H. Cane, *A Sinclaire Lewis Reader: The Man from Main Street*, New York: Random House, 1953. p.3.

大。后来《巴比特》(Babbitt, 1922)、《阿罗史密斯》(Arrowsmith, 1925)、《埃尔默·甘特利》(Elmer Gantry, 1927)、《多兹沃思》(Dodsworth, 1929)等出版,晚期主要作品为《王孙梦》(Kingsblood Royal, 1947)。

《大街》《巴比特》和《阿罗史密斯》是刘易斯最佳作品。《大街》是成名作,以家乡索科镇为背景,描写明尼苏达州戈弗帕雷里小镇生活。主人公卡萝尔·米尔福德(Carol Milford)美丽活泼、热情浪漫,大学毕业后嫁给了乡村医生威尔·肯尼科特(Will Kennicott),来到戈弗帕雷里小镇。这里生活富裕但平庸、枯燥乏味。丈夫的朋友市侩,追逐名利、自命清高、自私狭隘。卡萝尔立志改变现状,她从文化生活入手,朗诵诗歌,演萧伯纳话剧,办公共图书馆,但此举遭到了多数人抵制,丈夫对此不屑一顾。保守势力造谣中伤、打击破坏,使她备感孤独迷惘、苦闷绝望,最后到华盛顿生活。那里她找出了问题答案:真正的敌人不是个别人,而是陈规陋习、规章制度。她在如此强大势力面前软弱无力,注定失败。两年后,卡萝尔当初的激情也熄灭了,妥协了,回到了小镇,跟多数人一样生活。

小说成功地塑造了卡萝尔形象,其遭遇揭示了小镇闭塞保守,讥讽了市民狭隘愚昧,抨击了知识分子浅薄软弱。小说文笔细腻生动、辛辣机智、譬喻幽默,令人忍俊不禁。

《巴比特》揭露资产阶级商业化和市侩作风。乔治·巴比特是泽尼斯市的房地产商,生意兴隆、家境殷实,住高档住宅,妻子温柔贤惠,但他对机械的生活方式日渐烦躁,他开始反叛:跟自由主义者一起寻欢作乐、玩世不恭。其行为得罪了商业巨头,生意遭到阻力和破坏,乔治·巴比特也厌烦叛逆,渴望回归正轨,他妻子突发疾病也成全了他,使他重新回到那帮"正派人"中间,重新投入庸俗市侩怀抱,重新开始尔虞我诈的商业活动。

《阿罗史密斯》歌颂了马丁·阿罗史密斯刚直不阿、追求真理、刻苦钻研,为科学献身的精神。马丁是美国中西部一名青年医生,开始他就读温尼麦克医学院时,发现学院教授及同事并非他想象中那样高尚纯洁,专心致志研究医学,而把医学当成成名致富手段,他很失望。但细菌学教授、德国籍犹太人戈特利布博士治学严谨,孜孜不倦搞科学给他影响很大。他确立了为追求科学真理而奋斗终生的目标。

医学院毕业后,他和妻子利奥拉去达科他州一个偏远小镇行医。那里他目睹乡村医生故步自封,相互嫉妒利用。他提出的对天花的预防又遭到乡村愚昧村民讥讽,最后他不得不离开。

他当上了衣阿华州诺提拉斯卫生局副局长,但他的上司皮克博不学无术,热衷政治一心向上爬。由于马丁严格执行卫生法令,关闭不卫生牛奶场,焚烧肺结核蔓延的住宅,扩大免费医疗机构触犯了当地权贵利益,引起开业医生憎恨,他成为众矢之的,被迫辞职,进了芝加哥朗斯菲尔德诊所。

朗斯菲尔德诊所毫无医道可言,一切为了谋利,这使他极度失望。他来到美国一流研究中心,纽约麦格克生物研究所,在戈利特布博士指导下,研究抗生素。所长塔布斯博士享有诸多头衔桂冠,但不学无术;研究室主任霍拉伯特博士是个心狠手毒、追名逐利的伪君子。人们为谋取私利,钩心斗角、拉帮结伙、搞阴谋、施诡计,不管科学实验结论怎样,只管抢发论文以图名利。

马丁在那里专心致志搞研究,成功发现了噬菌体。此时西太平洋鼠疫猖獗,马丁携妻子利奥拉及好友桑德利厄斯前往,使用噬菌体控制了鼠疫。而他的妻子和好友为此献出了生命。他载誉归来,他的良师戈特利布已生命垂危;霍拉伯德荣升所长,马丁感到麦格克研究所不是他从事科学研究的地方,他和好友特里·威克特一起到佛蒙特州荒无人烟的大森林中,建起两间小木屋,建造简陋实验室，从事他们的纯科学研究。

30年代后，刘易斯作品缺乏深度，但《王孙梦》揭露了种族歧视，显示了作者的激进民主思想。主人公聂尔·金斯伯勒天真诚实，"二战"后从欧洲回国，他突然对家谱产生浓厚兴趣，从中发现自己有黑人血统。他极其恐惧，唯恐"秘密"被人揭晓，全家遭殃。经过激烈思想斗争，他公开了自己的黑人身份，并积极参加反种族歧视斗争。结果父亲暴毙、家庭瓦解、受朋友唾弃、长期失业，遭暴力袭击，被捕入狱。

第七节 厄普顿·辛克莱

厄普顿·辛克莱（Upton Sinclair，1878—1968），美国小说家。20世纪初，美国政府和大财团相互勾结、营私舞弊，政治经济丑闻频发，记者和作家纷纷揭发，掀起了"黑幕揭发运动"，代表作家是厄普顿·辛克莱。

1878年，厄普顿·辛克莱出生于马里兰州的巴尔的摩市。祖上是名门贵族，他父亲时家境破落，全家以卖酒为生，收入微薄。十几岁，全家迁居纽约。他边打工边求学，1893年入纽约市立学院读书，1897年毕业，获学士学位。1897至1901年他在哥伦比亚大学读书。15岁，他写惊险小说维持生计。其小说受到巴尔扎克、弥尔顿和雪莱影响，反抗社会不公正性。

代表作《屠宰场》（*The Jungle*，1906）描写了芝加哥屠宰场工人的悲惨生活。尤吉斯·路德斯（Jurgis Rudus）和妻子奥娜（Ona）是立陶宛移民，满怀憧憬，来到美国，在芝加哥屠宰场找到工作。但工作条件极其恶劣，屠宰加工极不卫生，工人毫无保障，工资微薄。尤吉斯拼命工作，不料厄运接踵而至：买房受骗、工伤失业，奥娜遭工头奸污，尤吉斯怒打工头而入狱，妻子难产死亡，小儿子淹死。他自暴自弃，甚至当起了工贼，但他终于觉醒：深信社会主义是唯一出路。

小说下半部揭露了美国社会黑暗内幕：民主党与共和党选举丑行、垄断资本家与地方当局狼狈为奸、地下黑势力与警察相互勾结等。作者指出工人罢工是对抗垄断资本的唯一出路，他赞扬工人的斗争精神。

小说出版引发社会强烈反响，罗斯福总统下令调查，通过了联邦食品卫生法案，也让世人了解了屠宰场工人的悲惨境遇。

第四章　美国现代诗歌

T.S.艾略特、华莱士·斯蒂文斯、威廉·卡洛斯·威廉姆斯和E.E.卡明斯是现代创新诗人，但创新方式不同，体现了现代诗歌多样性。本章将探讨他们各自诗风，展现诗人现代观。

第一节　T.S.艾略特

T.S.艾略特（Thomas Stearns Eliot，1888—1965）被视为现代诗歌偶像。他为何地位如此之高？主因是"荒原"所呈现"一战"后世界荒芜引发失落感和绝望感，引起时代共鸣。艾略特之"荒原"景象、形式、意象和象征影响之广，以至于战后许多作家模仿：F.斯科特·菲茨杰拉德之《了不起的盖茨比》、福克纳之《塔门》都有明显模仿证据。海明威之"蚱蜢"乃模仿艾略特之"蟋蟀"（代表圣经"蚱蜢"）。艾略特使用该意象，以示年老体衰，性欲衰退；海明威用此意象，表示生命复原。不管怎样，艾略特之"荒原"多年被视为现代美国诗歌唯一典范，但艾略特现代观保守，对取代旧势力之新生力量缺乏热情,这也引发争议,遭致讥讽。

艾略特诗歌意象丰富,韵律柔和。朗读《灰星期三》("Ash Wednesday",1930)或《空心人》("The Hollow Men",1925)就会欣赏其魅力。《荒原》("The Waste Land",1922)和《杰·阿尔弗瑞德·普罗弗洛克的情歌》("The Love Song of J. Alfred Prufrock",1915)是艾略特视角和风格典范。先欣赏《荒原》。

"荒"既指"一战"毁坏与流血,也指西方人情感与精神贫瘠。诗歌并非从单独历史瞬间,而是从广泛历史视角,将现代人信仰与信仰缺失、现代文化生活与过去作批判性对比。诗主题是**拯救**荒原或**救赎**人类灵魂,但拯救或救赎并非肯定,只是可能。拯救需要获得西方过去尊崇之情感、精神和知识价值观。

诗歌断裂主要是埃兹拉·庞德大量编辑的结果,此意义上讲,庞德可视为共同作者。断裂风格强化了绝望感,哀悼失去的道德世界秩序。断裂首先体现在不同的说话者。以《死者葬仪》("The Burial of The Dead")第一节为例,前7行诗说话者是谁?把自己喻为植物,不愿春天到来,而喜欢睡懒觉,姑且说话者是荒原居民吧;8至12行似乎是日记或回忆录,指战前王宫花园愉快散步,说话者似乎是写日记者;13至16行说话者似乎是玛丽,讲述愉快童年;最后两行说话者变成他人:季节变成秋季,对照于春季、夏季和冬季三位说话者。诗中他处说话者需要读者凭推断:时而是总体观察者提瑞西阿斯(Tiresias),时而是荒原统治者渔王,有时推断不出来。众多说话者的目的给人感觉诗歌被撕裂。断裂其次体现在诗歌伴有其他语言碎片,还掺杂现代生活(伦敦酒吧闲聊、中产阶级家庭妻子唠叨等)、话剧台词、基督玄学、古典文学、梵语《广林奥义书》片段。这些典故和片段使诗歌欣赏相当困难,但该诗设计精巧、艺术高超,达到完美统一,手段之一就是提瑞西阿斯的作用。

《荒原》有两大风格特色：一是融古于今（past-in-present）。"死者葬仪"最后一节中，商人涌进威廉姆斯大街（伦敦金融区）喻示但丁地狱之行，灵魂丢失。融古于今不仅是形式，也是主题：艾略特似乎说：我们生活在破碎世界，忘掉了过去的价值观。

二是运用神话，神话构成诗歌框架与统一。艾略特真正打破了神话国界，融自然、神话、宗教和传说于一体：（1）季节轮回和自然节奏；（2）借用《金枝》之古埃及、印度和希腊植物生育神话（神死去，再生，带来生命和人类繁殖力）；（3）耶稣的生死及复活；（4）鱼王及其荒原王国（借用杰西·韦斯顿《从仪式到浪漫》）神话；（5）寻找圣杯。

（4）（5）神话尚需详解。鱼王丧失生育能力（生病，残疾或年老）造成土地荒芜。解除咒语的唯一办法就是荒原迎来一个心地纯洁、勇敢无畏的英雄，去找回圣杯，方能救活荒芜王国。寻找圣杯故事早于基督教，但基督教义改造了神话，将死亡和基督复活结合起来，见（3）基督教传说：圣杯为基督在最后的晚餐所用，亚利马太人约瑟用圣杯从十字架上的基督身上接血，把它带到西英格兰格拉斯顿伯里，后金杯丢失。寻找圣杯成为探索精神真理的强大动力。杰西·韦斯顿版圣杯（艾略特创作源泉）是：寻杯者是骑士，到了"危险教堂"，寻找圣杯和长矛，能如实回答问题，以便男女（像圣杯和长矛）交合，给荒原带来繁殖力。

艾略特《荒原》中，寻杯者惨烈失败：一是遇见风信子女孩（拿着一束风信子花，象征她有圣杯），但寻杯者见面时不能说话（见"死者葬仪"第一部分）；二是在"雷霆话语"最后一节。寻杯者站在山顶，恐惧地看着空旷的危险教堂。寻找圣杯失败意味着荒原情况恶化。

提瑞西阿斯也需一提。他在《奥维德变形记》（*Ovid's Metamorphoses*）中，卷入朱庇特和朱诺之争，变成两性人。朱诺判他终生失明,但朱庇特又赐他断知未来的能力。艾略特诗中,提瑞西阿斯年老体衰,渴望惰性、悲观沮丧,但能观察反思,颇有见地。

诸多神话注入诗中,诗歌传达:现代世界荒芜,现代人过于追逐物质,精神过于匮乏。即便提瑞西阿斯能性交,能将性与爱结合,也不能治愈现代世界贫瘠,也不能摆脱现代世界文明困境:

I. "死者葬仪",荒原恶化,寻找圣杯失败。

II. "对弈"主题乃无爱性交,特别是婚内。

III. "火诫"描写婚外无爱性交之恐怖:现代人放纵兽欲,住在老鼠窝里,死人都丢了骨头,虚空,还是虚空。

IV. "水中死亡"中水手死亡仪式应是传播繁殖力,但成为痛苦讽刺,也表示救赎无望。

V. "雷霆话语"中寻杯者竭力通过宗教取得和平,但宗教失败,他缺乏宗教自我否定。

诗用梵语结束:Datta, Dayadhyam and Damyata (Giving, Sympathizing and Control)。

《杰·阿尔弗瑞德·普罗弗洛克的情歌》开头就是自我禁闭无助:"就让咱们去吧,我和你,趁黄昏铺展天际,像打了麻药的病人躺在手术台上。"普罗弗洛克邀请的"你"是谁?除了想象伴侣,再就是本人。普罗弗洛克要去看女友,但缺乏勇气。

跟随普罗弗洛克,走过"一夜便宜客店""满是锯屑和牡蛎壳饭店",中产阶级妇女无聊地谈论着米开朗基罗的房间,提出"一个棘手问题",既是精神也是性方面。普罗弗洛克太顾面子,也缺乏信心,失败了。普罗弗洛克结束"情歌",放弃狂欢,默默生活。普罗弗洛克非悲剧人物,因为他没有英雄气概,犹豫不决,倒像哈姆莱特。

普罗弗洛克是谁？一个典型资产阶级分子，一个现代人，一个缺乏英雄行为之人，一个识时务、想象力丰富但不能也不愿行动之人。

第二节　华莱士·史蒂文斯

华莱士·史蒂文斯（Wallace Stevens，1879—1955），美国著名现代诗人，出生于美国宾夕法尼亚州雷丁市。大学就读于哈佛、纽约法学院，终身从事保险职业。44岁时出版诗集《簧风琴》（*Harmonium*，1923）。史蒂文斯是现代最精妙、最深奥、最复杂的诗人，其诗歌直接精练、优雅整齐、节奏鲜明。

华莱士·史蒂文斯曾说，"对于T.S.艾略特，我无话可说，其巨大声誉是巨大问题。"显见，他不赞同艾略特是伟大现代诗人的称谓。

华莱士·史蒂文斯是另一种现代诗人，他体现古希腊生命精神。在以奥林匹亚诸神和伟大悲剧为特征之古希腊文化中，史蒂文斯首先肯定宇宙生命力量循环往复，永不枯竭。这种"生命"高于个体生命，生生死死，思考或判断源自这种生命观，而非基督教道德法律。华莱士·史蒂文斯倾向于古希腊文化，而T.S.艾略特倾向于基督教观，二者迥别。

史蒂文斯诗歌肯定生命活力，反对维护传统，冲破陈腐繁冗。他相信诗歌同生活一样，需要通过创造或"虚构"不断更新。"最高虚构"乃其中心主题：世界万物不断变化，创新永无休止。史蒂文斯之"虚构"乃希腊人之"诗歌"，乃艺术创造：人类为想象动物，创造与虚构乃人类冲动，人类从虚无中创造意义。

此外，想象或虚构又具多角度性和多可能性，角度论乃虚构伴侣。创造源泉乃大自然，大自然无道德价值评判。艾略特和史蒂文斯重要差别是前者遵循道德原则,后者遵循自然法则;前者看现代世界为荒原,道德堕落,后者看世界为仙境,有很多创新可能。

《论现代诗歌》("Of Modern Poetry")阐明史蒂文斯深思熟虑之现代观:

> 这诗写思维在行动中寻找
> 令人满足的东西。不一定每次
> 都找到:布景已搭好,它重复
> 写好的脚本。
> 　　　　然后剧院改演
> 一出新戏。过去的只剩回忆。①

诗中,史蒂文斯认为我们处于迥异的历史时代,老脚本不能简单重复:戏变了,演员变了,新时期男女登上新的历史舞台,诗人必须和他们对话,才能创作诗歌。

《一位高声调的基督老女人》("A High-Toned Old Christian Old Woman")中,史蒂文斯以喜剧口吻,精美地分析了基督道德观(高声调的基督老女人所体现),与希腊神话所代表的道德观形成鲜明对照。诗中基督教堂的"中殿"成为真正象征道德法律的"闹鬼天堂"。一旦"道德法律"统治,惩罚将成为生活准则。希腊代表之"反抗法律"非建立在"中殿"而是"廊柱"之上,天外戏剧可以在上面演出。史蒂文斯的诗歌观从古希腊文化中寻求灵感,抗争基督教道德传统。

---

① 赵毅衡编译:《美国现代诗选》(上),北京:外国文学出版社1985年版,第260页。

《星期天早晨》("Sunday Morning")是史蒂文斯最佳诗作之一,讲述一位妇女周日早上没去教堂,待在家晒太阳,凝思神是什么。讲话者(不知与妇女关系)解开妇女问题。诗歌反驳基督教永生观,而提出希腊之循环观,包括死亡、万物,甚至宗教。诗分8节,每节15行。第一节描写那位妇女周日早上在阳台上品咖啡、吃水果。橘子的刺鼻味道似乎增强她的信念:周日教堂假设基督复活仪式多无用。问答追问一个主题:在死亡现实面前,神性意义何在?神性体现于我们的感官享受中,体现于我们的尘世生活中,体现于意识到死亡是生命循环的一部分时。"死乃美之母",死亡像孩子摘下放到盘子里梅子和梨,是生命变化的标志,能孕育产生新事物。少女尝了水果,"在落叶上激动地漫游"。在死亡母亲的"炽热的怀里,我们/使自己尘世的母亲不眠地等待"。[①] 死亡使人生活更炽烈、更有目的。第七节中,讲话者提议建立生命再生原理基础上之新宗教。

史蒂文斯还创作许多诗歌,说明现实是想象和外部世界的结合体。他在美学文集《必要的天使》(*The Necessary Angel*)中说:想象程度不同,生命力不同,强度亦不同。这也喻示着现实程度不同,想象与现实之间语篇永无休止。这类诗歌有:《坛子轶事》("Anecdote of the Jar")、《雪人》("The Snow Man")、《基韦斯特的秩序观念》("The Idea of Order at Key West")。

角度论体现得最完美的诗是《观察黑鸟的十三种方式》("Thirteen Ways of Looking at a Blackbird")。13节中,说话者想象黑鸟在自然、诗歌和人类活动中的13种美妙身姿:时而在冰天雪地中闪着"唯一动弹的眼睛",时而"秋风中盘旋",时而"藏而不露",时而

---

① [美] 华莱士·史蒂文斯:《史蒂文斯诗集》,西蒙、水琴译,北京:国际文化出版公司1989年版,第31页。

"婉转啼鸣",时而"余音袅袅"。诗歌背景冷落凄凉,但想象和现实结合创造无穷篇章。

第三节　威廉·卡洛斯·威廉斯

　　威廉·卡洛斯·威廉斯(William Carlos Williams,1883—1963),美国诗人、小说家。1883年生于新泽西州卢瑟福德镇,1906年宾夕法尼亚大学毕业,获医学博士学位,后去德国莱比锡大学进修,1909年回家行医。除诗歌外,他还写戏剧、小说。

　　早期威廉斯效仿庞德,但渐渐形成自己的独特诗风:使用口语创作,将普通日常生活入诗,诗风清新明快。他在20世纪20至30年代被低估,但自1951年《帕特森》(Paterson)问世后,他才成为重要现代诗人。

　　威廉斯诗歌体现瞬间最强烈感知,突出意象,避开观点直截了当;诗歌体现男性坚硬与控制,排除多愁善感;诗歌主题宽广,包括生命出现、诗歌本质、多种伪装下多舛人生、性感与色情、日常体验、工业美国现状。

　　《红色的手推车》("The Red Wheelbarrow",1923)是其佳作,体现威廉斯诗风:

　　　那么多东西
　　　都得靠

　　　一辆红色的
　　　手推车

　　　它披着闪亮的

雨水

　　白色的鸡群伫立
　　其旁。①

该诗朴实无华,"红色的手推车",突出"红色","披着闪亮的/雨水";"红色"对照"白鸡"。为什么这么多东西都得靠一辆红色手推车?为什么白鸡伫立其旁?这些问题引人深思。

《便条》("This Is Just to Say",1934)乃威廉斯游戏之作,诗随意轻盈,类似素描:

　　我吃了
　　放在
　　冰箱里的
　　梅子
　　它们
　　大概是你
　　留着
　　早餐吃的
　　请原谅
　　它们太可口了
　　那么甜
　　又那么凉。②

---

① 辜正坤主编:《外国名诗三百首》,北京:北京出版社2000年版,第403页。
② 童庆炳:《文学理论教程》,北京:高等教育出版社2004年版,第54—55页。

《帕特森》是威廉斯长篇史诗，第一卷出版于 1946 年；第二卷，1948 年；第三卷，1949 年；第四卷，1951 年；第五卷，1958 年。威廉斯要再造一部美国史诗，背景是现实美国新泽西州帕特森（Paterson）。该城市有重要殖民史和帕塞伊克（Passaic）河。威廉斯完美诠释了"城市就是一个人，一个人本身就是一个城市"。一个人即诺亚·菲图塔·帕特森博士（Dr. Noah Fairtoue Paterson），他扮演多种角色，游历城市，求索济世良方。

　　结构上，"诗和散文，如同城市与人，雅与俗一致相互渗透，诗与非诗是个整体"①。《帕特森》别具一格，诗与散文交错出现，诗中散文、书信、地方史、报纸选段、广告、病例等 100 多篇，"它从风格上彻底打破诗与文界限，诗美与诗丑，结构与反结构，人与地，超越与世俗界限，糅合不调和因素于一体，充分体现诗在诗歌创作上追求自由，随心所欲，不断创新的愿望"②。诗人还大量使用比喻、象征、暗示等修辞手法，充分展现诗歌活力，反映纷繁复杂生活。

　　意象上，《帕特森》呈现人——城市——河流和山等意象。《帕特森》第一卷《巨人的描绘》中，帕特森是神话巨人：帕特森躺在巴西厄瀑布下的山谷里，瀑布流出，水形成它脊背的轮廓；帕特森又变成了帕塞伊克河：河水后浪推前浪，奔向河岸，他的思绪错综交织，相互排斥，暗中抵触，河水冲向磐石，分道而行，但始终勇往直前，……相互脱离，条条彩带；茫然，不知所措，飘向灾难的终结，无依无靠，不停地四处飘落。（Paterson 8）③ 帕特森又变成

---

① Joel Conarros, *Williams Carlos Williams's Paterson*: *Language & Landscape*, University of Pennsylvania Press, 1970, p.25.

② W.C.Williams, *Paterson*, New York: New Directions, 1958, p.256.

③ 吴福恒主编：《外国著名文学家评传》（第 4 卷），济南：山东教育出版社 1990 年版，第 379 页。

山:"低低的山脉"似乎成了帕特森妻子,他的臂膀托抱着她,在《石谷边》沉睡。她的脚踝戴着珍珠踝链,她那庞大夸张的头发,缀满了一棵棵苹果树的花朵,花香四处飘逸。(Paterson 8)① 身份上,帕特森变化多端:开始是诗人,医生,帕特森凭诗人的敏锐和医生的精细发现"帕特森"城市弊端:男女私情令"他"作呕,他找不到慰藉;寻找美,"他"又落空,图书馆珍藏的东西都是无情历史,无关现在和将来。他高呼:

> 我做了些什么?
> 使那些,那些海的蛆虫相信?
> 他们习惯于死亡
> 并为此欢庆……
> 谋杀。②

后来帕特森变成了"帕特森先生","已经离开,去休息和写作了。在公共汽车上,有人看见他的思想,时而坐着,时而站着。他的思想漫天飞舞,零零落落"。(Paterson 9)③ 诗的最后,蜿蜒的河水变回诗人自我。世间万物像河水一样流动变化,回归前行,永无止境,生活亦非如此。诗人游走于万千世界,呈现万千样态,帕特森集诗人、城市、人于一身,构筑了美国社会文化长卷,具有深刻象征意义。

---

① W.C.Williams, *Paterson*, New York: New Directions, 1958, p.310.
② W.C.Williams, *Paterson*, New York: New Directions, 1963, p.200.
③ W.C.Williams, *Paterson*, New York: New Directions, 1958, p.456.

第四节　E.E.卡明斯

E.E.卡明斯（E.E.Cummings，1894—1962），有人认为他是诗歌天才，有人认为他诗歌出风头。其诗歌并非新颖，他是一个无政府主义者、酒神享乐者。他盛赞自然美、爱情和性、爱人和孩子、乡下人和城市怪人，厌恶中产阶级自鸣得意，藐视战争和战争发动者、奸商、无知百姓和理性者。他成为现代诗人是其史无前例的表达方式——侧重语言听觉效果。其诗歌悦耳而非悦目，听卡明斯诗比看要好。古怪的语言是辅助手段，用来定时、强调和重读。为强调，卡明斯打破诗行或大写关键词，用标点符号表示高音，简言之，卡明斯把诗歌当成了文字游戏。

《野牛比尔玩完了》（"Buffalo Bill's Defunct"）是个范例，献给古怪但真诚的传奇牛仔比尔。连续方式是卡明斯诗歌特色，给人一种打印机打字的感觉。

野牛比尔
玩儿完了
　　他总是
骑匹溜光水滑的银色
　　　　种马
连崩一二三四五只鸽子什么的
　　　　　天呐
他是个英俊男人
　　　　我想要知道
你有多喜欢你这蓝眼睛的小子

死神先生①

卡明斯，著名牧师之子，出生于马萨诸塞州剑桥镇。1915年哈佛大学毕业，获学士学位，1916年获硕士学位。他去法国，当救护车司机，因其极端和平言论，他被法国当局扣押几个月，后去美军部队服役。卡明斯还绘画，在巴黎举行过画展。他还写了两部话剧：《他》（Him，1927）和《圣诞老人，一种道德》（Santa Claus, A Morality，1946）。

第五章 非裔美国现代文学

非裔美国人作为受压迫群体，有自身关注。现代主义作为文学创新，有助于黑人抗议社会不公正，增强创造新世界的希望。在20世纪20年代早期，许多非裔美国作家和画家、摄影家和音乐家来自美国各地，云集纽约哈勒姆：办杂志、出版文集，将其变成非裔美国人知识文化中心。该运动史称"哈勒姆文艺复兴"或"黑人文艺复兴"。

第一节 吉恩·图默

吉恩·图默（Jean Toomer，1894—1967），非裔美国诗人、小说家，一度被视为哈勒姆文艺复兴最有才华的作家，备受尊敬：他真实再现黑人生活，保持艺术家视野。

---

① [美]E.E.卡明斯：《卡明斯诗选》，邹仲之译，上海：上海译文出版社2016年版，第45页。

第五部分　美国现代主义文学（1914—1945）

　　图默生于华盛顿直辖区，人生多舛，一岁遭父亲遗弃。因其"种族身份地位"，他生活在"白人"与"黑人"之间：父亲是种植园农民，母亲是混血儿，图默皮肤白皙。成人后，他了解美国种族政策，称自己是美国人，而非其他种族。有人指控他否认黑人血统，他说他拥有多重血统，渐渐被人理解。他两任妻子都是白人，第一任妻子是清教作家安妮·布拉德斯特里特后人。他多数朋友是白人先锋派作家。

　　1923年，吉恩·图默出版《甘蔗》（Cane），一部混合体裁作品，非裔美国人立刻称他是自己人：作品展现图默黑人文化心理认同。20世纪20年代早期，图默定期向《危机》和《机会》等主要黑人杂志投稿，也向主要现代杂志《布鲁姆》（Broom）、《小评论》（The Little Review）、《两面派》（The Double Dealer）投稿。图默尝试风格创新：结合戏剧和随笔。舍伍德·安德森等众多作家赞美其作品。

　　《甘蔗》是吉恩·图默最重要的作品。该作品源于他1921年南方之行：偶遇非裔美国人地方文化激励他萌生找回身份的创作冲动。该书大获成功，他被称为非裔美国人文学先锋，新时代最有希望的作家。《甘蔗》分三部分，把南北方非裔美国人往返经历结合起来。第一部分包括6个南方妇女片段和12首诗，语言抒情、神秘、感性，描写南方黑人冲突和压力、种族压迫和经济困难；第二部分描述城市物质主义和工业荒原下的黑人精神死亡系列印象；第三部分呈现一个北方黑人如何在南方祖先那里发现身份。《甘蔗》经久不衰，展现了种族压迫下黑人文化内在力量和美丽。

　　1922年至1929年，图默尝试用印象主义技巧创作几部话剧，但自1924年起，他开始追随俄罗斯神秘人物乔治·葛吉夫（George Gurdjieff），相信"宇宙意识"统一论。其作品不再涉及黑人经历，不具备《甘蔗》特质。最后作品是长诗《黑色子午线》（"The Black

Meridian"),他也像惠特曼一样,庆祝美国各种族、信仰和宗教的大家庭。

第二节　兰斯顿·休斯

兰斯顿·休斯(Langston Hughes,1902—1967),美国哈莱姆文艺复兴主要作家,20世纪最具创新、最高产黑人作家之一,最著名非裔美国诗人。1926年至1967年出版19部诗集、2部长篇小说、10多部戏剧等,影响很大。他创造的哈莱姆人物杰西·B.简单(Jess B. Simple),简称"简单",家喻户晓,经久不衰。

兰斯顿·休斯生于密苏里州乔普林市,童年到处漂泊:克利夫兰水牛城、堪萨斯劳伦斯、新墨西哥城、托皮卡、科罗拉多斯普林斯和堪萨斯城。黑人不能进影院,不能进基督教青年会(Y.M.C.A)游泳。二十几岁,他去非洲、荷兰、巴黎、热那亚多地旅游。兰斯顿·休斯一生最重要的是他发现哈莱姆这个"黑人"作家文化和文学群。

休斯钻研黑人语言和音乐,黑人遗产成为其风格和视角基础。其诗歌混合自由诗、韵律诗、方言和散文,还有爵士乐——布鲁斯、比波普和说唱。

休斯自豪于自己是黑人,作为一个黑人作家信心满满。他主张黑人作家不要忘本,要绝对诚实地描写黑人经历,不要取悦他人。休斯采用全新非裔美国人风格,表达黑人的快乐和美丽,表现黑人痛苦,展示如何将痛苦转化为美好,如何从更广阔的视角展现黑人悠久历史文化。其诗歌具有特定文化性和政治性,他把种族压迫精练成隐喻,诗歌令人难忘。兹举两例:

《黑人谈河流》("The Negro Speaks of Rivers",1921)中"我"代表全体黑人;"我"把黑人和密西西比、新奥尔良、亚伯拉罕·林肯领导的废奴运动联系起来；"我"也回忆起他"晨曦时沐浴的幼发拉底河"、架起小屋的刚果河、瞭望的尼罗河，以示黑人文化丰富性。该诗朗读起来具有合唱感。

《哈莱姆》（"Harlem"）颇具社会和文化内涵，抗议美国社会不公正。诗连续六个提问：第一问题乃假设，最后是后果，尖锐深刻。

> 梦被推迟会发生什么？
> 它会像太阳下的葡萄
> 晒得焦干？
> 像块疮——
> 化脓腐烂？
> 像块腐肉发出恶臭？
> 像块腻人的甜点——
> 结了硬壳裹了糖？
>
> 也许它只像副重担
> 把人压垮。
>
> 或许它会爆炸？①

这些意象不同，四个是食物，一个不能吃，一个是疾病。但恰恰是不同意象产生特殊效力：这副重担会"把人压垮"，以示抗议。

---

① [美] 兰斯顿·休斯：《兰斯顿·休斯诗选》，邹仲之译，上海：上海译文出版社2018年版，第306页。

《号手》("Trumpet Player")把种族记忆和权利被剥夺的痛苦转换成金子;《黑女孩之歌》抗议一个黑人小伙在废除蓄奴制的南方,被用私刑吊死在一棵大树上。诗歌以黑人女孩口吻,抒发失去恋人的痛苦。

第三节 佐拉·尼尔·赫斯顿

佐拉·尼尔·赫斯顿(Zora Neale Hurston,1891—1960),美国哈莱姆文艺复兴主要人物,非裔美国小说家,侧重收集黑人民间文化。她人生初期和晚期生活在佛罗里达州伊顿维尔,那里提供给她创作素材,包括代表作《他们眼望上苍》(*Their Eyes Were Watching God*,1937)。小时家庭贫困辍学,她跟随乐队四处流浪,后来当仆人、图书管理员、兼职教师和记者,1960年去世,死于佛罗里达皮尔斯堡一家福利院,朋友们募集零钱,草草下葬,赫斯顿墓地孤零零地躺在那里。黑人女作家艾丽斯·沃克朝圣皮尔斯堡竖起纪念碑。

童年艰难,死亡孤独,但20世纪20至40年代,她生活相当充实,乃"哈哈莱姆文艺复兴"主要人物。1918年她进入霍华德大学开始创作,后进入巴纳德学院,获奖学金继续写作,并对人类学感兴趣。毕业后她与哥伦比亚大学杰出人类学家弗朗兹·博厄斯时常联系。1928至1931年期间,她收集南方民间传说。1935年《骡与人》(*Mules and Men*)出版,讲述南方伏都教(voodoo)人文历史。1937和1938年,她两次获古根海姆研究金,去牙买加、海地和百慕大考察黑人文化。1942年自传《风尘仆仆》(*Dust Tracks on a Road*)出版。虽人生最后20年声望衰落,但死后声望日盛:毕竟她是在黑人最艰难时期、三K党猖獗之时,成为最杰出的黑人作家。艾丽斯·沃克钦佩赫斯顿"幽默勇敢",她"热忱欣赏民族文化,鼓励了我们大家"。

赫斯顿描写南方黑人文化，强调黑人尊严、风俗习惯、语言和秩序，体现黑人世界观，显现黑人女性坚毅性格，许多作品使用地方语言。

《他们眼望上苍》讲述黑人女孩珍妮（Janie）探求自我认知过程。她第一个丈夫是富农，她的婚姻由祖母草率包办；第二个丈夫乔·斯塔克斯（Joe Starks）妒忌又霸道。即便她有钱，地位也提高了，也摆脱不了受他压迫；第三个丈夫是甜点心（Tea Cake），虽然只生活两年，但珍妮很满意，恰恰是这个婚姻使她独立。

赫斯顿长期被忽略，有些现代男性黑人作家讨厌她揭露黑人男权文化，但她此举是建立在亲身经历之上。

第四节 理查德·赖特

理查德·赖特（Richard Wright，1908—1960），非裔美国小说家、诗人和评论家，出生于密西西比州纳切兹贫困佃农家庭。赖特儿时，其父抛弃家庭，母亲中风瘫痪，赖特由亲属抚养，后被送进孤儿院。1925年到孟菲斯，边打工边写作。1927年到芝加哥，做搬运工、刷碗工、邮递员、人寿保险员等。赖特1937年到纽约，生活十年，感觉不如芝加哥。1947年他移居巴黎，1960年死于心脏病。

赖特用才能勇气抗争压迫，愈发认识黑人被压迫现状。他加入美国共产党，做记者；他认真阅读陀思妥耶夫斯基、康拉德和亨利·詹姆斯小说，学习写作技巧。他孜孜以求终于成功，第一部作品《土生子》（*Native Son*，1940）出版，名声大噪；1945年，重要小说《黑孩子》（*Black Boy*）出版。代表作《住在地下的人》（*Man Who Lived Underground*）激励黑人作家拉尔夫·艾里森创作了重要小说《看不见的人》（*Invisible Man*）。

《土生子》探索一个黑人男孩恐惧复杂的犯罪心理。别格·托马斯（Bigger Thomas）综合陀思妥耶夫斯基之《罪与罚》、德莱塞之《美国悲剧》以及赖特之城市虚无主义与贫困。小说分"恐惧""逃跑"和"命运"三部分。开始一只黑巨鼠溜进一家公寓，别格·托马斯"意外"杀死白人女孩玛丽·道尔顿，被逮捕。第三部分，别格的律师麦克斯把复杂案件放在社会背景下，法庭上为别格辩护，但别格还是难逃死刑。小说情节真实，达到了较高艺术境界，超越了意识形态局限。

《黑孩子》副标题是"童年和青年记录"，是赖特自传体小说，开始讲述赖特童年，以他离开南方开始，到北方结束。小说栩栩如生地讲述赖特在南方作为一个下层黑人青年的经历。赖特不避讳龌龊情节，真实叙述。

《住在地下的人》包含在短篇小说集《八个人》（*Eight Men*, 1961）中，小说模仿了陀思妥耶夫斯基之《地下笔记》（*Notes from Underground*）。亦如陀思妥耶夫斯基之地下人，赖特之地下人黑人弗雷德·丹尼尔斯（Fred Daniel）高度智慧，了解社会，但不能到社会上去，被迫躲在地下管道里：他被诬告杀人罪。从地下家中，他能窥视地上社会、家庭生活。地下非但没有限制他，反倒成为他研究社会不公正的视角：知晓自己在无情社会中只能隐姓埋名，看清人本性恶。这种认识给他勇气离开地下避难所，去"投案自首"。他意外得知真凶被捕，但他坚信自己有罪，坚持带警察到地下家中。正当他走过检修孔时，警察平静地朝他开枪。

理查德·赖特的小说成就使他成为非裔美国文学先锋、非裔美国现代小说主要人物。

第六部分

1945 年至 21 世纪多元化文学

第六部分　1945年至21世纪多元化文学

1945年至21世纪是美国当代文学时期，呈多元化态势，包括种族文学、后殖民主义文学和广泛意义之"后现代文学"。它分为两个时期：1945年至60年代和60年代后期。"二战"后，美国成为西方领袖，发起朝鲜战争和越南战争，冷战意识出现，核武阴云密布，1962年的古巴导弹危机增强了世界恐惧感。

冷战意识左右美国外交政策，造成美国国内政治恐怖。麦卡锡主义，即"红色恐怖"成为现代巫术审判，打击共产主义者，质疑"非美国人"，迫害艺术家作家；种族主义继续，种族隔离直到60年代才废除。

60年代起，美国掀起了声势浩大的民权运动、女权运动、反战示威、反种族歧视游行。这些为文学发展提供新能量、酝酿新思想、创造新条件，多种艺术形式出现："垮掉的一代"诗人吸收古代亚洲哲学等，创造流浪朝圣者形象，在传统社会边缘寻找美；新原型小说《看不见的人》《晃来晃去的人》等出现。

60至70年代，欧洲殖民统治结束，各国纷纷独立；90年代柏林墙被推倒，但冷战意识犹存，殖民主义照旧，后殖民主义文学出现。

自60年代起，大批移民涌入美国，提高了少数民族话语权，非裔美国文学、印第安文学、犹太文学、亚裔美国文学、拉美文学等成为美国文学重要组成部分。

当代美国文学也受到存在主义、后现代主义和解构主义影响。

存在主义哲学形成于20世纪上半叶，代表人物是海德格尔和加缪，萨特乃集大成者，影响了美国50至60年代作家。萨特存在主义三大原则是：首先，"存在先于本质"。"自我"存在，我不存在，其他皆不存在。第二，"世界荒谬，人生痛苦"。在资本主义异化社会里，人类冲突和抗争、丑恶与罪行尽皆荒谬，给人带来痛苦失望。第三，"自由选择"乃存在主义精髓。存在主义核心是自由，人有权利选择自由。若不能"自由选择"，人就失掉了个性，失去了"自我"，算不上真正的存在。萨特之存在主义成为后现代主义文学思想基础。"垮掉的一代"吸收了萨特存在主义。

后现代主义（后现代）有三种含义：

1. "后现代主义"是思维方式，出现在21世纪初，源自现代主义，但与现代主义相悖。现代主义导致资本主义膨胀，殖民主义、帝国主义、现代战争出现。

2. "后现代"即马克思所指资本主义晚期。马克思认为生产方式改变造成文化创造和思维改变。进入20世纪后半叶，资本主义经济全球化，文化商品化，文学、电影、媒体跨国界，流散文学出现。

3. 文学层面之"后现代主义"。后现代主义文学并非"断裂"，乃现代主义文学延续，突出"文本"灵活性和幽默性（罗兰·巴特或德里达），强调元小说，约翰·巴思和托马斯·品钦乃元小说范例。

"后现代主义"放弃了文学现实功能，形式荒诞，表现现实黑暗枯竭、渺茫空虚。文学依据虚拟技术，在托马斯·品钦《V. 1960》中，神秘女人变成机器被拆解；后现代主义者也描写个人被城市工业化毁掉，但仍坚守个人意识和风格。

后现代主义和现代主义区别与其说在写作风格上，倒不如说在文化文学态度上。后现代主义更反映主题真理，更多比喻幽默，更注重文本，强调读者与作者互动，多对话、多述行语、多开放式。

解构主义出现于60年代晚期，指德国、法国著名学者有关语言、文化、历史等论述，后被应用于文学创作，用于多民族文学和流散文学。

解构主义是一种分析，揭开结构"中心"并非终极真理。结构"中心"在西方文明中一直建构为两极（存在对不存在、善对恶、理性对非理性等），解构主义通过**排除**使读者理解解构如何使结构连贯，提供理解"真理"形成的具体方式：阅读如同写作，乃行为，关注文本结构，努力使各种文本互文化，展现文本不确定性，即**自由发挥**。德里达呼应尼采，指出柏拉图主义和基督教自我失去中心。在失去中心世界，我们需要自由发挥，摆脱真理奴役。

阅读和写作是一个多层、连续、无尽的意指过程，对此，德里达造出 differance（difference）一词，综合 differ（不同）和 defer（延迟）。意指不仅基于断言和差异，还延迟，不断变化。

后几十年美国文学多样性都可以用解构主义理解，但欣赏自由发挥小说不能忽视历史政治。全球化和后现代主义形势下，美国文学呈现文化政治差别性。

第一章 美国戏剧：三大戏剧家

20 世纪美国戏剧蓬勃发展，涌现了大批戏剧家。三位戏剧家——尤金·奥尼尔（Eugene O'Neill，1888—1953）、田纳西·威廉斯（Tennessee Williams，1911—1983）和阿瑟·米勒（Arther Miller，1915—2005）乃突出代表，其成就凸显美国戏剧宏大壮阔。

第一节 尤金·奥尼尔

尤金·奥尼尔是第一位闻名世界的美国戏剧家，四次获普利策奖，1936 年获诺贝尔文学奖。受易卜生（Ibsen）现实主义和斯特林堡（Strindberg）表现主义影响，奥尼尔戏剧兼具诗歌性和浪漫性，但在其有生之年，他被视为现实主义者，其话剧具有悲剧意义。他作多种尝试：给出异乎寻常的详尽的舞台说明，其表现主义扭曲现实，强化情感，突出象征主义。在《悲悼》（*Mourning Becomes Electra*，1931）三部曲中，他把19世纪的美国家庭冲突强加进索福克勒斯的《奥瑞斯提亚》（*Oresteia*），融古于今；他还给演员戴上面罩，演唱希腊合奏。然而在其后期自传话剧中，他表现出一种简洁的、未经阐释的现实主义。

奥尼尔戏剧以对人类生存的深刻理解为基础，展现广泛主题：持续性幻觉、证明自己存在的必要性、与更大目标结盟的愿望、酗酒和吸毒的破坏性后果、种族记忆的持续性、俄狄浦斯情节和人类永恒的悲剧困境。

奥尼尔之前，美国戏剧是下等行业，演出如同马戏动物表演，但在欧洲，易卜生、斯特林堡为代表的戏剧登上大雅之堂。1912年美国戏剧受欧洲影响，具有严肃性。1920年百老汇首次上演奥尼尔《天边外》（*Beyond the Horizon*，1920），连演111场，评价非常正面。五年间，奥尼尔之《琼斯皇》（*The Emperor Jones*，1920）、《安娜·克里斯蒂》（*Anna Christie*，1921）、《毛猿》（*The Hairy Ape*，1922）、《上帝儿女都有翅膀》（*All God's Children Got Wings*，1924）、《榆树下的欲望》（*Desire Under the Elms*，1924）在百老汇上演。奥尼尔革命化了美国戏剧，影响了其他戏剧家。

尤金·奥尼尔出生于百老汇演员家庭，父亲詹姆斯·奥尼尔是杰出演员，一生专演《基督山伯爵》主角。不断外出演戏致使妻子吸食吗啡，两个儿子酗酒。在自传《进入黑夜的漫长旅程》（*Long Day's Journey into Night*，1956）中，奥尼尔提到他在父亲演出剧院的尴尬。十几岁时，奥尼尔开始讨厌他父亲所代表的维多利亚剧院。1906年，他反叛、酗酒，被普林斯顿大学开除。后几年到洪都拉斯淘金、当水手,去布宜诺斯艾利斯捡贝壳,做康涅狄格报记者。1912 年,他神经衰弱,患肺炎住疗养院六个月。期间他阅读斯特林堡、易卜生、希腊悲剧,发誓成为"艺术家"。他还阅读了弗洛伊德、荣格作品,最重要的是尼采著作。他特别崇拜尼采,特别喜欢《悲剧的诞生》和《查拉图斯拉如是说》。

奥尼尔后期作品多回忆:《啊,荒野》(*Ah, Wilderness*, 1933),奥尼尔称之为"喜剧回忆",它讲述一个康涅狄格州青年在世纪之交的成长叛逆经历;《卖冰的人来了》(*The Iceman Cometh*, 1946)回忆了纽约的海边日子。获诺奖后,他隐居起来,写几部话剧,去世后出版。

《毛猿》中杨克·史密斯(Yank Smith)是远洋客轮司炉,对自己极为自豪,认为自己处于 20 世纪速度和力量中心。但一个工业家女儿骂他是毛猿,支撑他自豪和自尊之幻觉被打碎,杨克堕落,认为自己是动物,死在大猩猩拥抱下。

即便对话、人物和指代具有现实意义,但该剧主要是表现主义。表现主义试图表达主体的基本现实,而非重现纯粹的外观。实际上表现主义作品严重依赖扭曲的表象来传达现实本质,弗朗兹·卡夫卡(Franz Kafka)是表现主义典范。《毛猿》两处凸显表现主义:第一场,一群机器人走向第五大街,人群无视扬克,让他觉得自己是隐形人;第五场,被激怒的大猩猩代替扬克,成了他的替补。这两个时刻都表达一个可知的现实:在工业社会中人被异化。

作为表现主义话剧,《毛猿》抗议工业社会无人性和异化:世界污染越来越多、美感越来越少、异化越来越多、个性越来越少。船员就像运转机器,第五大街行人对穷人冷漠,杨克是反异化英雄:他在船上,在第五大街,在监狱里,在沃伯利斯的集会上都很自在。但谁是异化元凶?那才是话剧主旨。

代表作《进入黑夜的漫长旅程》是一部坦诚自传,詹姆斯·蒂龙（James Tyrone）一家几乎是奥尼尔家的化身。蒂龙家被大雾包围，象征无力与外界沟通，与世隔绝。威士忌和吗啡使他们自我袒露：母亲拒绝承担家庭责任而感到内疚，父亲为他的演员身份而感到绝望，大儿子放荡生活是对他母亲憎恨作出的反应，小儿子最后走入大雾寻找其和平。

第二节　田纳西·威廉斯

田纳西·威廉斯（Tennessee Williams，1911—1983）真名托马斯·拉尼尔·威廉斯（Thomas Lanier Williams），生于密西西比州哥伦布市。据说他读爱荷华大学时，同学知道他来自南方，但不记得是密西西比州还是田纳西州，此乃他改名说法之一。

田纳西·威廉斯是"二战"后最重要剧作家。同阿瑟·米勒一样，他将20世纪20年代表现主义和其他先锋派融合起来，完全个性化。他是地方剧作家：他用戏剧展现南方衰落文化下腐朽的贵族生活，他以意大利人和路易斯安那州克里奥尔白人等外国人为戏剧材料。其戏剧揭示一个社会过程：南方贵族种植园阶级随着南方经济衰落而解体，失去（内）战前活力，缺乏个性，腐败堕落，最后被掌控经济和价值体系之强大商业阶级吞噬。

然而地域主义只是田纳西·威廉斯真实一面，出于他对人类情感和危机的核心关注，其戏剧之社会功能通过更直接的主题展现出来：夸张之性激情又令人沮丧。在其重要戏剧中，无节制性行为源于性变态、神经症和歇斯底里症。借此，威廉斯揭示心理力量与人格力量之间的冲突。若说威廉斯戏剧是心理剧，它们并非总是弗洛伊德层面。相反，威廉斯更像D.H.劳伦斯：其人物遵循"血液本能"，即快乐和满足（《欲望号街车》中斯坦利和丝黛拉）；这种本能被否定或误导，他们就会不快乐和神经症（上剧中的布兰奇）。

威廉斯似乎是自然主义者,他创造了一些最肮脏环境下最堕落的人物。这些看似真实的戏剧给他带来一丝幻想和童话气息,但他又与人物保持距离。威廉斯拒绝传统现实主义原则,他主张真理、生命或现实均为有机体,只能通过变形而非表面才能真实表达主题。

《玻璃动物园》(*The Glass Menagerie*,1945)是"记忆戏剧",采用断代史形式,演员回忆评述早年生活。年轻人汤姆·温菲尔德(Tom Wingfiled)很痛苦,做过库房管理员,当过水手。他回忆寡妇妈妈,阿曼达·温菲尔德(Amanda Wingfiled)一贫如洗,但她常回想年轻时她是南方美女,追求者如云。阿曼达把上流社会生活方式强加于孩子汤姆和罗拉,最后把汤姆赶下海,也毁掉了罗拉,罗拉像动物园玻璃一样脆弱。

汤姆姐姐罗拉·温菲尔德脾气暴躁,缺乏魅力,躲进脏兮兮的圣·路易斯公寓"动物园"里,每次试图面对现实都成空。汤姆在鞋厂做库管员,他反叛,痛恨妈妈。一天,汤姆邀请一个工友来家吃饭,阿曼达得知来人是罗拉追求者,便紧张兴奋。罗拉中学时就暗恋工友吉姆·奥柯纳,但吉姆告诉她他已经订婚,要结婚了。吉姆离开后,阿曼达狠狠埋怨汤姆。汤姆盛怒出走,当了水手,但他因丢下姐姐而懊悔。

戏剧从汤姆小时当艺术家开始,他回忆道:与其成为一个艺术家,倒不如说是逃犯,其过去体验告诉他成为艺术家多艰难。《玻璃动物园》是田纳西·威廉斯自传,以1935至1936年间家庭生活为背景,这是威廉斯企图成为艺术家梦想的写照。

《欲望号街车》(*A Streetcar Named Desire*,1947)展示了威廉斯戏剧多主题性、多风格性。戏剧背景是新奥尔良克里奥尔区伊利西亚·菲尔德一条破旧街道。布兰奇·杜波依斯(Blanche DuBois)生于一个南方没落种植园家庭,到妹妹丝黛拉(Stells)家长住。丝黛拉丈夫是斯坦利·科尔瓦斯基（Stanley Kowalski），行伍出身工人。他粗鲁暴力、追求物质，对布兰奇礼仪不屑一顾。布兰奇穷困潦倒，但还怀揣破碎梦想和绚烂过去，假装优雅，讨厌妹妹家；很快她就神经质、酗酒，变成色情狂，最后遭斯坦利强奸、被送进疯人院。

《欲望号街车》穿插其他主题，使解读和演出更具挑战性。(1) 以布兰奇和丝黛拉为代表之南方贵族的衰落，完败于以斯坦利为代表的北方工业阶级；(2) 布兰奇性挫折导致的歇斯底里与斯坦利和丝黛拉健康的性关系形成鲜明对比；(3) 历史和个人层面的失落感。

第三节　阿瑟·米勒

阿瑟·米勒（Arther Miller，1915—2005）及其《推销员之死》(*Death of a Salesman*, 1949) 为中国人熟悉。1983 年春，米勒在北京指导北京人艺演出中文版《推销员之死》。后来，米勒写作《销售员在北京》(*Salesman in Beijing*)，介绍北京之行：是出乎意料的神奇，我创作既非美国人亦非中国人作品，乃话剧本身——非国家性，乃人类性。

阿瑟·米勒出生纽约，父亲是奥地利富有企业家，1929 年经济危机中破产。米勒中学毕业后，在一家汽车零部件库房打工，一周 15 美元。攒足钱后，他去密歇根大学读书，开始创作，两次获奖。毕业后，他回到纽约，一度写广播稿。1947 年《我的儿子们》(*All My Sons*) 一举成名。《推销员之死》获普利策奖、戏剧批评家奖，大获成功，连续在百老汇上演，全国巡回演出。

1953 年《萨勒姆女巫》(*The Crucible*) 引发争议，涉及 17 世纪萨勒姆女巫审判案，影射 50 年代麦卡锡之反共产主义。1956 年米勒被带到"非美调查委员会"，质询其政治观点。1957 年他拒绝交出所谓左翼活动分子名单被判刑，第一次婚姻失败。米勒又娶玛丽莲·梦露，这场婚姻维持五年，二人离婚，1962年梦露神秘自杀。1964年，反映米勒私人和政治生活的《堕落之后》（*After the Fall*）（半自传戏剧）上演。

米勒戏剧使用方言，人物普通，常被视为现实主义戏剧家，但戏剧多为表现主义：时空流动、布莱希特（Brecht）"离间效果"、奥尼尔式（O'Neill）心理分析。这些手法在米勒时代已经习以为常，被观众接受。作为戏剧家，米勒成功把先锋派引入大众戏剧。

米勒多数戏剧反映美国中产阶级家庭冲突，聚焦父子关系，如《我的儿子们》和《推销员之死》；或父亲和继女紧张关系，如《桥头眺望》（*A View from the Bridge*，1955）。其戏剧涉及两个主题：一个是实现物质财富之美国梦，这个梦变成神经质的痴迷，毁掉了琼·凯乐（《我的儿子们》）和威利·洛曼（《推销员之死》）；另一个是《桥头眺望》中清教社会下性压抑导致的性扭曲。米勒戏剧看似简单，实则极为复杂：融合现实主义和表现主义，情感与种族关怀。《推销员之死》和《萨勒姆女巫》具有代表性。

《推销员之死》中威利·洛曼是"下等人"，甚至粗俗，性格缺陷遭致灾难，但唤起现代人极大同情。

故事发生在威利·洛曼家、院子、纽约和波士顿。场景轮换，观众游走于不同时空，不时进入威利大脑。威利六旬，意识到梦难成真，精神恍惚不定，常回忆过去：本（Ben）叔叔幻象萦绕眼前，本叔叔快速致富是威利实现美国梦的榜样，在其心中占有重要位置。戏剧倒叙把观众带回到多年前。

年轻的威利是成功的推销员，但他感到身心疲惫，毫无成就感，总以为人生失败。他误信：销售员有魅力、衣着得体、有良好"人脉"，就会拥有一切，能赢得尊严。但他可望不可即，是痴心妄想：销售员不是创新工作，反倒会让创造力枯竭。最后他既没赢得尊严也没快速致富，他对他儿子说："我脑海里没留下一个故事。"威利自杀原因有多种：为生活奋斗和做推销员装模作样使他精疲力竭，使他失败绝望，梦想破碎，而最大打击就是他效力36年的公司把他解雇了。他自杀能给家人留下2万元人寿保险金。米勒尖刻讽刺威利：他献出了生命，销售了自己，证明没有浪费生命！

威利悲剧除使他陷入困境和异化之资本主义制度外，还来自家庭：他模仿卖笛子的父亲，模仿去非洲、阿拉斯加发大财的叔叔。他规划销售蓝图，意欲把成功梦留给儿子比夫（Biff）和哈皮（Happy）。令人讽刺的是其追求梦想招致他们失败：哈皮生活单调乏味，比夫成了流浪汉和小罪犯。威利更喜欢比夫，但他向比夫灌输问题哲学，毁了比夫人生。比夫说：他一事无成，因为威利成天吹得他头昏脑涨。他不宁唯是，不知道该听谁。

《萨勒姆女巫》取材于1692年马萨诸塞州萨勒姆镇发生的"逐巫案"。17世纪，清教主义统治下的萨勒姆镇严禁任何娱乐活动。正值豆蔻年华的青春少女们在充满灵性、生机盎然的森林狂欢跳舞，裸体奔跑。在女奴蒂图巴的巫毒术下，她们说出心仪男孩姓名，许愿能跟他们一起跳舞。阿碧格·威廉姆斯（Abigail Williams）爱上昔日雇主约翰·普罗克托（John Proctor），并和他发生关系，但被罗克托妻子伊丽莎白发现，阿碧格被解雇。阿碧格怀恨在心，让女奴蒂图巴诅咒伊丽莎白死亡，并取代她和普罗克托一起生活。这时牧师帕里斯循声来到森林，认为有人在搞巫术，但不知道具体何人。惊恐中，帕里斯女儿贝蒂被吓得昏迷不醒，还有帕特曼家女儿，一时村民陷入巫术惊恐不安之中。帕里斯牧师请来"逐巫"高手赫尔牧师来此调查。随着逐巫行动失控，阿碧格诬陷伊丽莎白，将其投入狱中。普罗克托为解救妻子，当众祖露自己与阿碧格奸情，阿碧格甚至指控普罗克托也参与了巫术案。约翰·普罗克托在狱中关押几个月后，写下了所谓的巫术案坦白书，后被处死。

米勒以古讽今，抗议当时压抑气氛和政治迫害，展示强权统治下人心危殆、人性沉沦、人性泯灭，讴歌了约翰·普罗克托为维护正义和良心、勇敢面对死亡的大无畏精神。

第二章 1945年至60年代主要小说家

"二战"结束至60年代是美国后现代主义文学时期，美国文学呈现地方主义特征。哈莱姆文艺复兴扩展至整个非裔文化，拉尔夫·埃利森（Ralph Ellison，1914—1994）、詹姆斯·鲍德温（James Baldwin，1924—1987）乃代表作家。埃利森《看不见的人》(*Invisible Man*，1952)成为美国文学史诗之作，鲍德温短篇小说精美，政治性强。

20世纪60年代，美国出现"南方文艺复兴"，弗兰纳里·奥康纳（Flannery O'Connor，1925—1964）和尤多拉·韦尔蒂（Eudora Welty，1909—2001）乃代表作家。这种地方主义经受现代主义洗礼，不同于内战后之怀旧地方文化。新地方主义艺术性更广、社会价值更高，福克纳乃集大成者，他说：一枚本土小邮票就值得一写，耗尽一生也写不完。

60年代，美国犹太文学兴起：索尔·贝娄（Saul Bellow，1915—2005）和伯纳德·马拉默德（Bernard Malamud，1914—1986）等开启了美国犹太文学新篇章，超越国界和文化，作品在风格和思想上紧密联系欧洲存在主义和现代主义，创造现代神话。

50年代美国成为世界头号军事强国，但美国还未从"二战"创伤中恢复过来，"黑色幽默"文学出现。J.D.塞林格（J.D.Salinger，1919—2010）之《麦田守望者》(*The Watcher in the Rye*，1951)讽刺天真愿望与现状之间矛盾；约瑟夫·海勒（Joseph Heller，1923—

1999）之《第二十二条军规》（*Catch-22*）描写战争荒原和战争疯狂意识，乃"黑色幽默"代表作。1964年民权运动爆发，继而妇女解放运动。该期间美国文学呈多元化态势。

第一节　拉尔夫·艾里森

　　拉尔夫·艾里森是当代著名非裔美国作家、评论家，《看不见的人》堪称美国文学史诗之作。他耗尽40年心血完成《六月庆典》（*Juneteenth*，1999）。《看不见的人》获美国国家图书奖，十年后，批评家杰克·路德维格（Jack Ludwig）写道：他也许是他那时代最活跃的小说天才，也许和福克纳、麦尔维尔和马克·吐温一起，成为美国文学史上最伟大的作家。1965年《图书周》民调推举该书是20年来最杰出小说。今天，《看不见的人》成为美国文学伟大经典，它根植于非裔美国文化，既代表非裔美国人，也代表美国白人，同时也是对20世纪人类生存状况高度中肯的评论。

　　《看不见的人》开宗明义，他是看不见的人，被人视而不见，以示抗议：

> 　　我是一个看不见的人，可我并不是缠磨着埃德加·爱伦·坡的那种幽灵，也不是你习以为常的好莱坞电影中虚无缥缈的幻影。我是一个具有实体的人，有血有肉，有骨骼有纤维组织——甚至可以说我还有头脑。请弄明白，别人看不见我，那只是因为人们对我不屑一顾。[1]

---

[1]　[美]拉尔夫·艾里森：《看不见的人》，任绍曾、张德中、黄云鹤、殷维本译，北京：外国文学出版社1984年版，第3页。

《看不见的人》模仿了前人之作，艾里森承认："看不见的人"乃陀思妥耶夫斯基小说《地下笔记》（1864）之"地下人"后裔，艾里森也模仿理查德·赖特《住在地下的人》（1942）。

像陀思妥耶夫斯基和赖特主人公一样，艾里森之看不见的人高度智慧，展现其从稚嫩到成熟的复杂人生。小说以20世纪早期非裔美国人领袖布克·T.华盛顿（Booker T. Washington）和W.E.B.杜波依斯（W.E.B.Dubois）为代表的两派争论为背景。华盛顿鼓吹：种族隔离下南方非裔美国人需要有职业技能和经济自由，方获得平等权；杜波依斯认为：缺乏基本政治权利，非裔美国人就会失去选举权、经济自由。艾里森最后嘲笑了布克·T.华盛顿的观点。

《看不见的人》"前言"介绍看不见的人的住所："分文不付地住进了专门租给白人的一所公寓，占了一段地下室。早在十九世纪这个地下室就已经封闭，被人遗忘了。"[①] 他与其说找到了住所，倒不如说找到了一个洞，但他的洞温暖如春，光线充足。他点亮1369盏灯，免费使用"独营电灯电力公司"的电。因为"不论在什么情况下，暴风骤雨也好，洪水泛滥也好，我们都需要光，需要更充足的光，更明亮的光。真理就是光明，光明就是真理"[②]。有了灯光，"现在我可以看见东西了。我照亮了我那看不见的状态和黑暗，也显示了黑暗的看不见的状态……"[③]

[①] ［美］拉尔夫·艾里森：《看不见的人》，任绍曾、张德中、黄云鹤、殷维本译，北京：外国文学出版社1984年版，第5页。

[②] ［美］拉尔夫·艾里森：《看不见的人》，任绍曾、张德中、黄云鹤、殷维本译，北京：外国文学出版社1984年版，第7页。

[③] ［美］拉尔夫·艾里森：《看不见的人》，任绍曾、张德中、黄云鹤、殷维本译，北京：外国文学出版社1984年版，第14页。

看不见的人称"叫我杰克熊吧，因为我在冬眠"①。看不见的人有一台无线电唱机，他筹划要搞五台。没有音乐洞里显得死气沉沉。他可以进入音乐，和但丁一样沉浸在音乐深处。

小说中间部分描写主人公人生成长的几个阶段。社会对其存在视而不见，对其个性置若罔闻，他走上探索真理之路。看不见的人屡犯错误，历经挫折，汲取教训，获得智慧。其人生旅途分为两部分：南方（阿拉巴马州/乡村）和北方（纽约/城市）。以下名字是看不见的人主要人生经历的地方。

阿拉巴马州塔斯克基职业学院。学院主要人物是北方白人受委托人诺顿先生，和校长布莱索（Bledsoe），非裔美国人。看不见的人在此读书（该校也是艾里森1933至1936年上学的学校，1936年他去纽约，结识兰斯顿·休斯和理查德·赖特）。看不见的人在校听从诺顿先生和布莱索，意识不到学校制度意在消除黑人权利，该校隐约体现布克·T.华盛顿哲学观。华盛顿乃南方非裔美国人领袖，鼓吹非裔美国人可以在南方种族隔离制度下不采取反对种族歧视制度的政治行动，他们就能获得成功。但他忽略了一个事实：没有基本政治权利，黑人没有基本尊严，更甭提经济自由了。为实现其政治主张，华盛顿给黑人建立了塔斯克基职业学院，提供职业培训。布莱索接受这种哲学，与诺顿先生沆瀣一气，对像看不见的人一样的黑人青年极尽欺骗。看不见的人请他写推荐信，以便看不见的人能去纽约工作。布莱索竟然写信给白人同伙，谴责看不见的人。

自由油漆厂。自由油漆厂是看不见的人第一个工作地，体现种族压迫，凸显"白人"意识形态。工厂标语——"使用自由牌油漆，可保持美国清洁"嘲笑美国"自由"。"光学白"油漆出名，是

---

① ［美］拉尔夫·艾里森：《看不见的人》，任绍曾、张德中、黄云鹤、殷维本译，北京：外国文学出版社1984年版，第6页。

把黑色液体与白色油漆混合，造出灰白色，象征黑与白、看得见与看不见。看不见的人造不出这样白色，向黑人油漆工卢修斯·布罗克韦要配方。在与卢修斯争吵中，熔炉爆炸。看不见的人醒来，发现自己躺在工厂医院里，经历了这次种族压迫，他开始清醒。

兄弟会。看不见的人被兄弟会录用，在哈勒姆工作。

他自以为找到了正确道路，但兄弟会宁愿放弃哈莱姆政治社会需要，牺牲团体利益，服从所谓"客观历史规律"。看不见的人称制度太严，脱离该组织。

看不见的人去地下，既对兄弟会失望，也被拉丝毁灭者（Ras the Destroyer）逼迫。后者鼓吹：非裔美国人一中心论或针对种族主义采取独立方式。看不见的人在多人正面影响下成长成熟："黄金日"之人、保姆玛丽·兰博、反对兄弟会而被杀害之托德·克利夫顿等。

小说"尾声"与"前言"相呼应，最后看不见的人业已成熟，了解了美国社会，知晓通向自由的正确之路，考虑前瞻性问题：超越个人和文化历史，多角度设计未来。

《六月庆典》到艾里森去世仍未完成，其遗孀范妮请约翰·F. 克拉汉教授帮忙，找出该书开头，中间和结尾，小说出版。

小说开始于20世纪50年代，参议员亚当·桑瑞德（Adam Sunraider）在参议院演讲时遭枪击重伤，生命垂危。出乎所有人意料，桑瑞德让人请来黑人牧师希克曼（Hickman）。床边两人单独交谈，打开尘封记忆：参议员原名布利斯（Bliss），由黑人牧师希克曼抚养，长大后他成为布道神童，四处行走，快乐布道。最后，希克曼和桑瑞德回忆过去的共同生活，明白了工作意义。最痛苦的回忆使他们重新发现血缘和种族秘密很重要。

《六月庆典》包括丰富黑人文化遗产：语言源自非洲本土语、黑人教堂应答声、爵士乐等。小说似乎强调一个真理：非裔美国人遗产已成为美国文化的一部分，此亦艾里森欲表达的观点。

第二节　詹姆斯·鲍德温

詹姆斯·鲍德温是美国 20 世纪 50 年代杰出非裔美国作家。他视赖特为"精神之父",但既钦佩又反对,直到 60 年代赖特去世,鲍德温才摆脱第二个父亲。

鲍德温参与了 50 和 60 年代社会运动,以亲身经历记录下黑人不公正、反分离主义、黑人自我认知和基督教博爱。医治创伤是鲍德温的中心主题,他乃同性恋者,深刻理解被社会边缘化之痛楚,从偏见与被压迫中发出坚定声音。这种声音受到美国公众欢迎,鲍德温也成为名人。

鲍德温既是出色小说家,也是出色散文家。最著名小说《向苍天呼吁》(*Go Tell It on the Mountain*,1953)巧夺天工,既体现社会关注,也蕴含现代美学。短篇小说集《去见那个男人》(*Going to Meet the Man*,1965)内含精品:《桑尼的蓝调》("Sonny's Blues")、《来自荒野》("Come Out the Wilderness")、《传宗接代》("The Man Child")等。最著名散文《下一次将是烈火》("The Fire Next Time",1963)引发强烈反响,特别是白人,直接影响到民权立法。

鲍德温小说激情奔放、精细入微、结构紧凑、层次分明、意义深刻。他创造之心理过程成为一面文化镜子,引发社会强烈共鸣。鲍德温把角色暴露在强烈聚光灯下,尽管人物背景龌龊,但也会熠熠生辉。

《向苍天呼吁》给人印象深刻,主线是约翰·格兰姆斯(John Grimes)皈依基督教的过程,小说开始于约翰 14 岁生日早上,晚上他就基督转世了。小说分三部分:第一部分"礼拜日"介绍 1935 年春孩子和家人在哈莱姆火浸礼教堂洗礼。第二部分"圣徒们的祈祷"

是倒叙,讲述弗洛伦斯姑姑、伊丽莎白、继父加布里埃尔的生活和深刻思想。约翰是私生子,生父是伊丽莎白情人,被冤枉逮捕,遭警察毒打自杀。加布里埃尔失去妻子、情妇和儿子,娶了伊丽莎白,视约翰为己出。第三部分"打谷场",完成了皈依。约翰躺在神坛前,弗洛伊德似碎梦在脑海闪过。小说结尾暗示传统基督教对黑人约翰来说还不够,传统颜色象征都错误:黑色象征邪恶,约翰喊道:"洗我……洗得比雪还白。"

《桑尼的蓝调》记录美国城市黑人的痛苦和斗争。兄弟分离,爱的纽带和欣赏黑人音乐使他们走到一起。小说开始,哥哥和中学算术老师看报纸,得知弟弟桑尼遭涉毒指控,被逮捕。兄弟多年未见,哥哥深感内疚。女儿格丽斯去世驱使他给狱中弟弟写信。桑尼出狱后兄弟相聚,弄清楚了分开的原因:他们的人生道路选择不同,哥哥疏离了弟弟,也疏离了黑人文化和音乐。桑尼解决生活痛苦时求助于错误方式——毒品。兄弟相聚领悟了音乐能治疗疾病。黑人音乐凝聚精神和福音、爵士和布鲁斯,发出生活烦恼怒吼,划破天空,令人恐惧,也有胜利感,能战胜生活痛苦。小说也是探索人类精神追求、战胜生活痛苦的永恒故事。鲍德温的美学与尼采在《悲剧的诞生》中的美学吻合:艺术是酒神与阿波罗神的有机结合。

长篇散文《下一次将是烈火》是两封长信:"我的地牢在震动:解放一百周年纪念日,寄给我侄子的信"和"十字架之下:来自我脑海中某个区域的信"。第一封信鲍德温告诉侄子詹姆斯:在通向个人启蒙与拯救道路上,白人很少有机会了解或爱其他种族的人。他建议侄子利用自己成长过程中获得的爱,帮助白人了解其优越感是多么狭隘。爱在各民族解放中至关重要。第二封信细化了第一封信观点。鲍德温个人经历表明:面对严酷现实,基督教和伊斯兰教都不能满足人民需要,黑人和白人必须战胜种族差异,聚焦当下美国人共同现状。

第三节　弗兰纳里·奥康纳

弗兰纳里·奥康纳是美国著名小说家，出生于乔治亚州萨瓦纳。其小说与南方虔诚新教密不可分。弗兰纳里·奥康纳是南方作家，她用南方方言传达其宗教观：达到圣洁必须经历大罪恶，恐怖和暴力不妨是好手段。

奥康纳使用南方语言相当微妙，她没有明显使用南方方言，而是通过选择角色使用的词语和词语顺序来传达南方人声音。角色怪诞，奥康纳延续舍伍德·安德森怪诞文学传统，但其人物怪诞有限，也没有安德森"扭曲的苹果"那么"可爱"：他们或呆板体面，或邪恶世俗，或真正撒旦；奥康纳很喜欢南方的陈词滥调，它们最能表现人物思想，描绘出人物滑稽又令人信服的道德面貌。她通过夸大暴力和荒诞行为，来虚构或寓言化撒旦邪恶，达到她所渴望的善之光。有基督教情怀小说家会发现现代生活令其反感扭曲，其职责就是将这些习以为常之扭曲呈现于观众面前，令观众接受。观众同小说家观点持同，他用正常方式与之沟通；反之，小说家就竭力震惊观众——向他喊叫，对失明者她画硕大人像，叫他们惊醒。

《智雪》(*Wise Blood*, 1952)是奥康纳长篇处女作，聚焦黑兹尔·莫茨 (Hazel Motes)。"Motes"意为尘埃，使人视力模糊 (hazy, 对应 Hazel)，喻指精神伤害。黑兹尔失去信仰，尽力躲避"衣衫褴褛的野人"耶稣，从家乡田纳西州搬到托金汉姆 (Taulkinham)，在没有基督的教堂传教。"教堂祥和而惬意"，讽刺矛头直指当代沾沾自喜的世俗教会。黑兹尔经过一系列暴力事件、自残走向和平；经过亵渎神灵、奸污和杀人追求真理。与竞争对手福音传播者相比，他弄瞎双眼，黑暗中面对上帝。他拒绝基督和基督教，但讽刺的是他像基督，上帝好像也不拒绝他。他屈从万能上帝，将石头和碎玻璃放进鞋里，睡觉胸前缠绕铁丝网，颇像中世纪天主教苦修者。天使中途伪装成公路巡逻兵，把黑兹尔"高高的老鼠色汽车"推进沟里，毁掉了他没有基督的教堂。黑兹尔在黑暗中支撑着，死时胸前出现一束光。

《乡下好人》（"Good Country People"）是个低级笑话，也是寓言故事，从宗教或精神上讽刺霍普威尔太太（Mrs. Hopewell）和她的跛足女儿乔伊·哈尔加（Joy Hulga，哲学博士，一只木腿）。魔鬼曼利·指针（Manly Pointer）化身成一个年轻人，卖《圣经》，来到霍普威尔太太和32岁女儿的家。不论是母亲的善心还是女儿理性物质主义都没能识破曼利的邪恶。曼利狡猾地说服乔伊·哈尔加拿掉木腿（象征精神依靠），把它放到手提箱里，他消失了。乔伊在遥远的干草棚里无助等待，备受羞辱。乔伊·哈尔加此前傲慢，不信上帝。其经历验证了弗兰纳里·奥康纳的主题：救赎只有经过大灾大难，人们才能有所领悟。

第四节　尤多拉·韦尔蒂

尤多拉·韦尔蒂是美国著名女作家，在自传《作家起步时》（*One Writer's Beginnings*，1984）中她说：她是一名作家，出身于受保护家庭，受庇护的生活也可以勇敢，而勇敢又源于内心。韦尔蒂生于密西西比州杰克逊镇，美国大南部。历史上妇女处于庇护环境，恰是这种"庇护生活"形成其性格与思想，正是在思想和心理潜流的交替中，我们发现了人物"严肃的大胆"。

韦尔蒂终生独立于政治之外，虽然她是威廉·福克纳近邻，但她并非福克纳似的"地方主义者"。第一，她没有福克纳那样强烈的南方祖先意识：母亲来自西弗吉尼亚州，父亲来自俄亥俄州。第二，她不像福克纳那样，对内战及其遗产有情感依恋。

表面上，她简单描述南方中产阶级风俗习惯：他们如何坚守旧的生活方式，拒绝改变。她写作技巧高超，能让读者洞悉南方社会及其问题。她写过几部小说，但正是其短篇小说艺术成就使她成为文学大师。其短篇小说中的喜怒哀乐、讽刺和回首往事，描绘出与世隔绝之南方生活世界。更重要的是，她用女性的敏感洞察力，将看似虚无之人类境况戏剧化。下面三篇小说可以管窥尤多拉·韦尔蒂的小说艺术。

《回忆》（"A Memory"）讲述一个成年妇女海边回忆往事：正值青春，"梦见"初恋情人，但梦被一家游泳者打断。叙述者现已成年，往昔情景历历在目，初恋绝非寻常，亦非"心血来潮"：初恋对象是班级同学，只一次接触，还是在上学楼梯上，意外碰碰手腕。然而在梦中，她感受到了外界"保护"。女孩沙滩上用手指画画，一家游泳者闯入画中，嘈杂喧闹，人也难看。一个胖女人掀起泳衣前身，把沙子倒进图画，女孩感到"极其恐惧"。游泳者和女孩梦想并列，成人和孩子的二元性，对叙述者遥远的讽刺，这种叙事方法为韦尔蒂作品所常见。

《石化人》（"Pertrified Man"）凸显了韦尔蒂之"严肃的大胆"："石化人"溜进了美容院。美容店老板利奥塔（Leota）正和女客户弗莱彻太太（Mrs Fletcher）、帕克太太（Mrs Pike）传播流言蜚语。帕克太太三岁孩子比利正在店里玩耍，意外发现石化人：加利福尼亚州强奸四名妇女的通缉犯。小说重心并非发现逃犯，而是谈话内容的龌龊与无人性：女人谈论性，特别是缺乏丈夫的性，丈夫"变成了石头"。由此揭开了利奥塔丈夫弗莱德、帕克先生和弗莱彻先生令人不寒而栗的事情。最后，比利这个没有被女人控制的"男人"，踢开利奥塔，破门而出。

《三角洲婚礼》（*Delta Wedding*，1946）描写费尔柴尔德（Fair-childs）家族的怪异南方习俗。费尔柴尔德家族住在密西西比州费尔柴尔德镇，靠近三角洲市。小说主要通过小女孩罗拉·麦克雷文（Laura McRaven）见闻，展现费尔柴尔德家族生活。她来自北方杰克逊镇，母亲死后，来到费尔柴尔德家，出席表姐达布尼·费尔柴尔德和特洛伊·费莱文婚礼。费尔柴尔德家族彼此争吵，但一致对外。结婚进入该家族成员必须接受其生活方式，否则就被踢出。巨大古宅生活着姐妹、姑姑、堂兄弟、许多黑人和早熟的孩子们。件件事情揭开了家族怪异：例如家族接受特洛伊，前提是新娘达布尼要像从前一样，住在家族里，不许到丈夫家去。

第五节　索尔·贝娄

　　索尔·贝娄是"二战"后美国领袖级小说家，出生于魁北克省俄国—犹太家庭，成长于蒙特利尔和芝加哥。贝娄学会意第绪语、英语和法语。写作是其真正职业，但其专业是人类学。到20世纪60年代，其小说成为美国文学重要标尺，1976年他获诺贝尔文学奖。

　　索尔·贝娄创作采用欧洲知识分子小说家传统，即巴尔扎克、狄更斯和托尔斯泰传统。这些大家范例在其小说中体现明显，但他代之以犹太故事和传奇。索尔·贝娄是犹太人，他铸就其犹太性，造就人类生存寓言；他更关注自由和爱情。对他而言，自由是生活给予和争取相互作用的结果，爱是身份和成就相互作用的结果。文学艺术在培育和交流文化和个人价值观上至关重要。他在诺贝尔获奖感言上侃侃而谈：只有艺术能穿透傲慢、激情、智慧和习惯壁垒——世界表面现实。还有另一种现实——真实的现实，没有艺术，我们无法洞悉。

　　贝娄小说人物或被连根拔起，或发现身处异境，变得无根。面对自己文化遗产，美国犹太人备感困扰——受城市大众挤压，他们奋力抗争，伸张人性和个性；即便斗争艰苦，甚至滑稽，他们仍坚守残存的尊严。

贝娄作品差异性彰显其才华多样性。早期作品《晃来晃去的人》(*Dangling Man*，1944) 讲述一个美国战争时期滑稽、尖酸的存在主义故事；《受害者》(*The Victims*，1947) 描述一个非犹太人和犹太人的寓言故事——一个仇视犹太人的研究个案。20 世纪 50 年代他潮涌般地出版叙述作品：《奥吉·马奇历险记》(*The Adventures of Augie March*，1953) 和《雨王汉德森》(*Henderson the Rain King*，1959)。前者是"发展的小说"：奥吉童年和青年在芝加哥，后到墨西哥，成年到巴黎，最后自己日思夜想的身份悬而未决；后者讲述美国百万富翁醉心于研究非洲神秘精神力量，呼风唤雨，成为王储。《抓住时机》(*Seize the Day*，1956) 是短篇精品，讲述人类遭遇错误和死亡。20 世纪 60 至 70 年代，贝娄的创作天赋喷薄而出：《赫索格》(*Herzog*，1964)、《赛姆勒先生的行星》(*Mr Sammler's Planet*，1970) 和《洪堡的礼物》(*Humboldt's Gift*，1975)。《赫索格》揭示了饱受爱情折磨的知识分子摩西·赫索格的精神生活；《赛姆勒先生的行星》被认为是贝娄最佳小说，带领读者走进大屠杀幸存者的内心世界：他还对地球未来忧心忡忡，焦虑不安；《洪堡的礼物》通过教授/作家查理·西特林的绝望故事，展现冯·洪堡·弗莱谢尔的悲剧人生。

1982 年出版之《院长的十二月》(*The Dean's December*) 讲述院长艾伯特·科尔德和罗马尼亚妻子去布加勒斯特看望奄奄一息的母亲的故事，院长对比了布加勒斯特和芝加哥城市生活景象。《更多的人死于心碎》(*More Die of Heartbreak*，1987) 由三十几岁肯尼斯·特拉克登贝格 (Kenneth Tractenberg) 俄国文学教授叙述，聚焦他和收集地衣的学生贝恩·克拉德 (Benn Grader) 之间有趣的故事：两人都爱上同一个女人，教授要娶非婚生孩子母亲，但她选择了虐待狂，教授徒劳无益；本恩娶了习惯奢侈生活的富家女，女人家还要依赖本恩，本恩还要满足她挥霍，他被逼逃到北极研究地衣。贝娄后期作品在色调和材料上似乎比较轻松，但他给美国文学带来宇宙观和国际观，对此，应该在流散文学框架下对他重新审视。这一点并没有得到文学界重视。

中篇小说《抓住时机》描述美国中年男人苦难挣扎的生活，形式简约，组织紧凑，充满悲伤。主人公汤姆·威廉（Tommy Wilhelm）失去销售员工作，与妻子孩子分居两处，还有个天主教情妇，但她又不嫁给他，他还做发财梦。骗子塔木金（Dr. Tamkin）医生把汤姆最后一点钱投入荒唐的期货交易，赔得一塌糊涂，然后逃之夭夭。汤姆身无分文，绝望中他向德高望重的医生父亲阿德勒求救，但父亲对他横加斥责。汤姆挣扎在生死边缘，祈祷上帝能帮他找到塔木金。他一边寻找，一边喋喋不休，梦呓般地自我清算，一头撞进黑暗冰冷的殡仪馆。里面响起音乐，看见棺椁里的陌生死人，汤姆以泪洗面，只能自我化解困境。

贯穿《抓住时机》全书的就是汤姆徒劳的喊声：救救我，救救我，我一事无成。汤姆令人怜悯，聚集错误："也许犯错误表达了他的生活目的，表达了他在这里的本质。"①

《赛姆勒先生的行星》以20世纪60年代的纽约上西区为背景，讲述70多岁的阿特·赛姆勒在纽约的三天经历：第一天，赛姆勒应朋友弗菲尔邀请，到哥伦比亚大学给学生做演讲，却遭到激进青年羞辱。回家途中，他在公交车上目睹黑人扒手再次扒窃。扒手认出他，尾随他来到公寓，把他逼到角落，掏出硕大生殖器和睾丸逼视赛姆勒，赛姆勒被彻底"征服"了。

---

① ［美］索尔·贝娄：《赛姆勒先生的行星》，汤永宽、主万译，北京：人民文学出版社2015年版，第6页。

惶恐的赛姆勒回到家中，发现床上放着《月亮上的生活》手稿，手稿乃出自印度访问学者高文达·拉尔博士。赛姆勒津津乐道读起来，忘记了方才的惊险。

第二天，赛姆勒去医院看望他的侄儿伊利亚·格鲁纳医生：颈部手术住院治疗。赛姆勒先生怀疑女儿苏拉偷窃了拉尔博士手稿，他四处寻找，终于在格鲁纳郊区别墅找到了她，但手稿被她锁到了市大中央车站的公共橱柜里。

第三天，赛姆勒去医院探望侄儿，却只见到一张空床：格鲁纳已经去世。小说最后，赛姆勒到太平间，面对死者，默默跟上帝说话。

小说中间穿插赛姆勒"二战"大屠杀凄惨回忆：集中营暗无天日的生活；被活埋的经历；妻子撒手人寰，他在陵墓中战战兢兢的日子。小说充满赛姆勒对人性、历史、宗教、人类过去与未来等重大问题的思索。

《赛姆勒先生的行星》主题思想是反思犹太种族历史创伤，如何修补历史创伤，如何在充满恐惧、罪愆、堕落、邪恶的美国社会生存下去。赛姆勒经历了"逃世"到"入世"过程。他看到黑人扒窃，去报案，要匡扶正义，但警察说：下次再说吧！警察的置若罔闻削弱了他惩奸除恶的决心。他选择了"逃世"：第一，他要撰写《赫伯特·乔治·威尔斯回忆录》。威尔斯是英国著名作家、记者，乃赛姆勒唯一走得较近的历史名人，撰写其回忆录乃赛姆勒缅怀往昔风华岁月。而战争夺取了他所有自豪的资本，留给他病态的身体和饱经创伤的心灵！第二，他要去月球，地球令他无尽失望：贪欲和战争造成地球满目疮痍，溃烂到不宜居住的程度，他不愿与这肮脏世界同流合污；月球有发展空间，人类尽可以开辟新天地，发掘新能源、种植农作物、建造宜居场所，他要一片人间净土。

但赛姆勒最后还是选择了"入世"，还得面对现实。第一，1967

年中东地区爆发六日战争,他以记者身份前去报道。他要弄清楚:为什么其他民族对犹太民族抱有成见,使得犹太民族与主流社会格格不入。第二,他与年轻人保持密切联系:他是大学生弗菲尔的良师益友,他是安吉拉和华尔斯的倾听者,他是女儿苏拉的精神支柱,他是侄女玛戈特的亲信,帮助她走出自我封闭世界。他成了犹太小团体核心,成了先知,成为犹太人的智慧开启者、前途引导者。

第六节 伯纳德·马拉默德

伯纳德·马拉默德是一位主要的美国犹太小说家,出生于纽约布鲁克林市。他创造的美国犹太人形象成为现代人斗争的象征,其作品神秘又具建设性。他在探索异化主题上接近卡夫卡,但卡夫卡小说人物倾向悲观,马拉默德更关注善良和道德,倾向救赎。

第一部小说《天赋》(*The Natural*,1952)再造一位棒球明星圣杯传奇。第二部小说《店员》(*The Assistant*,1957)以马拉默德孩童时代的悲伤贫穷的布鲁克林人为题材,涉及犹太主题。1966年出版的《修配工》(*The Fixer*)讲述一个俄国犹太工人被误判入狱,忍受折磨,坚定生活,体现犹太人坚忍不拔的意志,为此,马拉默德获普利策奖。马拉默德还出版《房客》(*The Tenants*,1971)和《杜宾的生活》(*Dubin's Lives*,1979)。他还创作精美短篇小说,同情犹太人生活,略带幽默。1983年出版了《伯纳德·马拉默德故事集》(*The Stories of Bernard Malamud*)。

《店员》讲述皈依基督教过程。弗兰克·阿尔派(Frank Alpine)在西海岸天主教孤儿院长大,来到纽约。最初犯罪,但渐渐走出邪恶,变成好犹太人。小说框架采用两部现代经典结构:乔伊斯之《尤利西斯》中斯蒂芬·迪达勒斯,一个迷失的天主教徒,寻找犹太精神之父的过程;陀思妥耶夫斯基之《罪与罚》中拉斯柯尔尼科夫杀死一个老太太，想办法救赎。弗兰克·阿尔派情感上很接近两人，两个文本构成了弗兰克皈依的基础。

《店员》故事背景是纽约一家破旧的小杂货店，老板是莫里斯·鲍勃（Morris Bober），年老多病，妻子伊达和 23 岁女儿海伦住在楼上。一天，弗兰克和沃德·米诺克进商店抢劫，看见沃德打倒莫里斯，弗兰克良心发现。为了赎罪，他摘掉面具，回到商店，当起店员。在坟墓般商店里，弗兰克工作两年，从莫里斯那里学到很多，与海伦相爱，也得到消极唠叨的伊达的认可。莫里斯病倒死去，葬礼当天，弗兰克走到坟墓棺材前，象征性完成了皈依。但小说结尾没有幸福希望，弗兰克努力送海伦上大学，结局含糊、不确定。

第七节　J.D. 塞林格

提及 J.D. 塞林格，人们就想起《麦田守望者》（*The Watcher in the Rye*，1951），他唯一一部长篇小说——广受好评，备受崇拜。他也写了十多本小说，但出名给他诸多烦恼，以至于他要求将其照片从小说中去掉。他对朋友说：我享受一小部分成功，大部分时间我感到忙乱、士气低落，他从公众视线消失。

《麦田守望者》体现年轻人焦躁不安情绪——天真时代消失，永不再回，外加核武威胁和粗俗现实困扰。塞林格用孩子原型表达这种复杂情感：孩子走出童贞，经历生理焦虑期，没走向正路，而走向败坏，像哈克·费恩一样四处闲逛，但比后者更成熟、不那么天真。

叙述者乃 17 岁中学生霍尔顿·考尔菲德（Holden Caulfield），一家私立学校学生，父母在纽约。霍尔顿许多青春期倾向正常，只是稍加夸张：他心地善良、老练难缠、高度敏感，但面对实际问题又不成熟，其人物性格成就了小说。

小说开始描写霍尔顿从加州疗养院精神康复出来,去年 12 月,在潘西中学(Pencey Prep.),除英语外,四科不及格;他不适合这所学校,他比其他男孩更敏感、更理想。他跑到纽约,一片茫然,不知所措,想回家又怕父母责备。他住进宾馆,但钱被电梯操作员和妓女骗走。纽约尝试不满意,他溜回家,看到十岁妹妹菲比。她很喜欢霍尔顿,但霍尔顿不爱她,他并非她心中的"恶棍"。他去看望唯一理解他的老师安托利尼,但他误解老师友谊为同性恋,把他吓跑了。第二天,他约定在博物馆见菲比,但她拿着手提箱来了,决心要跟他一起逃走。他被深深感动,和妹妹回家。

霍尔顿挑衅中使用延长独白,语句不连贯,神神秘秘,恰到好处。

第八节 约瑟夫·海勒

约瑟夫·海勒是美国当代最著名小说家之一,《第二十二条军规》是黑色幽默经典。海勒出生于纽约科尼岛,从小失去父亲,跟母亲和两个同母异父哥哥姐姐生活。虽处于 20 世纪 30 年代大萧条时期,他在关系亲密的犹太—意大利人社区中感到安全。1942 年,19 岁海勒应征加入美国空军。"二战"期间,他是 B-52 投弹手,该经历为他创作《第二十二条军规》提供了素材。

"第二十二条军规"("Catch-22")已经成为英语中"自相矛盾""荒谬""难以逾越障碍"的代名词。

《第二十二条军规》是反战小说,游走于幽默与恐怖之间:笑声不断,人物挫折不断;他要打破尴尬境况,但尽皆徒劳,毫无希望。

主人公约翰·尤索林上尉(Captain John Yossarian)是"二战"结束前美国空军驻意大利海岸的投弹手,他是个偏执狂:认为周围人都要杀他,一门心思要完成飞行任务,被派遣回家。但飞行中队卡思卡特上校（Colonel Cathcart）一直提高飞行次数，尤索林无可奈何，只好飞行。

尤索林恐惧飞行，去看丹尼卡（Daneeka）医生，祈求他说自己是疯子，回到地面工作。丹尼卡医生告诉他：根据第二十二条军规，疯子可以停止飞行，但停止飞行的申请必须由本人提出，而一个人既然有提出请求的意识，那么他并不是疯子。因为"面临真正的、迫在眉睫的危险时，对自身安全表示关注，乃是头脑理性活动的结果"。"这个第二十二条军规倒真是个很妙的圈套……"① 尤索林说。

所谓"第二十二条军规"其实"并不存在，这一点可以肯定，但这也无济于事。问题是每个人都认为它存在。这就更加糟糕，因为这样就没有具体的对象和条文，可以任人对它嘲弄、驳斥、控告、批评、攻击、修正、憎恨、辱骂、唾弃、撕毁、践踏或者烧掉"②。"第二十二条军规"荒谬、怪诞，又凸显"黑色幽默"之深沉与严肃：它无处不在、无所不能、残暴专横、灭绝人性；它乃捉弄人、摧残人之乖戾力量，令人绝望恐惧、无法摆脱、无法逾越；它永远对，你永远错。

海勒认为，战争是人在作祟，是人类本身问题；战争不道德，也荒谬，只能制造混乱，只能让卡思卡特、谢司科普夫之流飞黄腾达，迈洛之流名利双收。海勒的创作观点是人道主义，他抨击的是"有组织的混乱"和"制度化了的疯狂"。

第二十二条军规也有例外：承诺表扬上司，尤索林将被送回家。但当尤索林意识到这笔交易背叛伙伴时，他拒绝了。

---

① ［美］约瑟夫·赫勒：《第二十二条军规》，南文、赵守垠、王德明译，主万校，上海：上海译文出版社1981年版，第66页。
② ［美］约瑟夫·赫勒：《第二十二条军规》，南文、赵守垠、王德明译，主万校，上海：上海译文出版社1981年版，第624—625页。

最后尤索林得知帐篷伙伴奥尔（Orr）逃跑到瑞士，而非海上失事，他也逃跑到奥尔那里。

第三章 1945年后美国诗歌

诗歌暗示和召唤、触动和传达皆是形式多变，皆体现意象捕捉之情感力量。诗歌不断创新才能新颖，但创新总是传统的再造。"二战"后美国诗歌炫目多彩，诗人难以计数。兹介绍几位"著名"诗人，他们呈现新趋势，但与爱默生、惠特曼、史蒂文斯的过去传统是有联系的。

第一节 西奥多·罗特克

西奥多·罗特克（Theodore Roethke，1908—1963）生于密执安州萨吉诺，是第二代现代派诗人。他远离第一代诗人之失败、玩世不恭和消极绝望，从爱默生和惠特曼超验主义中重新发现：生命根源永远扎根于自然。他像他们一样，寻求自然上帝，相信情感超越理性；通过探寻宇宙，他试图用诗歌超越世界混乱。

其诗歌通过自然想象和象征，传达强烈个人痛苦。在与过时文化价值观的痛苦冲突中，诗人转向无生气的岩石、天竺牡丹的根和人类肉体快感，医治内心创伤。罗特克诗歌严肃晦涩、智慧幽默。

以《续插枝》["Cuttings(*later*)"]为例，诗人把自然生长与生理和心理回归结合起来。插枝乃园艺或农活：一段植物，被剪下，再栽种，是植物自然繁殖过程。诗歌前两行呈现生命强烈渴望："干燥的枝条冲动、挣扎、复活，/剪断的茎搏斗着把脚放到地上。"① 通过移情，诗人成为插枝，要竭力站立起来；通过心理回归，他再次体验重生和伴随创伤："我害怕，倚向开端，刚伸出鞘全身湿透。"②

在《我知道一个女子》（"I Knew a Woman"）中，年迈诗人跟着年轻女子，女子让他永生，但他也很清楚死亡。性爱和性快乐把年龄和死亡分开。

第二节　伊丽莎白·毕肖普

伊丽莎白·毕肖普（Elizabeth Bishop，1911—1979），美国著名女诗人，出生于马萨诸塞州伍斯特，1946年开始发表诗作，其诗歌异常冷峻、讽刺，颇具现代性。

毕肖普观察外部世界，将观察与自身体验相联系，但她又能置身度外，外部世界似乎独立存在。自然与人类互动是毕肖普诗歌永恒主题，这种主题表现丑陋古怪。毕肖普超然于政治、社会主题之外，与严肃的形而上学亦无关联，她性格缄默。

毕肖普诗歌用词精准，意象清晰，自由体和韵律体兼具，但其韵律格式摒弃传统。她虽出生于新英格兰，但其诗歌呈现地理上、精神上不同于出生地之异域景象。

《鱼》（"The Fish"）是毕肖普最著名的诗。讲话者抓住一条鱼，细看，发现鱼"满身伤痕，老迈年高，/朴实敦厚。这里那里/他棕色的皮肤挂成条儿/好像古旧的墙纸，/上面暗黑色的花纹/也有

---

① 赵毅衡编译：《美国现代诗选》（下），北京：外国文学出版社1985年版，第419页。
② 赵毅衡编译：《美国现代诗选》（下），北京：外国文学出版社1985年版，第420页。

如墙纸"①；但鱼还有"光闪闪的内脏/那鲜明的红色和黑色"；虽鱼嘴里有"五个大大钩子/都牢牢地长在嘴里"②，但钢铁般的眼睛流露出傲慢的蔑视。说话者眼神"一动不动"，忽生顿悟：透过腐烂，她看见了鱼强烈的生命冲动，她把鱼放掉了。

第三节 罗伯特·洛威尔

罗伯特·洛威尔（Robert Lowell，1917—1977）出生于波士顿，是最重要的"自白派"诗人。"自白派"诗人指20世纪50至60年代采用小说技巧创作诗歌的诗人。现代诗学出于客观和讽刺，喜欢拉开诗人和讲话者间距离，但"自白派"诗人拉近诗人和讲话者距离，更深入探索黑暗自我。据此，"自白派"诗人与清教作家联系起来。

自白诗歌采用对话型，荒凉沉思，异化感强。"自白派"诗人有：罗伯特·洛威尔、约翰·贝里曼（John Berryman）、W.D.斯诺德格拉斯（W.D.Snodggrass）、安妮·塞克斯顿（Anne Sexton）、西尔维娅·普拉斯（Sylvia Plath）等。他们的诗歌对埃德里安娜·里奇（Adrienne Rich）和詹姆斯·梅利尔（James Merrill）产生影响。

洛威尔之"自白诗"采用自由诗和散文诗，伴随诗节和韵律变化，包括十四行诗和五步抑扬格双韵体诗。洛威尔诗歌描写家庭和普通事情：婚姻争吵、恋母情结、神经崩溃等，他也挖掘重大历史题材：贪婪玷污之清教遗产、基督教的失败和拯救世界的

---

① 赵毅衡编译：《美国现代诗选》（下），北京：外国文学出版社1985年版，第431页。

② 赵毅衡编译：《美国现代诗选》（下），北京：外国文学出版社1985年版，第432页。

可能性。

《蓝色中醒来》("Waking in the Blue")描写洛威尔在麦克林医院住院体验。一天清早醒来,他看见窗外"蓝色的白昼"。象征自由和美好之"蓝色的白昼"与当时的不自由处境形成鲜明对照。他初醒时还没完全清醒,没有想到现实,但天光放亮,他感到一股杀气袭来:

> 蓝色的白昼
> 使痛苦的蓝色窗户更加凄凉。
> 乌鸦呆呆地在僵化的航道上游荡。
> 空虚!我的心越发紧张,
> 像是一杆标枪在投杀出去。
> (这是治"精神病"的地方。)①

第四节　西尔维娅·普拉斯

西尔维娅·普拉斯(Sylvia Plath,1932—1963),"自白派"诗人,其诗歌技巧和深切痛苦感颇具现代性。普拉斯个人生活布满绝望和死亡阴影。她出生于波士顿,父亲是在波士顿大学教德语和动物学。8岁,她父亲死于糖尿病并发症。父亲去世给她打击很大,她在史密斯大学(私立女子精英学校)成绩突出,但一天突然精神崩溃,企图自杀。这段经历拖延了学业,直到1955年她才毕业。同年,她去英国剑桥大学学习,与英国诗人托德·休斯(Ted Hughes)结婚。拿到硕士学位后,她和丈夫回到美国,她在史密斯大学教学

---

① 彭予编译:《二十世纪美国诗歌——从庞德到罗伯特·布莱》,开封:河南大学出版社1995年版,第366页。

一年，搬到波士顿，参加罗伯特·洛威尔波士顿大学诗歌班。1959年，西尔维娅·普拉斯和丈夫去英国。翌年，她成为母亲，出版了第一部诗集《巨人及其他诗歌》（*The Colossus and Other Poems*）。1962 年生下第二个孩子后，她与丈夫分居，12 月在伦敦公寓自杀。

普拉斯诗歌极度悲观：生命无常，转瞬即逝；生活虚无缥缈；家庭生活令人窒息；难以自我实现的挫败感；发泄对父亲和丈夫的怨恨，甚至仇恨；追忆大屠杀恐怖感；核武威胁恐怖感。但她表达悲观感并未失去诗歌艺术性。

《蜂箱的到来》（"The Arrival of the Bee Box"）和《父亲》（"Daddy"）两首诗充分展现了诗人思想：

《蜂箱的到来》中诗人以养蜂人身份出现，但她对蜜蜂困在蜂箱而感到负罪，喻示她受婚姻、家庭钳制，挣脱不开；她又对蜜蜂飞出来潜在的危险感到恐惧，最后她决定放掉蜜蜂，喻示自己精神得以解脱：

> 我凑近小缝细望。
> 里面是一片黑暗，一片黑暗，
> 充满非洲人的手的密密麻麻的情感，
> 渺小、畏缩，便于运往异国，
> 黑压压地挤作一团，愤怒地趴着。
>
> 我怎样才能放它们出来？
> 嗡嗡声令我毛骨悚然，
> 莫名其妙的音节。
> 这群罗马的暴民，
> 微不足道，一个个被逮住，天啊，关
> 在一处！

> 我并不是蜜源,
> 它们为何向我扑来?
> 明天我将成为仁慈的上帝,我要放了
> 它们。
> 蜂箱只能暂存。①

《父亲》谴责了父亲,一个野蛮者和纳粹拷问者。对"父亲"恨之入骨,想象给吸血鬼心脏钉上楔子,一下扎死父亲及其代理人丈夫。诗中提到的两次自杀企图:一次 10 岁,一次 20 岁,表达诗人遭拒绝绝望感。现实中,诗人两次自杀是 21 岁和 31 岁,她 31 岁死亡。但她仇恨的背后,蕴含着强烈的爱。

第五节 艾德里安娜·里奇

艾德里安娜·里奇(Adrienne Rich,1929—),"自白派"诗人,出生于巴尔的摩。诗歌探索其情感世界,但自 20 世纪 70 年代中期起,她把注意力转向妇女解放,关注女性问题,成为女权主义作家先驱。里奇首倡女性诗歌的"再认知"。《复生之悟:写作再认知》("When We Dead Awaken: Writing as Re-Vision")影响深远:

> 再认知——再回顾,用新眼光看世界,用新批判审视老文本——对妇女而言,它超过文化历史,乃生存问题。不被大雨淋透,我们还不清醒。女性自我认知的动力远超探寻身份,也

---

① 彭予编译:《二十世纪英美抒情诗选》,开封:河南大学出版社 1987 年版,第 288—289 页。

是我们拒绝男权社会自我毁灭的一部分。对激进文学批评而言，一时冲动之女性主义者首先把再认知当作我们如何生活，我们一直如何生活，如何被引导自我想象，我们的语言如何困住并解放我们，命名如何到现在为止成为男性特权，我们如何开始自己命名——重新开始生活的重要步骤。①

里奇"再认知"不仅揭露父权神秘，也鼓励女性面对真实自我，找回失去的母爱快乐。其理想是："女性直接、公开写作——女人身体、经历，把妇女生存当作严肃主题，艺术源泉。"②

诗歌和散文方面，她受益于现代主义传统良多。其早期诗歌灵感来自20世纪40年代晚期、50年代早期她钦佩的男性诗人罗伯特·弗罗斯特、狄伦·托马斯（Dylan Thomas）、约翰·多恩（John Donne）、W.H.奥登（W.H.Auden）、华莱士·史蒂文斯和叶芝。里奇娴熟运用诗韵和节式，但后期诗歌趋向自由体。

《詹妮弗姑妈的老虎》（"Aunt Jennifer's Tigers"，1951）很好地诠释了里奇的女性主义和现代主义。詹妮弗姑妈绣了一个挂毯，"老虎腾跃，不害怕树下男人"。诗歌显示她遭受婚姻压迫，承受"姑父硕大的婚戒沉甸甸地缠绕/将詹妮弗姑妈的手指紧紧套牢"。窒息婚姻令詹妮弗姑妈如此惊恐，以至于"姑妈逝去，惊颤的双手终于放松/但主宰终生的磨难依然是她的指环"。讲话者可能是詹妮弗姑妈的侄女，用隐蔽语言讲述姑妈的不幸婚姻，凸显詹妮弗姑妈的胆小如鼠和老虎的虎虎生威。诗也彰显了里奇的自尊感，摆脱压迫的胜利感。

---

① Adrienne Rich, "When We Dead Awaken: Writing as Re-Vision" (1971), *On Lies, Secrets and Silence*, New York: Norton, 1979, p.298.
② Adrienne Rich, "When We Dead Awaken: Writing as Re-Vision" (1971), *On Lies, Secrets and Silence*, New York: Norton, 1979, p.301.

《潜水入沉船》("Diving into the Wreck",1973)探索了里奇诗歌的复杂主题。至少有两种解读：女性说话者潜到最深的自我，仿佛心理上回到出生地，回到男女共存的子宫。洋底像母亲，她感到无拘无束；批评家解读该诗寓意死亡——"wreck"意味父权社会崩溃。赞成这种观点的人拿出证据：1970年里奇与丈夫分居，不久后自杀。

第六节　艾伦·金斯伯格

艾伦·金斯伯格（Allen Ginsberg, 1926—1997），出生于新泽西纽华克城，是"垮掉的一代"之父，集诗人、文学运动领袖、激进无政府主义者于一身，反对社会主流文化，挑战社会价值观。

"beat"意为：（1）被打垮，（2）爵士乐节拍，（3）"至福"（beatific）。三词义定义"垮掉的一代"为：精神崩溃，生活狂乱，反对正统。"垮掉的一代"指20世纪50至60年代的美国诗人和艺术家用浪漫方式反叛美国中产阶级价值观和诗歌，追求自然生态保护、超验价值观、社群主义（communalism）、原始主义、东方禅宗佛教等。"垮掉的一代"之"浪漫主义"乃吸食毒品，无拘束性爱。

金斯伯格诗歌采用自由体，自由程度超过惠特曼诗歌。他发明了所谓"呼吸线（breath lines）"创作法：呼吸决定诗行长度，"我的呼吸长度就是一个量度，一个物体—心理灵感包含在呼吸弹性中"。使读者惊艳的是金斯伯格诗歌使用形容词—名词组合，生动的性描写，亵渎正统。

《嚎叫》("Howl"）是"垮掉派文学"代表作，愤怒夸张，谴责美国文化扼杀年轻人思想，荼毒生命。该时代"最优秀的头脑"吸毒、酗酒和纵欲，摆脱美国军国主义、工业化无人性、城市肮脏和贪婪。"我看见这一代最杰出的头脑被疯狂毁坏，/饿着肚子歇斯底里，赤身裸体/拂晓时拖着脚步穿过黑人街区找一针够劲/儿的毒品。"① 接着诗歌一口气转向历史：年轻人怎样被毁掉，发出深沉、痛苦和异化的嚎叫。

第七节　加里·斯奈德

加里·斯奈德（Gary Snyder, 1930—），20 世纪美国著名诗人，1975 年获普利策诗歌奖，是太平洋西北部最成功的诗人之一，在西海岸"垮掉派"中影响巨大。他出生于旧金山，在西雅图北部农庄长大，在里德学院获人类学学士学位，在印第安纳大学学习语言学，后进入加利福尼亚大学伯克利分校学习日语和汉语。20 世纪 50 年代中期至 70 年代，斯奈德在日本生活创作许久，由美国禅宗学会奖学金和伯林根佛教研究基金赞助。

斯奈德诗歌涉及佛教、中国和日本的诗歌、美国印第安文化、美国自然风貌，这些有助他定义"至福"，反对垮掉（beat down）。接触这些文化使他质疑美国主流文化价值观，他主张开放式诗歌：每首诗都来自充满活力的心灵舞场（energy-mind-field-dance），自身有内在种子。让它生长，让它发声，乃诗人主要工作。

加里·斯奈德诗歌深受中国"寒山诗"影响，立意取材、文法修辞，均透露出浓郁的"中国风"；诗歌主题多涉及人与自然关系，风格淡雅，颇具中国唐诗神韵，如《松树冠》（"Pine Tree Tops"）："蓝色的夜，/薄薄的霜，天空微微亮，/月儿明朗。/低垂的松冠，雪一样蓝，/融入天空、霜和星光。/靴子嘎然响，/兔的足迹，鹿的

---

① 辜正坤主编：《外国名诗三百首》，北京：北京出版社 2000 年版，第 429 页。

踪迹，/我们究竟知悉了什么?"①

诗前六行立体呈现自然景物，静谧和谐、朦胧幻化。第七行人介入，但只闻"靴响"，人被自然虚化。"靴响"呼应"兔的足迹"、"鹿的踪影"，喻示人与自然和谐共存。

《砌石与寒山诗》（"Riprap and Cold Mountain Poems"，1965）体现自然意象：砌石"牢固地放着"，就像"岩石"，给人类生活铺路，让人走过湿滑路段。

中国读者特别欣赏"斧柄"（"Axe Handles"）。一天下午，诗人教他儿子凯（Kai）抛掷战斧。抛掷时儿子把斧柄弄断，得重新做一个嵌上。父亲耳边响起埃兹拉·庞德的诗："伐柯伐柯/其则不远。"他告诉儿子，中国老师陈世骧告诉他，中国诗人陆机（公元4世纪）在《文赋》序中说："至于/操斧/伐柯/虽取则不远。"诗人顿悟："庞德是斧子，/陈是斧子，我是斧子，/我的儿子是斧柄，很快/要重新造型，模型/和工具，文化的技艺，/我们延续的方式。"②

第八节　理查德·威尔伯

理查德·威尔伯（Richard Wilbur，1921—2017），美国当代最著名诗人之一，《发掘中国》（"Digging for China"，1956）为中国读者所熟知：

有人说："下面很深的地方是中国，

---

① 转引自安慧：《诗是人与自然的一种圣约》，载《中国青年报》，2013年2月25日，第2版。
② 董继平编译：《美洲现代诗人读本》，银川：宁夏人民出版社2012年版，第67页。

挖得足够深你就能够看见天空
像在一口水井的井底一样清澈。
但它是真的——一片不一样的天空。
接着继续往下挖你就可以来到
中国！嗨哟，它跟新泽西天差地别。
那里有人，有树，有房子，等等等等，
但非常非常不一样。没东西相像。"

我去棚子里把泥铲给拿了出来，
整个上午像苦力一样挥汗苦干，
手掌撑地膝盖跪着，在丁香花丛
旁边挖了一个坑，这有点像是在
拜神，我觉得。我眼看自己的双手
越挖越深，越挖越黑，一次又一次
梦想一个万物都不一样的地方。
那把铲子始终没有突破到蓝天。

还没等我的梦想厌倦起自己来，
我对着黑暗的眼睛已感到厌烦，
日烤着的头再受不了垂进坑中。
我在一个我忘了的地方直起身，
眼眨着脚摇晃着而地球在转动，
把银闪闪的畜棚显现在我面前，
原野在光罩下打着盹，在叶浪中
圣餐盘生成又消失，遍天的瓷蓝。
恢复平衡之前我看见的

全部都是中国、中国、中国。①

诗歌满足了孩子的好奇心,也体现诗歌创作艰难过程,更重要的是体现中美跨文化交流。该诗也展示理查德·威尔伯诗人的美学力量:诗歌优雅高贵,韵律整齐,诗节整洁。理查德·威尔伯颇像罗伯特·弗罗斯特,而非当代"自白派"诗人。他相信:诗歌能在混乱世界中创造片刻秩序。秩序中心有一个思想,熟悉且新颖,令人神往。

威尔伯不写长诗或连篇累牍的诗歌,其诗歌主题灵活广泛。不论写蟾蜍之死还是再造前辈大师诗作(如查尔斯·波德莱尔),他都"越挖越深",最终找出生活和艺术之间精微的无穷的变化。

理查德·威尔伯出生于纽约,1942年毕业于马萨诸塞州阿默斯特学院。"二战"期间在海外服役,战后重返哈佛大学,1947年获文学硕士学位,后在哈佛大学、韦尔斯利学院和卫斯理公会大学教授英语文学。他还是一流翻译家:翻译莫里哀的五步抑扬格对句,使之成功实现舞台演出;《厌世者》(*The Misanthrope*)1968年上演,受到热评。评论者评价威尔伯,"温和、细腻、机智",能把"一种稀世美酒变成另外一种"。

第四章　20世纪60年代后小说

本章介绍五位代表作家:后现代主义(约翰·巴思和托马斯·品钦)和新现实主义(乔伊斯·卡罗尔·奥茨、雷蒙德·卡佛和约

---

① 转引自周旋久:"发掘中国"("Digging for China", 1956),http://www.poemlife.com/url.php?forumID=14&msgID=2147479377&page=1(访问时间:2019年11月26日)。

翰·厄普代克）。"后现代"小说出现在 60 年代，70 年代渐趋明朗。"后现代"小说是元小说，强调艺术并非现实世界，乃艺术本身。对此，奥茨公开抵制，她在 1977 年《纽约时报》上说："60 年代释放的能量依然存在，但在艺术自主、无指性和交流方式方面两极分化。"

随着"后现代"小说发展，也出现了不仅坚持艺术形式还联系现实的小说，奥茨、卡佛和厄普代克即代表作家。但他们非传统模仿意义之现实主义作家，他们继承并再造现代主义文学。

第一节　约翰·巴思

约翰·巴思（John Barth，1930—），美国小说家，出生于马里兰州剑桥市，就读于纽约茱莉亚音乐学院，但 1951 年获约翰·霍普金斯大学学士学位，翌年，获约翰·霍普金斯大学硕士学位。他既是作家，也是宾夕法尼亚州立大学、纽约州立大学布法罗分校等校英语教授。

巴思远离现代主义关注，他主张：小说是一种活动，独立存在；失去生活理由；个人扮演他人生活角色，情感麻木。巴思小说"非真实"（"irreal"）颇为"奇怪"（"eerie"）。

第一部小说《漂浮的歌剧》（*The Floating Opera*，1956）中，托德·安德鲁斯（Todd Andrews）用十年时间冥思苦想，有朝一日自杀，但最终放弃。托德乃虚无主义者，情感冷漠，精神无所寄托，消极厌世，自我否定，他最后得出结论：决定不了生还是死。《大路尽头》（*The End of the Road*，1958）中雅各布·霍纳（Jacob Horner）情感瘫痪，由"医生"护理。医生告诉霍纳：他可选择几种生活，但每种都逃不脱性三角关系。"医生"玩此游戏，实乃自己复活。《烟草经纪人》（*The Sot-Weed Factor*，1960）讲述 17 世纪 80 年代一位不谙世事的天真诗人埃比尼泽·库克,乘船前往马里兰照管父亲烟草种植园的经历,由此开启了奥德赛式旅程:被海盗、印第安人俘虏,受骗失去父亲田产,爱上原为妓女的女人,遇见身份莫测的阴险角色……他在阴险残酷现实中理想破灭。《羊孩贾尔斯》(*Giles Goat-Boy, or, The Revised New Syllabus*,1966)把20世纪大学喻为宇宙,被疯狂的计算机逻辑和不可预测性所统治。《安息日传奇》(*Sabbatical: A Romance*,1982)和《海上故事》(*The Tidewater Tales*,1987)人物故事情节重复。

作为"后现代"作家,约翰·巴思经常创作"元小说":揭示创作手段、传统和过程。简言之,元小说是小说的小说。元小说因素也可在亨利·詹姆斯和马赛尔·普鲁斯特(Marcel Proust)小说中找到。元小说并非后现代作家发明,但美国"后现代"小说家远离现实,元小说更有意识性、更具戏拟性。

《迷失在游乐场》("*Lost in the Funhouse: Fiction for Print, Tape, Live Voice*",1968)是元小说范例,小说呈现了安布罗斯·门施(Ambrose Mensch)创作过程:开始"真实人物"安布罗斯想象建造自己的娱乐场、怎样使用标点符号、怎样创造人物语言、怎样设计故事情节。为此,他制定了几条易行规则,但他常打破。

第二节 托马斯·品钦

托马斯·品钦(Thomas Pynchon,1937—),美国后现代文学代表作家,出生于纽约长岛,在康奈尔大学读书前两年主修工程物理学,但对艺术和人文学饶有兴趣。1955年他离开长岛去海军服役两年。1957年重返康奈尔大学,1959年英语专业毕业。康奈尔大学期间,他在弗拉基米尔·纳博科夫(Vladimir Nabokov)颇受欢迎的课堂上学习欧洲小说。品钦生活远离公众视线,1960至1962年,他在波音公司做技术作家,构思第一部小说《V.》。《V.》于 1963 年出版,被视为 60 年代最具创新的小说之一。接着他出版了《拍卖第四十九批》(*The Crying of Lot* 49,1966)和《万有引力之虹》(*Gravity's Rainbow*,1973)。之后,他从公众视线消失 17 年,直到《葡萄园》(*Vineland*,1990)和《梅森和迪克逊》(*Maison & Dixon*,1997)出版。

品钦小说包含精准科学和历史细节,但神秘莫测,普通读者和学者会目眩于其广博的知识和小说世界的复杂性。虽其小说奇幻莫测,但中心主题是现代文化。

欣赏品钦作品首先要充分理解"熵"。《韦伯斯特字典》对"熵"有四个定义:

- 热力学:测量不做功系统下的能量函数。
- 统计力学:机械系统物理状态的功能系数或函数。
- 通信理论:衡量系统(密码或语言)传输信息效率的一种方法。
- 宇宙物质和能量耗散的终极状态:构成元素惰性均匀性状态;没有形式、模式、等级或区分。

品钦短篇小说《熵》("Entropy"),将"熵"的意义充分展现。背景是华盛顿直辖区一栋楼内,剧情在两个公寓里交替转换。

楼下,肉球·马利根(Meat Mulligan)在开派对。狂欢者是伪叛逆者,虽无精打采,却能摧毁一切,其惰性指熵第一个含义。狂欢者索尔(Saul)跟妻子争论通信理论,争吵似乎反映第三个定义。派对整体上适合第三定义:信息传输中的人类能量。主人马利根关注系统秩序,有效维持派对能量。最后,他暂时系统性地恢复了派对混乱秩序。

楼上,卡利斯托(Callisto)和奥巴德(Aubade)有自我生态系统。卡利斯托痴迷于能源消耗,设法控制室内状况,而室外天气无法预测。卡利斯托没救活一只鸟,意识到"熵"的第四个定义:人类永远控制不了自然。

将"熵"的不同意义混合起来,品钦悲观评价了人类与自然的关系,同样也喻示文化缺乏活力,停滞不前。

品钦长篇小说层次过多,难以总结。但"熵"之本意和喻义有助于增进理解其复杂性。

《V.》共16章,外加"尾声"。小说围绕着两个主人公先后平行交叉的生活轨迹展开。前两章讲述普鲁费恩:当过海员,漫无目的地游荡,无所用心、随遇而安,频繁换工作,勉强维持生计。然而他深得女人喜欢:马耳他姑娘、水手长帕皮·霍德的妻子葆拉·马伊斯特罗尔,但他又与她们保持距离,不愿受其羁绊;他也不与男人结伙,力求无拘无束,过着得过且过的日子。

小说的其余部分在涉及普鲁费恩和全病帮的同时,还展开另一个主人公斯坦希尔的叙述。斯坦希尔原本游走于人事纠葛之外,过着懒散的生活。他父亲西德尼·斯坦希尔死后留下的日志激发他行动起来,他迫不及待地要弄清日志上神秘的V.真相,找到他父亲喻指的控制20世纪世界的阴谋小集团。他脑海中梳理这个阴谋事情,通过对他思想和心理活动的描述,品钦展现了两次世界大战和历史上其他重大事件:1904年德国把西南非殖民化,1922年西南非邦德尔人起义和被镇压,波彭泰因在开罗的间谍活动和死亡,曼蒂萨先生意欲盗窃波提切利名画《维纳斯的诞生》,等等。

小说在第16章中普鲁费恩离开了蕾切尔,陪伴葆拉和斯坦希尔前往马耳他。后来斯坦希尔去他国,葆拉回美国等候帕皮·霍德,留下普鲁费恩和临时相识的布兰达·威格尔斯沃在一起。"尾声"部分,斯坦希尔乘坐穆罕默德的船离开马耳他时,在离海岸几英里远的海面上刮起白色海龙卷,它吞噬了船只,斯坦希尔葬身海底。

"V"代表维纳斯、女性阴道,还是空洞?

《拍卖第四十九批》中年轻性感的奥狄芭·麦斯（Oedipa Maas）接到律师事务所来信：其已故前男友皮尔斯指定其为遗嘱执行人。皮尔斯·尹维拉雷蒂乃加利福尼亚州房地产巨头，死后留下巨额遗产。她的任务就是要"详尽地了解账本和业务，完成遗嘱验证，收取巨款，清查资产，估算地产，决定什么该清算什么该保留，偿付索赔款，结清租金，分配遗产……"①

于是奥狄芭开始行走于圣纳西索市、旧金山、洛杉矶等地的喧闹、放荡的汽车旅馆、酒吧间、精神病诊所，军火厂和大学，置身于律师、偏执狂、同性恋者、吸毒者、演员和教授之间，"熟悉"皮尔斯形形色色的公司，甚至尖端工业"约约戴恩"军火厂和地产业的庞大的资产。奥狄芭等候着从亚利桑那州等多地地产"附属遗产管理委任状"，并被承认为"代表"。

一切似乎都按计划有序进行，但一切都陷入"迷宫"，变得"混乱"，"无序"。拍卖的遗产中有皮尔斯收藏的一批珍贵邮票，而这些邮票又与"特里斯特罗系统"有关。"特里斯特罗系统"到底是什么？"第四十九批拍卖品"拍卖的一组邮票似乎能解开"特里斯特罗系统"之谜，然而，该故事却在拍卖会即将开始时戛然而止，奥狄芭茫然等待着神秘人物出现……

小说通过迷宫式的叙事，熵增理论和测不准原理的应用，道出了后现代社会人类空虚、迷惘的精神生活，混乱荒唐的社会现状。

《万有引力之虹》内容涉及现代物理、火箭工程、高等数学、性心理学、变态性爱等，小说围绕德国的V-2火箭展开。"二战"结束前，一些科学家和心理学家殚思竭虑找出德国V-2导弹（引力之虹）不改变方向、击中伦敦一处地点的原因。原来该地是美

---

① ［美］托马斯·品钦：《拍卖第四十九批》，叶华年译，南京：译林出版社2014年版，第11页。

国空军中尉发生性行为的地方。主要情节荒诞，但很精彩，涉及400人。

品钦小说不拘一格，充满暗指，它们在高度复杂的叙事中相互参照。虽与巴思文体相近，但品钦似乎不脱离现实。其悲观主义提醒我们关注当今世界的现实问题：科学不能治愈我们的精神疾病，控制论把人类当成机器，我们冥冥中探求良好构想。

第三节　乔伊斯·卡罗尔·奥茨

乔伊斯·卡罗尔·奥茨（Joyce Carol Oates，1938—），美国当代著名小说家，出生于纽约米勒斯波特，一个工人家庭，父母是天主教徒。据说儿童时期她就把故事书扎起来，制作封面，12岁开始打字。奥茨毕业于雪城大学、威斯康辛大学和莱斯大学，1987年以来，一直任普林斯顿大学英语教授。

奥茨小说理论实践与巴思、品钦和唐纳德·巴特尔姆（Donald Barthelme）美学相反，她坚持小说模仿性。其小说与当代美国日报、电视报道、脱口秀和大众杂志密切联系，构建一个暴力疯狂、爱情受挫、无法忍受的孤独世界。奥茨以大胆揭露美国社会暴力和罪恶而出名。

奥茨叙事精致，描写心理暗流，创造梦与现实、自我和其他边界，凸显现代主义倾向。在现代主义作家中，奥茨与D.H.劳伦斯而非詹姆斯·乔伊斯或弗吉尼亚·伍尔夫站在一列。奥茨赞成劳伦斯观点：暴力是对道德失败的惩罚，而道德失败乃个人愿望未实现。

奥茨是高产作家。第一部小说《冷得发抖的秋天》（*With Shuddering Fall*，1964）描写17岁女孩和30岁赛车手之间激情四射、狂风暴雨般的爱情故事，揭露情绪紊乱、强暴和悲剧结局。《他们》（*Them*，1969）获国家图书奖，是美国社会生活三部曲的第三部，主线从大萧条时期的底特律到1967年的暴乱。《奇境》(*Wonderland*, 1971)和《随便你处置我》(*Do with Me What You Will*, 1973)揭示了主人公儿童时期遭受父亲疯狂虐待,造成精神创伤。《刺客们》(*The Assassins*, 1975)和《查尔德伍德》(*Childwold*, 1976)描写梦与现实、自我与他人的溶解边界。

奥茨其他小说有:《贝尔弗勒》(*Bellefleur*, 1980)、《请记住》(*You must Remember This*, 1988)、《因为那是痛苦的,因为那是我的心》(*Because It Is Bitter, and Because It Is My Heart*, 1990)、《漆黑的水》(*Black Water*, 1992)、《狐火:一个女生帮的自白》(*Foxfire: Confessions of a Girl Gang*, 1993)、《我为什么生活》(*What I Lived for*, 1994)、《蛇神》(*Zombie*, 1995)、《乔治·贝洛斯:美国艺术家》(*Goerge Bellows: American Artist*, 1995)、《你永远爱我吗?》(*Will You Always Love Me?* 1996)和《疯狂的人》(*Man Crazy*, 1997)。

奥茨最著名短篇小说《你从哪里来?又要去哪里?》("Where Are You Going, Where Have You Been?", 1966)探索了康妮(Connie)在郊区成长过程中的情感烦恼。康妮和阿诺德(Arnold)开车离开,结果被强奸,或被杀害。正如题目所示,故事让读者审视美国过去和现在的生活,直面精神缺失、早熟、缺乏家教等问题。

第四节 雷蒙德·卡佛

雷蒙德·卡佛(Raymond Carver, 1938—1988),美国当代著名短篇小说家,出生于俄勒冈州克拉斯坎尼镇,成长于华盛顿雅吉玛镇,父亲是锯木厂工人。卡佛18岁结婚,20岁成为两个孩子的父亲。他边工作边读书,阅读20世纪50年代的成人杂志和《户外生活和野外运动》(*The Outdoor Life and Sports Afield*)。1958年移居加利福尼亚，边打工，边就读于加利福尼亚州立大学奇科分校，师从小说家约翰·加德纳（John Gardner）。后者教他小说细节，提醒他小说道德的重要性。本科时他开始出版小说，1976年他发表短篇小说集《请安静些，好吗?》（*Will You Please Be Quite, Please?*），内含最佳美国短篇小说。他又出版了三部短篇集：《当我们谈论爱情时我们谈论什么》（*What We Talk About When We Talk About Love*，1981）、《大教堂》（*Cathedral*，1983）和《何方来电》（*Where I'm Calling From*，1988）。卡佛还在杂志文集上发表很多文章，在几所大学任教。

雷蒙德·卡佛或许是60年代后成就最高的小说家，其小说展现了小说大师海明威、安德森令人钦佩的品质：风格极简，语言直接，形容词不多；对话简洁，富有建设性；散文轻描淡写，语气平和。卡佛使用极少词汇，却能捕捉人物失落感和异化感。

卡佛小说人物是俄勒冈州、华盛顿和加利福尼亚州缺乏教育的工人，困于小镇，酗酒、离婚、失业、失望、空虚。但其小说不冷漠，相反普通中见热心。卡佛属于契诃夫、陀思妥耶夫斯基和安德森之类作家，使平凡生活不平凡。以《一件很小但品质很好的东西》（"A Small, Good Thing"）中安·韦斯（Ann Weiss）为例，小说介绍了一位普通的典型的母亲：怎样为儿子准备生日，儿子出车祸时怎样反应，怎样送儿子进医院，怎样出席儿子葬礼。恰是其普通方显出力量。最后在面包店，她显示出巨大宽容，令人感动。

卡佛总结其美学思想：可以用普通而精确的语言描写普通事物，赋予它们——一把椅子，一扇窗帘，一个叉子，一块石头，一个女人耳环巨大惊人的力量；可以写出一段看似无关痛痒的对话，但让读者脊背发凉。

第五节　约翰·厄普代克

约翰·厄普代克（John Updike，1932—2009）出生于宾夕法尼亚州希林顿镇，大萧条时期一个贫穷中学教师家庭。在校学习成绩优秀，1950 年在哈佛大学攻读英语，后去牛津大学留学一年。1955 年开始，在《纽约客》（*The New Yorker*）工作两年，后搬家到马萨诸塞州写作。

厄普代克小说描写美国新教小镇中产阶级坚守自己生活方式，同时适应新思想和新社会现实。他被称为"新一现实主义者"。其文章突出特色是精确无误、表达清晰，挖苦讽刺。代表作是《兔子四部曲》（*Rabbit books*）：《兔子跑了》（*Rabbit，Run*，1960）、《兔子归来》（*Rabbit Redux*，1971）、《兔子富了》（*Rabbit Is Rich*，1981）和《兔子歇了》（*Rabbit at Rest*，1990）。"兔子"系列中哈利·安斯顿（Hary Angston）某些方面像厄普代克。每部小说讲述一个时代：50 年代、60 年代、70 年代晚期和 80 年代。第一部，哈利中年危机，要抛妻弃子；第二部，哈利及其生活小镇经历越战和黑色革命影响。第三部，哈利步入老年，生活宁静悲伤。第四部讲述哈利现状。第三部和第四部两次获普利策奖。

《夫妇们》（*Couples*，1968）描写城市远郊一群人混杂的性生活，性和宗教互动中相互定义。性和宗教是人类两大根本关注，性乃人类身体和动物自我奉献礼物，宗教是人类灵魂和精神自我奉献礼物，没有宗教就会产生精神困惑，但在性和宗教关系上，《夫妇们》中的皮特经历了笃信上帝到怀疑上帝到摒弃上帝的过程，最后投入性爱怀抱，用性爱置换了宗教。

短篇小说《我最快乐的时刻》（"The Happiest I've Been"，1958）描写年轻叙述者在两个时刻得到信赖，史无前例地感受到快乐：一个是女人熟睡怀里；另一个是一位老友睡着了，让他接过方向盘。

第五章　当代多种族文学

美国文化和历史由多民族、多种族组成，多种族文学包括当代非裔美国文学、亚裔美国文学、印第安文学和拉美裔文学。作家拉尔夫·艾里森、托妮·莫里森、莱斯利·马蒙·西尔科、路易斯·厄德里克、李昌瑞等人文学主题多样，内容博大精深，成就十分突出。直到20世纪70年代，多种族文学才在美国高校开设，作为一门学科蓬勃发展。

多种族文学主题包括：

- 质疑、挑战、批判"昭昭天命"观及其论调。
- 反驳单一美国历史观，展现多种族历史。
- 通过语言"自由发挥"，对美国文化中的性别、种族和阶级解码、再编码。
- 多种族作家关注社会政治，探索令人焦虑的世界性问题。
- 结合移民经历、文化翻译和现代政治，探索身份构建。
- 维护多元文化成为美国民主基础。

当代非裔美国小说家包括托妮·莫里森、艾丽斯·沃克，他们延续了非裔美国文学传统。

当代亚裔美国人为美国作出巨大贡献，但历史上成为种族排除和仇恨的牺牲品。直到70年代，亚裔美国文学才在主流文化外发展。汤亭亭（Maxine Hong Kingston，1940—）之《女勇士》（*The Woman Warrior*，1976）开启了亚裔美国文学先河。谭恩美（Amy Tan，1952—）之《喜福会》（*Joy Luck Club*，1989）获得了商业上极大成功。亚裔文学数量大、结构复杂,回应全球化,大胆涉及种族、阶级、性别、文化和国家主题。

当代印第安小说包括切诺基人、纳瓦霍人等,他们为自己的文化自豪。

当代拉美裔文学主要指奇卡诺(墨西哥裔美国人)小说和西班牙裔美国人小说,主题是抗议奇卡诺人和其他种族不平等待遇。

第一节 托妮·莫里森

托妮·莫里森(Toni Morrison,1931—),非裔美国著名作家,1993年诺贝尔文学奖获得者。出生于俄亥俄州洛里恩,一个贫穷家庭,做过教师、编辑。

莫里森小说风格强大,赢得世人赞扬:挑战性主题、复杂叙事技巧、诗歌化语言。她在文化和文学上宣称:非裔美国人非边缘化怪物,乃真正人类;她反驳文学创作源于边缘化群体观,坚称非裔美国人完整人格观:非裔美国人是个民族,不是外星人。莫里森根据自己黑人、贫穷女人经历和黑人历史文化,探索种族压迫恐惧与创伤,探索胁迫下的复杂生活,探索生存心理,探索性别和种族冲突,她也探索群体压力和家庭中自我的表达方式。

莫里森作品政治现实性强:她关注生存,她要画出路线图,标出危险和安全地;要绘制该图,她就要走过性别主义和种族主义心理、语言和历史地带,也要探索白人文学。她在长篇文论《黑暗中的游戏》("Playing in the Dark")中说:读书时,她是被动读者,白人作家给出答案。白人认为自己是"最敏感、最理智的无政府主义、最具代表性、最能探索的艺术家"。她发现:黑人在美国白人作家眼中一无是处,不过是偶尔发作之丛林热病患者,不过是给当地增添色彩,增强逼真感,或提供必要道德姿态,给人幽默或一丝哀伤，黑人根本就不应该出现。她开始看清：怎样尊敬文学，怎样憎恨文学，遭遇种族意识怎样对付。这些给莫里森创作以无畏力量。

《最蓝的眼睛》（*The Bluest Eye*，1970）讲述 11 岁黑人女孩皮科拉·布里德洛瓦（Pecola Breedloves）的悲惨遭遇，其故事源于其白人好友麦克蒂尔（McTeers）。在白人统治下，皮科拉整天向上帝祈祷，祈求赐给她白人姑娘的蓝眼睛，她的生活就会像她们一样：父亲也不再酗酒，殴打母亲保琳；母亲也不会嫌她丑而冷落她、虐待她；学校老师同学也不会鄙视她。但最不幸的是她有一天被酩酊大醉的父亲强奸，怀上身孕。母亲殴打，周围人鄙视嘲讽，小皮科拉精神崩溃，神智失常，坚信自己已经有了蓝眼睛。但这双蓝眼睛没能让她看清世界，她却越来越微不足道了。

《苏拉》（*Sula*，1973）描写两个黑人妇女各自不同的人生道路。《所罗门之歌》（*Song of Solomon*，1977）两次获国家奖，情节复杂，充满神话和象征，讲述北方黑人奶娃南方寻根之旅。小说以"黑人会飞"古老传说为线索和象征，探寻文化传奇。《柏油娃》（*Tar Baby*，1981）把巴黎、加勒比岛和纽约黑人、白人聚在一起，探究复杂社会问题，喻指殖民主义。《爵士乐》（*Jazz*，1992）涉及 20 世纪初一对中年夫妇从南部迁至哈莱姆的过程。

代表作《宠儿》（*Beloved*，1987）融合历史、哥特故事和心理分析，揭示奴隶制罪恶重负下的人物心理。阅读小说需要相关历史知识，否则杀婴、强奸、疯狂、异化将无法理解。小说也涉及群体激情、智慧和重建。小说判定"宠儿"悲剧真凶乃奴隶制，所有犯罪与绝望均源于它。

小说采用倒叙，开始"宠儿"（"beloved"）阴魂不散，18 年后鬼魂回家。事件正常顺序是：13 岁黑奴塞丝（Sethe）为获得自由，来到甜蜜之家——一个肯塔基种植园。主人是更"人性"的白人加纳（Garner）和妻子莉莲（Lillian）。不久，塞丝选择黑尔·萨格斯（Halle Suggs）为配偶，18岁时生育三个孩子，还怀有身孕。不堪忍受种植园白人监工的残暴，黑尔和奴隶伙伴保罗·D.、斯克索（Sixo）企图逃跑；孩子们通过地下协助网络安全逃脱，但大人失败：斯克索被烧死，保罗·D.被卖，黑尔未提，塞丝遭鞭笞，她逃跑了。逃过河流时她在白人契约奴艾米·丹芙帮助下，产下第四个孩子。到辛辛那提自由后，她养伤一个月。但监工依据《逃亡奴隶法案》带人抓捕她。为孩子们免遭奴隶制残害，塞丝割断了大女儿的喉咙，要杀死另外两个孩子，打碎第四个孩子丹芙的脑袋。因其罪行，她被判处绞刑，但后被释放，黑人社区也对她关闭。塞丝和丹芙住一起，但被杀死的大女儿回来跟她"住一起"。

被杀"宠儿"描写令人难以置信："宠儿"渴望母亲，又抱怨母亲，身穿白衣，从另一个世界归来。"宠儿"并非真名，乃墓碑所刻，她误认为是自己名字。她装扮成她妹妹，纠缠妈妈，引诱保罗。"宠儿"误认邻居是抓捕奴隶者，粗暴相加，搅得四邻不安。在社区帮助下，塞丝逃离暴力，鬼魂消失。

《宠儿》风格具有挑战性，需要读者了解19世纪晚期的《逃亡奴隶法案》，仔细品味才能欣赏其丰富性。

第二节　艾丽斯·沃克

艾丽斯·沃克（Alice Walker, 1944—），非裔美国女权作家，出生于佐治亚州伊滕顿。家庭不仅有非裔美国人，还有切诺基、苏格兰和爱尔兰血统。艾丽斯·沃克就读于斯派尔曼学院和莎拉·劳伦斯学院。她积极参加20世纪60年代的民权运动，为后期创作打下基础。

沃克小说反复出现的主题是：在敌对环境下，黑人妇女奋力抗争实现自我。她欲塑造美国黑人女性新形象：有英雄业绩之女强人。

她聚焦性别歧视、女性不公正待遇、堕胎、强奸、种族压迫和剥削。她赞美贫困家庭黑人妇女的力量和智慧，鞭挞黑人男性的残暴和不负责任。

她出版几部诗集和一些短篇小说，代表作《紫色》(*The Color Purple*, 1982)获美国国家图书奖和普利策小说奖。女英雄西丽(Celie)不但遭受贫困和种族歧视，还遭性侵和佃农家庭忽视。但她忍受一切，最后走向宁静。小说采用书信体，部分故事通过女英雄书信展开。

《子午线》(*Meridian*, 1976)是沃克第二部小说，介绍生活在大南方的黑人女青年选择独立生活，后卷入民权运动。她拒绝使用暴力，离开北方城市，返回家乡，更加自知。

第三节　马可辛·洪·金斯顿

马可辛·洪·金斯顿(Maxine Hong Kingston, 1940—)，美籍华裔作家，取其丈夫厄尔·金斯顿伯爵的姓，中文名字汤亭亭，出生于加利福尼亚州斯托克顿，父母为移民。她在自家洗衣店里帮忙，听母亲讲述中国古老故事。

《女勇士》(*The Woman Warrior*, 1976)出版乃大事件，标志着亚裔美国文学冲进了美国主流文学。《女勇士》是汤亭亭自传，结合自己记忆、过去故事和梦想，描写一个华裔美国女孩成长过程中梦想成为花木兰一样的英雄。除最后一章，小说关注一个中国青春女子的意识和呼声，具有时代性。女孩感到不被美国社会接受，她妈妈告诉她：长大后要成为花木兰似的战士就能摆脱困境。

女孩困惑似乎来自母亲讲述的中国过去的恐怖故事，女人屈服于父权统治和家暴。第一章"无名女子"再叙家庭惨剧。一群男人夜晚砸毁金斯顿姑姑家，姑姑正分娩（孩子是私生子），男人逼她投井自尽。金斯顿展现了女性主义观，抨击非人道行径。另外，叙述者对中国文化和历史认识肤浅，缺乏挑战性分析。还有批评指出：叙述者不成熟的青春意识不能代表现实极为复杂的华裔美国人、中国历史背景下和美国背景下的华裔美国女性。

金斯顿另外两部小说用中国文化，描写华裔美国人更有说服力。《中国佬》(*China Men*, 1980) 探索了金斯顿家庭的男人，特别是她的父亲。《孙行者》(*Tripmaster Monkey: His Fake Book*, 1989) 背景是20世纪60年代的旧金山，描写威特曼·阿新 (Witman Ah Sing) 根据神话猴王孙悟空创作一部当代史诗。《孙行者》并非《西游记》(*Journey to the West*) 译本，乃再创造，展现金斯顿式幽默：华裔美国人怎样在异国他乡对待自己文化遗产。

第四节　谭恩美

谭恩美 (Amy Tan, 1952—)，美籍华裔作家，出生于美国加州奥克兰，辗转颠簸，最后在圣克拉拉定居。小学到中学，她是班级唯一的中国学生。

其小说多描写华裔美国女儿和中国母亲之间的紧张关系。少女反对母亲规劝，但成人后（嫁给非华人），过去母女紧张关系趋缓，女儿意识到母亲的建议和传统文化的价值。

代表作《喜福会》(*The Joy Luck Club*, 1989) 描写20世纪40年代离开中国的四个女人的生活和她们四个美国女儿的关系。小说以短篇故事系列形式，母女关系时而独立，时而联系。结构上，所有故事集中在第一章"喜福会"和结束章"两张饭票"上。第一章中，吴精妹母亲素媛去世。父亲说母亲"死于自己的思想"。精妹取代了"喜福会"麻将桌上母亲的位置，发现了"喜福会"来历："二战"期间，母亲逃难桂林，和三个妇女一起打麻将。最后一章，精妹代表母亲回到中国,看望姐妹,实现母亲遗愿。但她脱离这个家庭和文化太久,意识上已经是美国人,发现自己是中国人既热切又忐忑。作为一个"陌生"中国人之尴尬境地使她深刻理解母亲身份转移的痛苦。

前言"千里鹅毛一片心"介绍中国移民后代女儿在美国长大,只会说英语,需要承受更多悲伤而非可口可乐,才能理解母亲从中国带来的一根天鹅羽毛重大意义:是母亲万里迢迢,漂洋过海带到美国的纪念物!以天鹅"羽毛"为例,当时母亲离开中国,"后来,她带着它远渡重洋奔赴美国。在驶往美利坚合众国的滔滔海面上,她和它都拼命伸长着脖子往那未知的彼岸张望着。'待到了美国,我要生个女儿,她会长得很像我。但是,她不用看着丈夫的眼色低眉垂眼地过日子。她一出世就是在美国,我会让她讲一口流利漂亮的美式英语,不会遭人白眼看不起。她将事事称心、应有尽有。她会体谅我这个做母亲的一番苦心,我要将她打磨成一只真正的天鹅,比我所能期待的还要好上一百倍的高贵漂亮的天鹅!'她喃喃地对它说。"① 但她们抬头仰望的美国并非性别平等,她必须面对种族意识同化。这个伸长了脖子、巴不得到美国生活的女人也不是漂亮的天鹅,"漂亮的美式英语"也逃不了中国腔。

《灶神之妻》(The Kitchen God's Wife,1991)揭示了雯妮·路易和女儿珍珠·路易·布兰特的故事。母亲叙述中国过去占大部分,剩下三章给珍珠。母亲和女儿紧张关系被内化。雯妮小时被母亲遗弃,嫁给粗暴骗子文福,他们遭日本兵追赶。雯妮逃脱文福,失去儿子。随着时空变换,过去成为秘密,渐被淡忘,但在雯妮和珍珠的微妙交谈中,往事又浮出水面。珍珠不仅怀疑母亲的过去,她也

---

① [美]谭恩美:《喜福会》(The Joy Luck Club),程乃珊、贺培华、严映薇译,上海:上海译文出版社2006年版,第3页。

患上多发性硬化症。

《接骨师女儿》(*The Bonesetter's Daughter*, 2001) 分为 20 世纪 30 至 40 年代的"那时"中国和 20 世纪 90 年代"现在"的旧金山。女儿是中年杨露丝,一位代笔作家,她和有两个孩子的离婚男人的关系停滞不前,有苦难言。露丝母亲茹灵生活艰涩,心理反常,老年痴呆越来越重,常要自杀。露丝把母亲的汉语日记翻译过来,了解母亲过去痛苦后,露丝也学会了正确看待自己的过去。小说中,谭恩美揭示了母女间彼此很多伤害,在伤口变成伤疤前,寻找治愈方法。

第五节 李昌瑞

李昌瑞(Chang-Rae Lee,1964—),美籍韩裔小说家,得到读者和学术界赞扬。李昌瑞 2 岁时,父亲从韩国来到美国学医,后在韦斯切斯特县成为心理医生。父母送李昌瑞去菲利普斯·埃克塞特学院和耶鲁大学,希望他学医或法律,但他成了作家,1999 年荣登《纽约人》"21 世纪 20 位作家"排行榜。

李昌瑞深刻刻画了亚裔美国人的"外国人"心理:他们努力适应美国社会,却屡遭挫折。"外国性"主题有助于读者探究美国社会背景下或明或暗排外势力所导致的异化问题。李昌瑞反对同化思想或"纯粹"美国概念,欢迎美国全球化,各种"外国人"都对美国多元文化作出贡献。

《说母语者》(*Native Speaker*, 1995) 结构精巧,传达上述主题。美国公民亨利·帕克(Henry Park)出生时正值母亲从首尔飞往纽约,深有"异样感":他是亚洲人后裔,说英语尽量避免韩国人腔调;他似乎害怕自我,避开韩国文化历史;最极端疏离形式是他在侦探所工作,他被要求用种族身份做掩护,接近亚洲人目标,监视他们行踪,获取客户所需情报。一连串事件迫使他正视疏离:儿子米特死于儿童游戏,但美国不认为违法。米特之死导致他妻子莱莉亚与他分居。亨利在心理咨询会上,向菲律宾心理医生表白自己,心理医生竟然被杀!原来侦探所害怕亨利说出实情。亨利第二个任务是监控约翰·光(John Kwang),韩裔美国政治家。亨利接近光,从光办公室拿到一份名单递交给侦探所。亨利背叛光导致光作为少数派政治家下台。小说不仅描述他的监视工作,还定义美国文化背景下的"外国人"概念。帕克这个"外国人"颇像拉尔夫·艾里森之看不见的人。

《手势人生》(*A Gesture of Life*,1999)描写了两个不同时代之富兰克林·哈塔(Franklin Hata)。小说采用倒叙手法,哈塔过去是日本皇军医官,驻扎缅甸乡村,监视韩国"慰安妇"。起初,他坚守职责,后来爱上了慰安妇,她的死亡给他造成永生创伤。第二个时代是现在,哈塔身在美国,忧伤挣扎,过着"手势"人生,掩饰恐怖过去。

对亨利·帕克和富兰克林·哈塔而言,是疏离而非秘密令他们烦恼。采访中,李昌瑞说亚洲移民:不论走到哪里,他们不只向外看,还想象他人怎样看他们。内心总是忐忑不安。这对新来者/移民很自然,他过去也有此感受,但他现在比从前舒服多了。

第六节 纳瓦雷·斯科特·莫马迪

纳瓦雷·斯科特·莫马迪(Natachee Scott Momady,1934—),美国印第安诗人、小说家。父亲是基奥瓦族画家,母亲有切罗基族血统。他出生于俄克拉荷马州,成长于保留地,获亚利桑那(图森)大学英语博士学位,任斯坦福大学和亚利桑那大学教授。

莫马迪小说聚焦神话,主要作品有:《日诞之地》(*House Made*

of Dawn, 1968)、《雨山行》(*The Way to Rainy Mountain*, 1969) 和《远古的孩子》(*The Ancient Child*, 1989)。

《远古的孩子》描写印第安人洛基·赛特（Locki Setman）找回身份的过程，凸显印第安人身份的重要性。画家洛基·赛特自幼远离保留地，由白人抚养长大。他踏上俄克拉荷马州寻根之旅，发现了魔力：家庭根源和能使他变成赛特熊（Set）的种子。此点非印第安人听起来匪夷所思，但动物变成人或反之乃深植于印第安人宇宙观。当然，这种自由转变尚需美国印第安魔法师的魔法。

"洛基·赛特"还需从北欧、埃及和基奥瓦宗教角度解读。"洛基"指北欧世界末日前一直被困的邪神——拉格纳洛克（Ragnorak），"赛特"是古埃及风暴和混乱之神，也是代表内省的基奥瓦熊。这些文化和神话属性丰富了洛基·赛特的寓意：他是基奥瓦族人，受困于白人世界，洛基·赛特自省，重新发现自己身份。

男孩变身熊的故事根据口头传说写成，莫马迪将现代情节与印第安人古老传说结合起来。该书强大的抒情声音引诱读者进入"赛特"的梦想视野和神秘基奥瓦女药师格雷（Grey）的世界。

第七节 莱斯利·马蒙·西尔科

莱斯利·马蒙·西尔科（Leslie Marmon Silko，1948—），美国印第安小说家，出生于新墨西哥州阿尔伯克基，成长于拉古纳普韦布洛保留地，有普韦布洛、墨西哥和白人混合血统。西尔科致力于保护拉古纳普韦布洛族人仪式和典礼。小说中主人公回归过去神话意味着寻找文化根源，治愈创伤。

《典仪》(*Ceremony*，1977) 描写年轻印第安人塔尤（Tayo）"二战"时期被日军俘获后又释放，饱受战争摧残，备感疏离，回到家乡拉古纳普韦布洛保留地，治愈创伤：他开始寻找过去神秘传奇，寻找滋养部落的神话人物，寻找治愈创伤的典仪。典仪重铸塔尤自我，在其支离破碎的心灵上重塑文化英雄和整个神话模式，塔尤成了英雄。

西尔科重要小说还有：《讲故事的人》（*Storyteller*，1981）和《死者年鉴》（*Almanac of the Dead*，1991）。

第八节　路易斯·厄德里克

路易斯·厄德里克（Louise Erdrich，1954—），美国著名印第安小说家，出生于明尼苏达州，母亲是齐佩瓦族人，来自龟山齐佩瓦部落，父亲是德裔美国人。路易斯成长于北达科他州怀佩顿（Wahpeton），父母在印第安事务局工作，鼓励她写作。母亲讲给她许多家族故事，厄德里克将其写进小说。

《爱药》（*Love Medicine*，1984）是部宏大的小说，包括20个故事，涉及三代人。人物来自拉马丁（Larmatine）和喀什帕（Kashpaw）家族。小说聚焦两个女人：露露·拉马丁和玛丽·喀什帕。通过家庭关系史和爱情竞争（两个女人爱上同一个男人耐斯特·喀什帕［Nestor Kashpaw］）讲述许多动人故事：文化身份丢失与发现，"昭昭天命"下印第安人资源匮乏，复活齐佩瓦族人智慧和力量。两位女酋长露露和玛丽在传统文化和天主教文化（被齐佩瓦族人改造过的天主教）互动与冲突中代表齐佩瓦族。另一主要人物利普夏·莫里西（Lipshaw Morrisey）由玛丽·喀什帕抚养长大。恰恰通过利普夏揭示爱药意义，读者看清了印第安人希望所在。

《爱药》叙事方式特殊：全书时间跨度50年（1934—1984），故事叙述者交叠交叉，故事人物身份变换更迭，故事彼此关联，相互补充和重叠，有时又相互矛盾、相互消解。《爱药》没有开端、高潮和结局。关联线索或隐或显,若断若续,草蛇灰线,伏脉千里。面对 50 年跨度,20 个故事,读者不太容易厘清人物关系,找出事件先后顺序。

厄德里克坚称《爱药》是一部长篇小说,但不少批评家认为它是短篇小说系列。但不管怎样,厄德里克小说让人走进了当代美国印第安人内心世界,感受他们在夹缝中生存之尴尬、迷茫和苦楚,倾听他们心底发出的声音。该小说内容深刻,形式新颖,值得一读。

厄德里克小说还有:《甜菜女王》(*The Beet Queen*,1986)、《痕迹》(*Tracks*,1988)、《宾果宫》(*The Bingo Palace*,1994)、《蓝色杰伊的舞蹈》(*The Blue Jay's Dance*,1995)和《羚羊妻》(*The Antelope Wife*,1998)。

第九节 理查德·罗德里格兹

理查德·罗德里格兹(Rcihard Rodriguez,1946—),墨西哥裔美国作家。他在加利福尼亚州萨克拉门托幼儿园时,几乎不懂英语。自传《记忆的饥饿》(*Hunger of Memory: The Education of Rcihard Rodriguez*,1982)中,罗德里格兹回忆修女教他英语,培养他的阅读习惯,使他考上斯坦福大学和加州大学伯克利分校,但其成功具有强烈讽刺感和痛苦感:他来到令人恐怖、挑战性的美国社会,流利英语使他失去西班牙语母语,使他跟父母(家人讲西班牙语)产生无法弥补的鸿沟。

恰是这种分裂才使《记忆的饥饿》如此动人。该书引发争议:该书似乎反对在加州开设西班牙语—英语双语教学,而当局又支持,因为加州有大量拉美移民。

第十节　安娜·卡斯蒂洛

安娜·卡斯蒂洛（Ana Castillo，1953—），墨西哥裔美国作家，奇卡诺女权主义者。《米瓦拉信笺》（*The Mixquiahuala Letters*，1986）获前哥伦布基金会美国图书奖。安娜·卡斯蒂洛描绘了20世纪80年代前拉美裔美国人和奇卡诺的女人希望、挫折和成就。

卡斯蒂洛从拉美先锋派作家受益颇丰：奥克塔维奥·帕斯（Octavio Paz，1914—1998）、卡洛斯·富恩特斯（Carlos Fuentes，1928—2012）、加夫列尔·加西亚·马尔克斯（Gabriel García Márquez，1927—2014）、胡里奥·科塔萨尔（Julio Cortázar，1914—1984），探索叙事角度和结构，创造自己的叙事方式。小说40封信摒弃从头至尾阅读方式，特立独行，改由墨守成规者、愤世嫉俗者或堂吉诃德三人阅读。开始是墨守成规者，结尾是疯狂的堂吉诃德，映照20世纪60年代"反正统文化"。

小说描述两个女人艾丽西娅（Alicia，西班牙裔）和特丽萨（Teresa，墨西哥裔）的生活。前者纤细，被视为英裔美国人；后者性感，皮肤黑魆，遭种族歧视。艾丽西娅白天吸引男人，但日落后男人喜欢特丽萨。两个女人在纽约、芝加哥、洛杉矶、墨西哥、尤卡坦半岛（Yucatan）和前哥伦布城米瓦拉（Mixquiahuala）分分合合。墨西哥城夏季项目后两人成为朋友。特丽萨寄给艾丽西娅40封信，信中提到托尔特克（Toltec）废墟——墨西哥最高文化成就——几个世纪前被特诺奇提特兰（Tenochititlan）征服。各自探索中，她们意识到米瓦拉是她们的友谊起点，是"故乡"，也是她们成为艺术家开始地：艾丽西娅成为画家、雕刻家，特丽萨成为作家。

她们走过墨西哥城市乡村，有意冒犯族权和传统价值观，身穿牛仔裤，搭便车，尝试昙花一现的爱情。特丽萨学会摆脱丈夫，艾丽西娅沉默不语，忘不掉初恋罗德尼。

小说几乎涵盖了两个女英雄十年的生活：两次墨西哥之旅，第三次酝酿之中（第一封信）。墨守成规者最后读到特丽萨：她成为职业教师，在墨西哥库埃纳瓦卡（Cuernavaca）幸福结婚，疏远艾丽西娅；艾丽西娅成为真正艺术家，还在寻找自己的家。愤世嫉俗者最后读到特丽萨和艾丽西娅争夺同一个男人，验证了世俗者观点：世界缺乏美德和自我控制。最后，堂吉诃德阅读结束特丽萨和艾丽西娅去墨西哥的第三次之旅，启动自我康复之行，友谊继续。

《萨波哥尼亚》（*Sapogonia*，1990）主人公麦克西摩·马德里戈（Maxino Madrigal）成为艾利克斯·佤拉多利德（一个弗拉门戈歌手）和艾丽西娅（雕塑家）的复合体，然而，卡斯蒂洛在小说中聚焦男性厌女症。1993年，W.W.诺顿公司出版了卡斯蒂洛第三部小说《如此远离上帝》（*So Far from God*）。

第十一节　桑德拉·希斯内罗丝

桑德拉·希斯内罗丝（Sandra Cisneros，1954—），美国当代著名墨西哥裔小说家、诗人，成长于芝加哥拉美裔居民区。代表作《芒果街上的小屋》（*The House on Mango Street*，1984）广受欢迎。正如陆谷孙先生在"序"中言："可我一口气读完这位美国墨裔女作家的中篇，如一川烟草激起满城风絮，竟不由自主地跳出肉身的自我，任由元神跃到半空中去俯察生活：童年、老屋、玩伴、亲人、'成长的烦恼'、浮云、瘦树、弃猫、神话……"[①]"希斯内罗丝以日

[①] [美]桑德拉·希斯内罗丝：《芒果街上的小屋》，潘帕译，南京：译林出版社2006年版，第1页。

记式的断想，形诸真实的幼稚少女文字，诗化了回忆。就像黑格尔所言，回忆能保存经验，回忆是内在本质，回忆是实体的更高形式。"①《芒果街上的小屋》吸引了读者。

主人公埃斯佩朗莎·科德洛（Esperanza Cordero）成长于破败的移民社区，抗争严酷现实，但希望渺茫。小说场景描写精美，叙述贫穷孩子的梦想优雅动人。小说看似风格简单，但诗歌般传达了希斯内罗丝——一个奇卡诺女人的严重关切。兹有一篇《一所我自己的房子》（"A House of My Own"），一起欣赏：

> 不是小公寓。也不是阴面的大公寓。也不是哪一个男人的房子。也不是爸爸的。是完完全全我自己的。那里有我的前廊我的枕头，我漂亮的紫色矮牵牛。我的书和我的故事。我的两只等在床边的鞋。不用和谁去作对，没有别人扔下的垃圾要拾起。
>
> 只是一所寂静如雪的房子，一个自己归去的空间，洁净如同诗笔未落的纸。②

读者会发现，希斯内罗丝之《芒果街上的小屋》，与艾米莉·狄金森之《我居住在可能性之中》（"I dwell in Possibility"），何其相像。

> 我居住在可能性之中——
> 一个比散文漂亮的房屋——

---

① [美] 桑德拉·希斯内罗丝：《芒果街上的小屋》，潘帕译，南京：译林出版社2006年版，第2页。
② [美] 桑德拉·希斯内罗丝：《芒果街上的小屋》，潘帕译，南京：译林出版社2006年版，第145页。

有更多的窗子——
有宏伟的门户——

这里的房间,像雪松——
为目光无法穿透——
作为历久弥坚的屋顶
是有复折的天空——

来的是最美好的客人——
所做之事,是这样一件——
大张开我狭窄的双手
收拾乐园——①

字里行间透露出希斯内罗丝渴望的小屋是一个女性、女权主义者空间,一个女人摆脱父权掌控、用诗歌自我表达之所。

第六章 流散文学

21世纪初出现流散文学。流散文学是离散意识、离散环境下离散作家作品。离散意识是现代文化和政治产物,是全球化背景下文化跨国界、文化翻译大杂烩的结果。流散文学具有"外来性"。"流散"原指犹太人世界离散,远离家乡,既要保留自己的文化,又要适应新环境,唤起悲伤感、流亡感。流散文学具有以下特点:

---

① [美]艾米莉·狄金森:《狄金森诗选》,江枫译,北京:外语教学与研究出版社2016年版,第263页。

- 文化地域性。离散文学非来自单一文化地，乃两个以上大杂烩文化地，流散作家观察跨国文化，发现新价值、讽刺和悖论，进行创作。
- 后殖民历史多元性。多元文化意味多元历史，跨文化交际即跨历史交际。
- 后殖民地世界仍受资本主义扩张影响，流散作家或来自欧洲殖民国，或殖民地国，当代文化体现不同历史、不同时代的互动。
- 民族性。流散作家要了解民族差异性、多维性，崇尚民族文化世界性，拒绝自我封闭性、排外性和恐外性，流散作家扩大了家乡范畴。
- 文化翻译。流散作家必须是文化翻译者。文化翻译非文化正统化，乃异化。文化翻译如同语言翻译，需要解读两种文化密码，需要具有把一种密码转换成另一种密码的能力。流散作家还必须具备政治感，能定义社会公正。
- 遭遇"外来性"。"外来性"呈现机会，提供创新，无须害怕。接受"外来性"即接受陌生和未知。遭遇"外来性"提出"自我"与"臣民"问题，离散意识下之"自我"是对理性"臣民"的批判。
- 反对同化。"同化"，或"大熔炉"被用来消除意识差异，排除和迫害少数群体。离散思维反对同化：文化"纯洁"会出现文化孤立主义、原教旨主义和法西斯主义。
- 种族文学。"种族文学"指美国国内被边缘群体作家作品，淡化美国国外经历，前一章"当代多种族文学"即流散文学。下面列举一些杰出的当代流散作家。

第一节　弗拉基米尔·纳博科夫

弗拉基米尔·纳博科夫（Vladimir Nabokov，1899—1977），俄裔美籍作家，出身于贵族家庭。1917 年十月革命后，全家离开俄国，1919 年移民德国。获奖学金后，纳博科夫在剑桥大学三一学院学习法语和俄语。1922 年获学士学位后，弗拉基米尔回到柏林，教英语、法语、网球和拳击。1923 年开始化名 V. 西林（V. Sirin），为俄国流亡杂志写小说、诗歌和文学评论。《天赋》（The Gift，1937—1938）出版后，纳博科夫成为欧洲主要小说家。1937 年搬到巴黎，1940 年去美国，任康奈尔大学俄国文学教授 11 年，托马斯·品钦是其学生。1961 年，举家搬到瑞士蒙特勒，1977 年去世。

纳博科夫英文小说有《庶出的标志》（Bend Sinister，1947）、《洛丽塔》（Lolita，1955）、《普宁》（Pnin，1957）和《微暗的火》（Pale Fire，1962）。小说背景时而美国，时而俄国，时而两者穿插，时而其他想象国。1963 年，被问及是美国还是俄国作家时，他说："我是美国作家，出生于俄国，受教育于英国，学习法语，在德国生活 15 年，1940 年来美国，决心成为美国公民，美国是我家。"

纳博科夫作品文雅、精致、幽默，意义多重，结构复杂。散文最耀眼，体现几种文化遗产特质，使人对被现代荒谬与残酷困惑之人产生同情。纳博科夫小说既激发笑声，又不忘记痛苦；即体现酸涩与滑稽，又展现优雅与恶毒。

小说集《弗拉基米尔·纳博科夫的故事》（The Stories of Vladimir Nabokov，1997）完美呈现纳博科夫世界主义观。66 个小说介绍不同人生：柏林时期（1927—1937）、巴黎时期（1937—1940）和美国时期（1940—1961）。多数小说用俄语，一些用法语和英语，充分展现纳博科夫离散人生、离散情怀。

纳博科夫对"家"俄国的思想矛盾：既对其有深厚文化渊源，也有笃深情感，但被政府驱逐，"回归"故乡只限于精神和文化层面。"来世"（potustoronnost，即 otherworldliness）是其作品中心主题：想象虚构世界，构建俄国心理和文化，浓烈表达纳博科夫对亲密故乡俄国的渴望思念之情。但纳博科夫小说又有优雅风度，常使人想起契诃夫和其他 19 世纪俄国文学大师那种情感。

《柏林向导》（"A Guide to Berlin"）情节简单，亦无伤感，但是纳博科夫柏林篇最佳作品之一——两个俄国同胞：一个生活毫无意义："'没意思，'我的朋友悲伤地打着哈欠重申道，'电车和乌龟有什么意思？无论如何，这里整个就是没意思。一座没意思的外国城市，生活开销还那么大，太……'"① 另一个是叙述者，精确呈现城市生活景象：下水道、干活的人、动物园、有轨电车和酒馆。他高度欣赏人类生活，知道有轨电车等将会成为未来美好回忆，"每样东西，每样微不足道的东西，都会有价值，有意义：售票员的钱包、车窗上方的广告，还有那种独特的震荡晃动——我们的玄孙们也许只能想象了——每一样东西都会因岁月久远而变得高贵，变得合理。"②

小说结尾，叙述者和同伴来到一个酒吧，看见台球桌，回忆起童年时情景："他总是会记得他童年时每一天从他喝汤的小屋看出去的画面。他会记得那张台球桌，记得那个没穿外衣的傍晚来客，此人经常收起又尖又长的胳膊肘，用球杆击打台球。他也会记得蓝灰色的雪茄烟雾，嘈杂的人声，还有我右臂空荡荡的袖管和伤痕累累的脸。我还会记得他的父亲站在吧台后面，从龙头上给我注满一大

---

① ［美］弗拉基米尔·纳博科夫：《纳博科夫短篇小说全集》（上），逄珍译，上海：上海译文出版社 2018 年版，第 184 页。
② ［美］弗拉基米尔·纳博科夫：《纳博科夫短篇小说全集》（上），逄珍译，上海：上海译文出版社 2018 年版，第 181 页。

杯啤酒。"①《柏林向导》体现"来世观"。叙述者克制住流亡伤感，简单观察，忘掉自我。

《一封永远没有寄到俄国的信》（"A Letter That Never Reached Russia"）亦柏林篇，与《柏林向导》同一主题。一青年给八年前的圣彼得堡女人写情书，回顾二人世界。他信中写道：管子潺潺流水，灯光下，"姑娘从一个暗红色灯泡底下走过去（灯泡的左侧，就在火警报警器的上方），伞面上唯一一块绷紧的黑幔变成了潮湿的红色"。还有"电车车站旁立着一个装着液体的玻璃柱，闪着黄光。不知为何，每当深夜空荡荡的电车从街角驶来、呼啸而过时，我心中总会涌起一种既幸福又忧伤的感觉"。② 面对此景，年轻人不禁黯然神伤。类似场景使人想起普鲁斯特和弗吉尼亚·伍尔夫"情感"。俄国东正教墓地之行描述令人动容：老妇人在刚刚去世的丈夫墓地自杀。守墓人说，"'是一根崭新的绳子。'不过，最神秘、最迷人的还是老太太留在坟墓旁湿地上的月牙形脚印，小得就像小孩子的脚印一般。"③ 写信者面对消失和死亡，决心快乐起来。小说来世指什么？是信中两个爱人分享世界？

《博物馆之行》（"The Visit to the Museum"）重提"回归"主题。叙述者参观博物馆，欲买一幅俄国画（朋友祖父画作），顿生幻觉：博物馆变成通道，通向熟悉房子和街道，天空飘着小雪。他惊醒：自己回到了故乡俄国，但非童年俄国，梦成为梦魇，他要丢掉一切记忆。

---

① [美] 弗拉基米尔·纳博科夫：《纳博科夫短篇小说全集》，逢珍译，上海：上海译文出版社2018年版，第184页。
② [美] 弗拉基米尔·纳博科夫：《纳博科夫短篇小说全集》，逢珍译，上海：上海译文出版社2018年版，第159页。
③ [美] 弗拉基米尔·纳博科夫：《纳博科夫短篇小说全集》，逢珍译，上海：上海译文出版社2018年版，第161页。

《法尔塔的春天》（"Spriing in Falta"）和《那曾是在阿勒颇……》（"That in Aleppo Once…"）是短篇精品，讲述俄国男子捕捉过去故事。《法尔塔的春天》中维克多（Victor）回忆道：20世纪30年代早期在法尔塔撞见尼娜（Nina），他们1917年十几岁时相识相爱，后又在柏林和巴黎偶遇，几次相遇被巧妙地编织进法尔塔相聚之中。他们都已结婚，维克多见过尼娜丈夫斐迪南（Ferdinand），极其讨厌他。他们当天共餐，维克多被邀驾车出行，但他拒绝。几天后维克多看到报纸消息：当天下午他们出车祸，尼娜死亡。尼娜或许早就该死，维克多深爱的女人已今非昔比，早和斐迪南腐化堕落。

《那曾是在阿勒颇……》是俄国流亡者寄给同胞"V"的一封信，他请求V原谅。信中提到他妻子的怪事：他们当时正离开巴黎逃脱纳粹，他与年轻女人仓促结婚，备感不快，当下她生死未卜。他们度蜜月时，她逃往马赛，火车开走，把他丢在站台。几天后他们在尼斯见面，她说她偶遇一男人，在蒙彼利埃逗留几天。写信者猝发嫉妒，但她又称此乃谎言，来考验他。他们拿到出境签证后，她又消失了。他只身去纽约，要忘掉她，但又快快不悦。女人感情世界混乱，给写信者造成痛苦，症状或与艰难历史时代有关。

《洛丽塔》使纳博科夫成为伟大的英文作家，他在序言"关于洛丽塔这本书"中说，他在1940年在巴黎时就开始用俄语写此书。当时篇幅较短，约30页，情节与《洛丽塔》相近，但男人是中欧人，无名少女是法国人，地点是巴黎和普罗旺斯。纳博科夫在美国用英文写完《洛丽塔》，寄给几家出版社，遭拒绝。1955年巴黎一家小出版社出版，但很快遭法国政府禁售，后法国高等法院取消禁售令。小说一度不许进入美国，美国海关署反对该书内容，后许可。

《洛丽塔》又名《一个白人鳏夫的自白》，主人公亨伯特于1952年在监禁中突发血栓死亡。

1947年，亨伯特来到美国，任教于比利亚斯大学。暑假，他准备编写法国文学比较史，便来到拉姆斯代尔小镇的寡妇夏洛特·黑兹太太家，那里他见到了让他一生魂牵梦萦的女孩，12岁的多洛雷斯·海兹（Dolores Haze，西班牙语读音为洛丽塔［Lolita］），洛丽塔就是当年"海边王国"的少女安娜贝尔·莉再世。他神魂颠倒，洛丽亚也挑逗他；他娶黑兹太太也纯粹为洛丽塔。

亨伯特日记里对洛丽塔的情感剖白被他的太太发现，引发剧烈争吵。夏洛特盛怒之下冲出家门，撞上汽车一命呜呼。亨伯特去夏令营接回洛丽塔，当晚他们住进旅馆。亨伯特遇到一个秃顶肮脏的老头儿，老头儿跟他说洛丽塔如何美丽动人，亨伯特也没放心上。晚上，洛丽塔吃下安眠药，睡得很香。第二天早上他们发生了乱伦关系。

亨伯特越来越不安：他发现洛丽塔撒谎，他也不是她第一个情人。为躲避他人，亨伯特带着洛丽塔开始遍游美国。旅行结束，亨伯特把他的"宝贝女儿"送到严厉的比尔兹利女子学校。但亨伯特无法容忍洛丽塔和其他男人在一起，洛丽塔要出演学校的话剧《幽暗的丽人》，亨伯特断然拒绝，洛丽塔大为恼怒。亨伯特只好用零花钱哄她，但她对他越来越冷淡。亨伯特沉溺于性爱，洛丽塔开始厌烦这种生活。一次争吵后，他们决定西行散散心，缓解冷战局面。

在路上，亨伯特发现一辆"阿兹特克红色敞篷车"老是跟踪他们，亨伯特下车买眼镜，看到这辆车的车主下车和洛丽塔攀谈。他赶过去，那个黑衣人消失。亨伯特觉得不妙，立即掉转车头往回开。此时洛丽塔生病，住进医院，被确诊为流感，要住院观察一天。翌日，亨伯特打电话给医院，医护人员告诉他，有位"叔叔"把她接走了。亨伯特马上意识到：接走洛丽塔的肯定是跟踪他们的人。他赶到医院，跟院方大吵，但于事无补。他踏破铁鞋，苦苦寻找，但杳无音信。三年后，一天他收到洛丽塔来信：她已结婚怀孕，急需用钱。他忍着内心剧痛，驱车驶向信中地址。洛丽塔告诉他真相：拐走洛丽塔的正是那个秃顶老头儿奎迪，一个编剧，还做点广告。他拐走洛丽塔是要拍色情照，她不肯，被赶走。亨伯特竭力挽回这段感情，但遭洛丽塔反对。亨伯特拔出枪，打死了奎迪。

就小说历史和情节而言，难免有人指责内容色情，但这绝非纳博科夫的初衷与目的。《洛丽塔》没有一个淫秽词语。怎样解读该小说？有人解读它是模仿品：《洛丽塔》结合乔伊斯文字游戏、双关语和其他文字游戏，也像托马斯·曼恩（Thoms Mann）之《费利克斯·克鲁尔自白》（*Confessions of Felix Krull*），讽刺爱情，嘲弄迂腐，赞美激情；还有人称《洛丽塔》讽刺"老欧洲"，与"年轻美国"形成反差；也有人认为嘲讽美国年轻人纯粹物质主义。在小说简介中，纳博科夫不赞成上述解读。

无疑，小说远非讽刺，但确实反常。亨伯特反常不应在现实道德中探讨，乃"自然"反常：痴迷于少年梦想，但在粗俗和虚假社会面前碰得头破血流，成为笑柄。亨伯特是离散人物，其故事既有激情与痛苦，也有不为世人理解的离散感。深刻探索《洛丽塔》的意义需要结合纳博科夫短篇小说，结合回归主题。

《普宁》背景是 20 世纪 50 年代，描写复杂离散生活。提莫菲·普宁（Timofey Pnin）是温代尔学院俄语教授，19 世纪 80 年代出生于圣彼得堡，1920 年在纳粹攻下法国前同许多知识分子离开俄国，前往美国。

开始，教授赶往英语讲座（他不精通英语），他用的列车时刻表过期，坐错了火车，坐错火车寓意俄国人的离散人生。

普宁几段人生都被历史潮流打断。他看上去是滑稽中年学者，努力适应美国社会，他每天内心与记忆中的过去斗争，不知疲倦地爱着坏丽莎（Liza），给她写信："天才需要很多储备，不能像我一样把一切都给你。"他不理解学术阴谋,注定永远被误解,是令人心碎的三维人物。

第二节 艾萨克·巴什维斯·辛格

艾萨克·巴什维斯·辛格(Isaac Bashevis Singer,1904—1991),波兰裔美籍犹太作家,他几乎全用意第绪语写作,力图复活1000年前的古老语言。1978年诺贝尔颁奖上,他谦卑地说,我"昨天是意第绪语作家,今天是诺贝尔得主,明天还是意第绪语作家"。他补充道,文学对他是娱乐,而艺术更关注现代精神缺失。

辛格出生于波兰莱昂辛村庄,距华沙几英里。父亲是"拉比"("rabbi"),母亲是"拉比"女儿。1908年父亲成为华沙法官,举家搬迁。家人要他成为"拉比",但他效仿哥哥,小说家伊斯雷尔·约瑟夫·辛格。华沙生活12年多,他给一家意第绪语文学杂志校稿,开始早期创作。1935年,移民美国。

抵达纽约后十年,辛格没有严肃创作,他认为意第绪语在美国没有前途,他的文化根源被割断。"二战"黑暗岁月里,他要记录下消失的世界,创作了《莫斯卡特一家》(The Family Moskat,1950),用意第绪语和英语出版,受到热烈欢迎。在后十年,辛格成为高产作家,继续用意第绪语创作,监督英语翻译。1978年,他成为第一位获诺贝尔文学奖的意第绪语作家。

辛格小说世界主要是写1939年前的波兰,《莫斯卡特一家》涵盖"一战"前到"二战"期间三代犹太人故事。《庄园》(The Manor,1967)和《产业》(The Estate,1969)均涉及19世纪沙皇统治下的波兰。《卢布林的魔术师》(The Magician of Lublin,1960)介绍20世纪早期魔法世界、宗教质疑和婚姻不忠。《奴隶》(The Slave,1962)讲述17世纪波兰农民奴役犹太人的故事。他也写精美短篇小说，背景是纽约、特拉维夫或波兰。辛格不相信意识流等现代叙事技巧，他认为宇宙不可洞察，读者和作者应一起探索神秘世界无穷变化的人性。

辛格小说世界展现欲望、贪婪、傲慢、痴迷、不幸、自私等，至少表面他既无顿悟，亦无虔诚解决办法，他只想要敲开礼仪之门，找出人性丑陋。从前意第绪语作家指责他背叛犹太道德传统，但深入阅读辛格作品会发现：辛格世界满是痛苦、错误、悲哀和泥潭，此世界里生活充满陷阱，命运难测。但在此世界，人们靠自己净化心灵，明晰动机，增强活力。因为辛格主张：善乃自然，学坏有罪；邪恶袭来，人会不洁；魔鬼外来，非人真身。

辛格小说被誉为重要文学创作，触及人类心灵深处，复活永恒记忆，带回酒香生活。但恰恰是短篇小说使辛格取得史诗般的作家地位，特别是《傻瓜吉姆佩尔》（"Gimpel the Fool"），超越时空，经久不衰。

《傻瓜吉姆佩尔》是最佳短篇小说，索尔·贝娄的精准翻译为其增光添彩。吉姆佩尔开篇喊道：

> 我是傻瓜吉姆佩尔。我想我并不傻。恰恰相反。但是人们却这么叫我。我还在上学的时候，他们就开始给我起了这个绰号了。我一共有七个绰号：低能儿、蠢驴、亚麻头、呆子、木头、笨蛋和傻瓜。这最后一个绰号一直叫到今天。那么我在哪些地方傻呢？我容易受骗。①

吉姆佩尔不傻，他头脑简单、为人诚实，别人把他当作傻子骂

---

① [美] 艾萨克·巴什维斯·辛格：《傻瓜吉姆佩尔》，万紫译，北京：人民文学出版社2006年版，第10页。

他,他原谅他们。人人都陷害他,尤其他妻子艾尔卡一生都愚弄他,结婚17周后就生下"他人"的孩子。吉姆佩尔明知孩子不是他的,还抓住了艾尔卡的外遇,但他找理由原谅她。在死去前的床上,她坦白,六个孩子都不是吉姆佩尔的,她一直在骗他。她死后,吉姆佩尔气愤万分,决定报复所有伤害过他的市民,用尿和面烤面包。他梦见艾尔卡在地狱里脸色发黑,吉姆佩尔改变主意,埋掉面包,把所有钱留给孩子,漫游四方。旅游中他发现不眠的人生中看似不能发生的事情,在夜晚梦中都会出现。小说结尾,吉姆佩尔死时还要去没有骗他的地方:"当死神来临时,我会高高兴兴的,没有纷扰,没有嘲笑,没有欺诈。赞美上帝:在那里,即使是吉姆佩尔,也不会受骗。"①

傻瓜吉姆佩尔,忍受凌辱,保持心灵纯洁,傻瓜和智者在天堂得以验证。吉姆佩尔承受羞辱是他相信拉比:永远做个傻瓜要比作恶一个小时好,你不是傻瓜,他们是。那个羞辱邻居之人将失去天堂。

第三节 裘帕·拉希莉

裘帕·拉希莉(Jhumpa Lahiri,1967—),出生于英国伦敦一个印度移民家庭,随父母移居美国罗得岛。1989年,裘帕·拉希莉获伯纳德学院英语文学学士学位,该学院是国际文学研究中心。她又获得波士顿大学多个学位:英语硕士、创新写作硕士、比较文学硕士和文艺复兴研究博士。自2005年,她一直任PEN美国中心副主席。

---

① [美]艾萨克·巴什维斯·辛格:《傻瓜吉姆佩尔》,万紫译,北京:人民文学出版社2006年版,第28页。

短篇小说集《疾病解说者》(*Interpreter of Maladies*, 1999) 是裘帕·拉希莉处女作,获普利策奖。九个故事主要人物来自印度次大陆,或亚洲当地人:《真正的看门人》("A Real Durwan")和《比比·哈尔达的婚事》("The Treatment of Bibi Haldar");或印裔美国游客和印度当地向导:《疾病解说者》("Interpreter of Maladies");或亚洲人在美国的工作生活:《停电时分》("A Temporary Matter")、《柏哲达先生来搭伙》("When Mr. Pirzada Came to Dine")和《森太太》("Mrs. Sen's");或印度人被美国化:《上帝福佑我们家》("This Blessed House")和《第三块大陆,最后的家园》("The Third and Final Continent");或非亚裔美国人浪漫欲望对象:《性感》("Sexy")。上述故事表明,拉希莉比较、汇合亚洲和美国文化,摆脱了对早期亚裔美国文学的限制:认为亚洲人低下,"讨好"美国人。拉希莉认为,没必要向美国读者道歉:声称亚洲人行为文化古怪。若有,拉希莉认为,遭遇"外来"是亚洲和美国文明进程的必修课,有些故事温柔提醒美国人:了解亚洲文化和历史对美国文化是得,而非失。拉希莉并非理想化亚洲人物,只是通过娴熟技巧讲述他们的情感,展现真实人性。

《柏哲达先生来搭伙》显然嘲笑、挑战美国文化无知。印度妇女莉莲(Lilian)还记得 1971 年十岁时,父母经常款待来家做客的柏哲达先生,听柏哲达讲述家乡达卡(Dacca)内战的情况。柏哲达先生是东巴基斯坦访问学者,但家人仍留在达卡,战乱纷飞。十岁莉莲喜欢柏哲达先生的善良、他的糖块和故事。柏哲达先生常来光顾使莉莲对印度次大陆历史产生兴趣,特别是 1947 年的分制(Partition)。当被问及在学校学习世界知识时,莉莲讲述了历史课上所学的很多知识,但教学大纲中几乎没有涉及当代世界历史:1971 年的达卡内战在历史课上只字未提,美国社区也对达卡内战漠不关心,却成为莉莲家关注的焦点,也是柏哲达先生的痛苦焦虑地。

《性感》中米兰达（Miranda）狂热地爱着已婚孟加拉男人戴弗（Dev）。米兰达异国恋源于她对亚洲文化神秘感、无知、恐惧与渴望。米兰达的爱情泡沫终被早熟小男孩罗宾（Rohin）捅破，他父母关系疏远给他带来精神创伤。

《疾病解说者》讲述年轻美国人达斯夫妇去印度旅行，搭乘导游兼医生卡帕西的便车，去庄严的太阳神庙（庆祝生命之地）寻求治疗心理疾病的良方。卡帕西幻想28岁的达斯夫人，也部分传递了美国式浪漫，但达斯夫妇关系疏远揭示了美国社会生活的痛苦疏离。达斯夫人来印度是寻找想象中的治愈神力而非人，这也嘲笑了卡帕西对外国人的渴望。

《森太太》通过艾略特（Eliot），一个由森太太照护的美国小男孩视角，讲述一个马萨诸塞州印度家庭主妇的感人故事：她娱乐了家庭文化，缓解了家庭感情疏离而导致的家人紧张关系。

《第三块大陆，最后的家园》力量在于：遭遇外来文化开始就像遇见克罗弗特太太（Mrs Croft）和叙述者那么奇特，但一旦彼此互相尊重，这种遭遇将成为人类最深刻的体验。

《同名人》(*The Namesake*, 2003)是拉希莉首部小说，2007年拍成电影。故事讲述果戈理（Ganguli）两代人。父母生于加尔各答，青年时代移民美国，孩子果戈理和索尼娅（Sonia）在美国长大。父母和孩子文化差异导致关系紧张。小说从主人公名字开始，探索融合、同化和文化定位问题。"果戈理"（"Gogol"）开始是主人公宠物的名字，后成为主人公正式名字，也是19世纪俄国著名作家果戈理的名字。名字象征果戈理跨文化经历和保护印度文化遗产中的困惑。故事情节在美国和印度之间穿梭，果戈理爱上两个女人：马可辛（Maxine）和穆苏米（Moushumi）。他父母对美国人的约会、婚姻和恋爱观甚是不解。

第四节　切斯瓦夫·米沃什

切斯瓦夫·米沃什（Czeslaw Milosz，1911—2004），被公认为20世纪最伟大的波兰诗人、散文家、小说家，加州大学伯克利分校斯拉夫语和文学教授。1911年出生于隶属波兰版图的立陶宛塞特伊涅（Szetejnie），1929年他还是斯泰凡·巴托里（Stefan Batory）大学法律专业学生时就发表诗歌，第二部诗集《三个冬季》（*Three Winters*，1936）使他在"二战"前的欧洲成名。1940年，米沃什离开维尔诺（Vilno），来到纳粹占领下的华沙，加入反纳粹社会主义抵抗组织。

"二战"后，米沃什留在波兰，靠近诗歌创作源泉地。他在波兰人民共和国新政府中任外交随员，1946至1950年驻纽约和华盛顿。1950年他被派到巴黎，家人滞留美国。波兰政府对其公开表达的意识形态含糊不清失去耐心，1950年12月，他回华沙度假时，波兰当局拿走护照。1951年，米沃什又被允许返回法国工作，但他寻求法国政府避难，开始流亡生涯。

1951年至1953年期间，米沃什住在波兰移民出版社Kultura，与家人分离。贫穷、沮丧，很少有朋友读他的波兰语诗歌，他还遭到法国知识分子攻击。正是在此背景下，米沃什创作了著名散文集《被禁锢的头脑》（*The Captive Mind*，1953）。该书透视清晰，独具慧眼。他在1981年版"序言"中写道，"这本书超越了地点与时间的界限，因为它探索了今天人们对于任何一种，甚至最虚妄的定论表现出向往态度这一现象的更深层的诸种原因。"①

1952年，米沃什出版第一部小说《夺权》（*The Seizure of*

---

① ［波兰］切斯瓦夫·米沃什：《被禁锢的头脑》，乌兰、易丽君译，桂林：广西师范大学出版社2016年版，第68页。

Power),小说描述 1939 至 1950 年期间波兰发生的事件;1953 年出版第一部波兰流散诗集《白昼之光》(The Light of Day);1955 年还出版了第二部小说《伊萨谷》(The Issa Valley),小说以半自传形式描写了作者在立陶宛的童年生活,他称之为一种疗伤。自传《吾国吾土》(Native Realm,1959)中,他明确诗歌和散文现实表现方法,即超越"自我"限制,把自我放在集体历史背景下,作为社会学对象来研究。

1960 年,米沃什成为加州大学伯克利分校访问学者,1961 年成为正教授。后 20 年,他一直在伯克利任教,把写作与教学(从陀思妥耶夫斯基到摩尼教)相结合。1968 年,英文译本《吾国吾土》问世。1973 年,米沃什英文译本《诗选》(Selected Poems)出版,终于米沃什成为英语世界一流诗人。1978 年,第二部英文诗集《冬日钟声》(Bells in Winter)出版。同年,他把希腊文、希伯来语《圣经》译成波兰语,1980 年获得诺贝尔奖。

1981 至 1982 年,米沃什任哈佛大学查尔斯·艾略特·诺顿教授职位,出版讲座《诗的见证》(The Witness of Poetry,1983)。1984 年,新版双语翻译诗文集《拆散的笔记簿》(The Separate Notebooks)出版。1986 年出版了译本《无法拥有的地球》(Unattainable Earth),包括米沃什诗歌集(自己和其他人)、书信、1981 至 1984 年创作过程中的重要历史语录。1988 年出版了英文《诗歌选,1931—1987》(Selected Poems,1931—1987),包括罗伯特·哈斯、里奥纳德·南森、罗伯特·皮斯凯等诗人的翻译。最新英文诗选是《外省》(Provinces,1991)和《面对河流》(Facing the River: New Poems by Czeslaw Milosz,1995)。

米沃什早期诗歌源泉是青年时代的立陶宛乡村,该景观出现在半自传体小说《伊萨谷》中。后期,诗人越加成熟,冥思人性和文化问题,追忆过去景象。这在米沃什和美国桂冠诗人罗伯特·哈斯合译的诗集《面对河流》中再次体现。诗集背景是米沃什童年生活的地方。《面对河流》记录下米沃什面对伊萨河谷的情感和思想，这条河流带来了 20 世纪的灾难性动乱，这条河流也是神话河流，米沃什从中汲取无穷营养；面对河流，米沃什可以轻易把个人变成历史或超历史；面对河流，自然想象、人类体验、善与恶、生活奇迹这些主题都可以信手拈来，驾轻就熟，轻松处理。

诗人后期达到"忘我"（"selflessness"）境界，他在自身上看见了几个自我，不时以他人形象出现。研究这些自我，并用文字表现出来，他向世人展示：一时让位于永恒，以《凯普里岛》（"Capri"）诗句为例：

> 那时光是我的世纪，在那个世纪，而非其他任何世纪，
> 我受命降生、工作，并且留下足迹。
> ……
> 我正与我的时代一同离去，准备接受审判，
> 它会把我算在时代的幽灵中间。
>
> 如果我做了些什么，那只是一个虔诚的少年，
> 在各种伪装之中，努力搜索遗失的现实。
>
> 追寻上帝在我们身体和血液中的真实存在，
> 它们同时也是面包和葡萄酒。
>
> 上帝伟大慈悲的召唤，

不同于记忆稍纵即逝的尘世法则。①

只有米沃什,才能写下不朽诗句:言语无以表达,我选择现在之家。纷纷扰扰世界中,我存在故我快乐。

---

① [波兰]切斯瓦夫·米沃什:《米沃什诗集》(IV),赵刚译,上海:上海译文出版社2018年版,第12—15页。

参考文献

常耀信：《美国文学简史》，天津：南开大学出版社 2008 年版。

董继平编译：《美洲现代诗人读本》，银川：宁夏人民出版社 2012 年版。

辜正坤主编：《外国名诗三百首》，北京：北京出版社 2000 年版。

彭予：《二十世纪美国诗歌：从庞德到罗伯特·布莱》，开封：河南大学出版社 1995 年版。

彭予编译：《二十世纪英美抒情诗选》，开封：河南大学出版社 1987 年版。

童庆炳：《文学理论教程》，北京：高等教育出版社 2004 年版。

吴福恒主编：《外国著名文学家评传》（第 4 卷），济南：山东教育出版社 1990 年版。

赵毅衡编译：《美国现代诗选》（上），北京：外国文学出版社 1985 年版。

赵毅衡编译：《美国现代诗选》（下），北京：外国文学出版社 1985 年版。

［美］埃德加·爱伦·坡：《爱伦·坡精品集》，曹明伦译，合肥：安徽文艺出版社 1999 年版。

［美］埃德加·爱伦·坡：《爱伦·坡短篇小说集》，陈良廷、徐汝春、马爱农译，北京：人民文学出版社 1998 年版。

［美］爱德华·泰勒：《爱德华·泰勒诗选》，高黎平译，福州：福建教育出版社 2014 年版。

［美］艾米莉·伊丽莎白·狄金森：《艾米丽·狄金森诗选》，周建新译，广州：华南理工大学出版社 2011 年版。

［美］艾米莉·伊丽莎白·狄金森：《尘土是唯一的秘密》，徐淳刚译，上海：华东师范大学出版社 2015 年版。

［美］艾米莉·伊丽莎白·狄金森：《狄金森诗选》，江枫译，北京：外语教学与研究出版社 2016 年版。

［美］艾米莉·伊丽莎白·狄金森：《狄金森诗选》，江枫译，长沙：湖南人民出版社 1984 年版。

［美］安娜·布莱德斯翠特：《安娜·布莱德斯翠特诗选》，张跃军译，上海：东华大学出版社 2010 年版。

［美］艾萨克·巴什维斯·辛格：《傻瓜吉姆佩尔》，万紫译，北京：人民文学出版社 2006 年版。

［美］本杰明·富兰克林：《富兰克林自传》，唐长孺译，北京：国际文化出版公司 2005 年版。

［美］查尔斯·艾略特主编：《哈佛百年经典》之《爱默生文集》，孔令翠、蒋撸译，北京：北京理工大学出版社 2014 年版。

［美］E.E.卡明斯：《卡明斯诗选》，邹仲之译，上海：上海译文出版社 2016 年版。

［美］弗拉基米尔·纳博科夫：《洛丽塔》，主万译，上海：上海译文出版社 2005 年版。

［美］弗拉基米尔·纳博科夫：《纳博科夫短篇小说全集》（上），逢珍译，上海：上海译文出版社 2018 年版。

［美］格特鲁德·斯坦因：《三个女人》，曹庸、孙予译，上海：上海译文出版社 1997 年版。

［美］赫尔曼·麦尔维尔：《白鲸》，曹庸译，上海：上海译文出版社1982年版。

［美］亨利·戴维·梭罗：《梭罗散文》，苏福忠译，北京：人民文学出版社2011年版，

［美］亨利·戴维·梭罗：《瓦尔登湖》，高格译，北京：北京联合出版公司2017年版。

［美］华莱士·史蒂文斯：《史蒂文斯诗集》，西蒙、水琴译，北京：国际文化出版公司1989年版。

［美］华盛顿·欧文：《见闻札记》，高健译，上海：上海译文出版社2011年版。

［美］杰克·伦敦：《杰克·伦敦小说选》，万紫、雨宁、胡春兰译，北京：人民文学出版社2003年版。

［美］凯特·肖邦：《觉醒》，焦丽娟译，北京：外语教学与研究出版社2012年版。

［美］拉尔夫·艾里森：《看不见的人》，任绍曾、张德中、黄云鹤、殷维本译，北京：外国文学出版社1984年版。

［美］拉尔夫·瓦尔多·爱默生：《论自然》，吴瑞楠译，北京：中译出版社2010年版。

［美］兰斯顿·休斯：《兰斯顿·休斯诗选》，邹仲之译，上海：上海译文出版社2018年版。

［美］马克·吐温：《马克·吐温文集》，谢志茹编译，北京：中国社会出版社2000年版。

［美］欧内斯特·海明威：《死在午后》，金绍禹译，上海：上海译文出版社2011年版。

［美］桑德拉·希斯内罗丝：《芒果街上的小屋》，潘帕译，南京：译林出版社2006年版。

［美］索尔·贝娄：《赛姆勒先生的行星》，汤永宽、主万译，北京：人民文学出版社2015年版。

［波兰］切斯瓦夫·米沃什：《被禁锢的头脑》，乌兰、易丽君译，桂林：广西师范大学出版社2016年版。

［波兰］切斯瓦夫·米沃什：《米沃什诗集》（Ⅳ），赵刚译，上海：上海译文出版社2018年版。

［美］谭恩美：《喜福会》（*The Joy Luck Club*），程乃珊、贺培华、严映薇译，上海：上海译文出版社2006年版。

［美］托马斯·潘恩：《美国危机》，柯岚编译，上海：上海三联书店2007年版。

［美］托马斯·品钦：《拍卖第四十九批》，叶华年译，南京：译林出版社2014年版。

［美］沃尔特·惠特曼：《草叶集》，楚图南、李野光译，北京：人民文学出版社1987年版。

［美］薇拉·凯瑟：《我的安东妮亚》，周微林译，北京：外国文学出版社1998年版。

［美］约瑟夫·赫勒：《第二十二条军规》，南文、赵守垠、王德明译，主万校，上海：上海译文出版社1981年版。

安慧：《诗是人与自然的一种圣约》，载《中国青年报》，2013年2月25日，第2版。

Adrienne Rich, "When We Dead Awaken: Writing as Re‐Vision" (1971), *On Lies, Secrets And Silence*, New York: Norton, 1979.

Henry E. Maule & Melville H. Cane, *A Sinclaire Lewis Reader: The Man from Main Street*, New York: Random House, 1953.

Joel Conarros, *Williams Carlos Williams's Paterson: Language & Landscape*, University of Pennsylvania Press, 1970.

Louis. L. Martz, The Meditative Poem: *An Anthology of Seventeenth-century Verse*, New York: New York Up, 1963, xxxi.

Sculley Bradlley, Richmond Croom Beatty, E. Hudson Long &George Perkins(eds), *The American Tradition in Literature*, New York: Random House, Inc., 1981.

Toming, *A History of American Literature*, Beijing: Foreign Language Teaching and Research Press, 2014.

W.C. Williams, *Paterson*, New York: New Directions, 1958.

W.C. Williams, *Paterson*, New York: New Directions, 1963.